前
巷説百物語（こうせつひゃくものかたり）
〈下〉
京極夏彦

前

巷
こう
説
せつ
百
ひゃく
物
もの
語
がたり

〈下〉

目錄

雷獸

下野國（註1）筑波一帶
有雷獸棲於山中
每有雨雲興湧
即以猛不可當之勢狂奔天際
平時溫馴如貓
但不時破壞稻作
故人見其蹤必獵之
鄉民謂之為獵雷
二荒山近邊
亦曾有目擊其出沒者
白石子（註2）曾於隨筆詳載此事

繪本百物語・桃山人夜話卷第肆／第參拾伍

【壹】

只聽見那教人厭煩的嗓音愈來愈近。

還沒看見那張臉，就嗅到一陣白粉氣味。又市不耐煩地轉過身去。

唉呀，阿睦小姐，是什麼風把妳給吹來的？坐在對面的削掛林藏無精打采地招呼道。

阿睦先是朝又市瞅了一眼，過了半晌才露出笑容對林藏說：

「唉呀，原來林大爺也在。阿又，瞧瞧這個吧，你說可笑不可笑？」

給我來壺酒，阿睦在又市身旁就坐後，高聲喊道。

「給我滾遠點兒。妳這些無稽之談有什麼好瞧的？還不就是鼬放個屁還是獾倒立什麼的。」

「和鼬呀獾呀沒關係。你瞧，聽說立木藩派駐江戶的留守居役（**註3**）朝自己肚子上捅了一刀哩。」

「噢？」

註1：下野國，日本古國名之一，今為栃木縣筑波一帶。

註2：新井白石，西元一六五七～一七二五年。江戶時代中期之旗本，身兼政治家與學者，博學多聞，亦以創作漢詩著稱。曾任德川家宣、德川家繼之重要輔臣。

註3：亦作「御留守居」，派駐江戶者亦稱御城使、城附、公用人。各藩派遣之留守居扮演類似外交官之角色，主要職責為與遣自他藩之同職交換情報，並須於藩主離開江戶時照料藩邸。

又市朝林藏一望。

林藏也回望又市一眼。

「喂，該不會是——切腹？」

「沒錯，正是切腹。你們這是什麼臉色？該不會——是認得這名叫土田左門的武士吧？」

哪可能認得？又市回答：

「我這人天生就看武士不順眼。打一出娘胎直到今時今日，我從沒同那些個腰掛雙刀的傢伙說過一句話，至死也不想同他們打交道。這賣削掛的也是一樣。姓林的，你說是不是？」

「誰說的？凡是做得成好生意的，我誰都不嫌棄。只要能讓我賺到銀兩，哪管是武士還是和尚，打打交道又何妨？」

不過，這人倘若切了腹，林藏低聲說道：

「倘若切了腹，可就和我的生意無關了。」

畢竟，林藏可是靠販賣討吉祥的貨物營生的。

說得也是，阿睦朝又市瞟了一眼，說道：

「唉，像你們倆這種吊兒郎當的傢伙，當然不可能認得這些個上了瓦版的大人物，我看這就不必多說了。倒是這武士是個江戶留守居役，算得上是個大官吧？」

「當然是個大官。官位多大我是不大清楚，想必只比藩主殿下小個兩級吧。」

「我就說嘛。」

話畢，阿睦便呵呵地笑了起來。

「怎麼了？阿睦小姐，有個武士大官切了腹，有什麼可笑的？」

「理由可笑呀。」

「理由？」

這下又市更是想把耳朵給摀住了。

林藏則是一臉納悶。

瞧瞧吧，阿睦說道，將瓦版朝酒桌上一擺。

「噢？難不成這瓦版，連理由都載得清清楚楚？」

「我不是打一開始就說了？阿又，看來你是個睜眼聾哩。」

「睜眼聾？該說睜眼瞎才是吧？妳這蠢娘兒們。」

「先甭管你是聾還是瞎，好了好了，就先看看這幅滑稽的畫兒吧——」

阿睦指向瓦版說道。又市對諷刺畫什麼的可沒半點兒興趣。

「據說這留守居役，還曾趁夜色潛入隔鄰的大名屋敷同女傭幽會。原來不可一世的武士，也會幹這種勾當哩。」

狗都能發情，武士幹這種事兒哪有什麼好希罕？林藏嘲諷道。

「說得也是。若卸下腰上那長短雙刀，武士和莊稼漢也就沒什麼兩樣，同樣可能是好色之徒，想必不時也會來個白晝調情，還是深夜幽會什麼的。總之，這留守居役還沒來得及翻雲覆雨，似乎就赤身裸體地睡著了。你們說這滑不滑稽？一個一絲不掛的漢子睡在女傭閨房裡，教人給撞見，當然要引發一陣騷動，立刻將這可疑的傢伙給逮了起來。仔細一瞧，竟然是……」

「竟然是——隔鄰的留守居役？」

沒錯，阿睦笑道：

「這等事兒難道不教人痛快？你們瞧，這渾身赤裸、教一群武士給團團圍住的窩囊傢伙，就是這留守居役大人，誰看見了能不笑個痛快？兩手朝胯下這麼一掩，即便報上名號、擺出官威，也沒人要當真。一番爭執後，只得半信半疑地自隔鄰喚來一人，證明果然是本人無誤。這下立木藩只能致歉賠罪，不知該如何處置這前所未聞的家老幽會窘局，只得將之召回國內，仍在百般斟酌時，此人便切腹了斷了。」

「喂。」

又市打岔道：

「上頭真載有這些個細節？」

「這些個細節——阿又，你在說些什麼呀？瓦版不就是這麼回事麼？一個板著臉孔的老爺子在哪裡命令幾個人切腹，可是一點兒也不滑稽。這下此人正是因幽會失敗而切腹，才滑稽吧？不載上這些細節，還有誰想讀瓦版？」

「武士真可能為這種事兒尋死？」

「尋死？」

「切腹，不就是尋死？」

「當然是尋死，否則哪兒滑稽？」

「滑稽？看到武士出糗的確教人暢快，但我可一點兒也不感覺這事滑稽。見人喪命當滑稽，根本是卑劣至極。」

別把這當真，林藏插嘴道：

「這些個瓦版上載的，淨是些唬人的假消息。」

「假消息？」

阿睦兩眼圓睜地驚嘆道。

「那還用說？阿睦小姐還真是個大善人哪。這些個寫文章的，就是靠在虛虛實實中胡謅混飯吃，否則哪可能天天發生這些個趣聞？正因是杜撰，才能寫得如此引人入勝，若是事實，可就教人笑不出聲了。若真發生這種事兒還膽敢據實陳述，說不定腦袋都要不保哩。」

的確有理，阿睦細細端詳著瓦版說道：

「不過，即使是杜撰，寫這種東西也不大穩當吧？」

「是不穩當。若是在京都，這種東西滿天都是，愚弄武士是不至於釀成什麼大禍，但在江戶，可就沒這麼便宜了。出版商不是得戴上手鎖（註4），就是得將生意規模減半，說不定還要給判罪哩。」

唉，真是杜撰？阿睦噘嘴說道：

「如此說來，仔細一讀，還真覺得不像是真實會發生的事兒哩。」

杜撰就是杜撰，林藏回道：

註4：江戶時代的刑具之一，狀似今之手銬，將雙手手腕齊銬鎖定，於一定期間內於自宅閉門懺罪。

「世間一切本就是虛多過實。喂阿又，你說是不是？」

又市僅是含糊其詞地應了一聲。

「這小夥子心情怎這麼差？我說阿睦小姐，千萬不要教咱們這愛鬧彆扭的雙六販子給拐了。總之，別因是杜撰的就認為這沒趣味。正因是杜撰，讀來才有趣不是？像妳這等美若天仙的姑娘，不該為這些個現世阻礙所束縛，香豔如花、俏麗如蝶者就得自由飛舞，方能彰顯美豔。」

一臉笑顏，方是絕世美女，林藏語氣輕佻地說道。

「林大爺，你可真會說話。」

話畢，阿睦朝又市瞅了一眼。

「某個小股潛似乎也是嘴上功夫了得。但再會說話，也成不了半件事兒。」

少囉唆，又市回嘴道：

「我可不會把唇舌浪費在一個子兒也掙不到的差事上。說一番肉麻的奉承話把妳給捧上天，能得到什麼好處？何苦為此把嘴給說歪了？」

「你這張嘴還真是不饒人。」

好了好了，林藏為兩人斟酒說道：

「阿睦小姐，在眉間氣出皺紋，可就要辜負妳這張臉蛋兒了。阿又，你也別待人家如此冷淡，瞧你說的那什麼話兒？我說阿睦小姐，你就別把這臭雙六販子說的話當真。看來這小夥子今兒個心情欠佳，這回招待妳喝碗糖飴湯，就請妳別放心上。」

林大爺可真是體貼，阿睦語帶嬌嗲地說道。

「那還用說？有幸同小姐這般美人共處，根本是美夢成真。噢——這下時候不早了，可否明兒個再邀小姐共度？」

唉呀，我可是會當真喲，阿睦再次朝又市瞅了一眼後，繼續說道：

「林大爺說的的確有理，看見這張無精打采的臉，只會教人掃興。」

「那麼，就給我滾。」

又市刻薄地回嘴道。

好好，我走我走，阿睦站起身來，將酒壺遞向林藏，說了一句林大爺，代我喝了它，接著便朝又市吐了個舌頭，匆匆忙忙地步出了店門。

林藏抬起視線望向又市。

「這娘兒們還真是嘮叨。」

「你哪來資格說？姓林的，我在一旁聽得直作嘔，什麼美如天仙、香豔如花、俏麗如蝶的，你這張嘴還真是見人說人話，見鬼說鬼話呀。」

女人不捧捧怎麼成？林藏說道，接著便舉起阿睦給的酒壺斟酒，什麼嘛，就只剩這麼一丁點兒了？抱怨一句後，才又繼續把話說下去：

「方才我不也說了？反正這世間本就是虛實難分，謊撒得夠大就能成真——這不是你的口頭禪麼？」

「只怕是惡夢成真吧？阿睦從前可是個扒手哩。」

「幹過扒手又怎麼了？和撒謊成真哪有什麼關係？」

「關係是沒有。」

呵，林藏笑道：

「倒是阿又呀，那貪得無厭的傢伙這下切了腹，果真是惡有惡報，著實大快人心哪。」

林藏直接舉起酒壺，將壺中粗酒灌進了嘴裡。

「這下領民的損失也都給填平了。」

「沒這回事兒吧？」

「誰說沒這回事兒？」

「總覺得有哪兒不對。」

設下圈套逮住立木藩江戶留守居役土田左門的不是別人，正是又市與林藏。當然，這也是椿根岸町損料商閻魔屋暗地裡承接的差事。

閻魔屋是家租賃被褥等東西的損料屋。但其生意涵蓋的範疇，並不止於出租這類物品。只要收下與委託人蒙受之損失相應的銀兩，便能代其完滿彌補損失——私底下，閻魔屋也從事這類生意。

這回的委託人，據說是立木藩內某一大農戶。

江戶留守居役土田左門性好漁色，屢以子虛烏有的理由刻意刁難，強迫領民交出妻女，供其褻玩。

就其所知，受害者已不下三十名，內有六名業已自盡，生者亦無法回歸原本生活，有些淪為飯盛女任人蹂躪，有些則是離家出走行蹤不明。

這回須填補的，就是這種損失。

話雖如此，逝者不能復生，姑娘們所受的心傷亦難以痊癒，久久無法自土崩瓦解的人生中回復正常。故此——唯有迫使左門停止漁獵女色，並施以相應之報復，方為解決之道。

起初，兩人僅打算自左門手中強取些許銀兩，平分予姑娘們的家人，但又感覺僅是如此，並無法彌補眾人之損失。不幸畢竟無法以金錢換算，要如何衡量某人蒙受之損失價值五兩、還是千兩？此外，僅是賠個幾分銀兩，想必也改善不了土田的行止。

兩人也曾考慮將其去勢，但結果想必亦是徒然。只消看看世間不乏業已不能人道、但好色之心尚存的老頭兒，便不難明白。看來——左門位居藩內要職，有權有勢得以恣意妄為——方為問題之所在。

這下——除了使其失勢，別無他法。

光是使其失勢還不夠。看來必先將其好色行止公諸於世，再摘下留守居役的烏紗帽，方為良策。聽見左門蒙羞後又遭剝奪要職，不僅能告慰尚在人世的姑娘們以及妻女曾遭左門凌辱的家人，往後亦無須擔憂妻女蒙受要脅。如此一來，眾人之損失方能算是完全補平。

為此，又市一夥人設了個局。

由於目標身分顯赫，一夥人行事格外謹慎。耗費足足兩個月，方得誘使土田左門入甕。

局本身倒甚是單純，不過是下藥使其昏睡，再褪其衣物，將之裸身置於鄰家下女房內——

雖僅不過如此。但再怎麼說，此人畢竟官拜立木藩留守居役，舞台亦非一般商家農家，而是門第高貴的武家屋舍，故這絕非一樁容易的差事。光是潛入府內，便得冒人頭不保的風險。因此一夥人不僅得事先散播左門的不雅流言，也得四處製造一些騷動，無所不用其極地興風作浪，只為將這場局佈得更是縝密——

一個月前，左門終於踏入陷阱。

至此為止——

這損失便算是填平了罷？又市說道。

「角助那傢伙說，眼見左門蒙羞，奉召回國軟禁，委託咱們辦這樁差事的苦主見了，想必都要喜極而泣哩。」

這名喚角助者，乃是閻魔屋之小掌櫃。

「話是如此，但看在妻女自縊身亡者眼裡，那臭老頭切腹自盡，也算得上是個划算的報應。你說是不是？」

「誰說的？若是非得取其性命，打一開始便將之誅殺不就得了？這等野蠻差事，根本不必耗上兩個月，只消委託那鳥見大爺，那臭老頭不出三日便魂歸西天了。」

此事絕非將人殺了便可解決，至少又市如此認為。

「咱們可沒殺人。」

林藏蹙眉說道：

「又不是咱們下的手。方才那瓦版上不也寫得清清楚楚？那混帳老頭是在等候裁示期間自我了斷的。」

「結果不都是一個樣兒？」

「哪裡一個樣了？咱們做的不過是教他蒙羞罷了。倘若換成個百姓什麼的，一絲不掛地潛入鄰家女人閨房的被窩裡，只消一笑置之，便可帶過。」

「但那傢伙哪可能如此輕鬆？」

「對武士當然是不可能。不過要生要死，也是武士自個兒的選擇。想必對那老頭來說，這想必是個無從苟活的恥辱。」

「但……」

真有必要求死？

「這質疑的確有理。不過，阿又，若依這道理，咱們不也該質疑遭那老頭蹂躪的姑娘們，為何非得尋死不可？這也是姑娘們自己的選擇。即便遭人摧殘，只要不張揚出去，日子還是過得了。即便如此，對這些姑娘們而言，自己遇上的屈辱，也是非得自縊了斷方能平息。如今那老頭也嘗到同樣的苦果，想必這下終能了解自己的惡行，對姑娘們造成的是何等傷害吧？」

「我還是不明白。」

明不明白也是你自個兒的選擇，林藏說道：

「這不過是你自個兒的看法，我的看法可不同。聽著，世間看咱們這等賤民都是一個樣兒，但咱們同是賤民，看法卻是南轅北轍。委託咱們的農家，看法想必也是不同。咱們連遭凌辱的姑娘們是什麼看法都無從論斷，更遑論土田這個幹武士的。武士的看法，哪裡是個雙六販子弄得明白的？」

「你難道認為就一個武士而言，這結果理所當然？」

老實說，又市壓根兒沒料想到可能會是這麼個結局。

「這……藩主殿下會做出什麼樣的裁決，我是參不透。但即使暫時不做任何懲處，我看遲早也得判他切腹。」

豈有可能？又市回道：

「方才你不也說過，這種事兒只消一笑置之，便可帶過？我也知道武家不同於百姓，但區區這麼個紕漏，真可能換來這等懲處？」

「武士可得講究體面，再者，藩與藩之間也有高低之分。立木藩不過是個小藩，隔鄰屋舍的石高俸祿可是有他們五倍之多，倘若遭其刁難，根本無計可施。若是教幕府給知道了，只怕還要遭到勒令撤藩哩。」

——就為這麼件小事兒。

「為這麼件小事兒，便可能被迫撤藩？」

「我只說不無可能。又市，世間道理可不似咱們想像得那麼簡單。投小石入海，亦可能釀成巨浪。有時只消放個屁，就能毀滅全村哩。」

這不過是個笑話吧？又市駁斥道。未必是笑話，林藏立刻回嘴道：

「或許有些時候，區區一隻老鼠便能引起大山鳴動，反之亦然。不是有句俗話說，千里之堤潰於蟻穴？若已察知有巨浪將至，事前思策以防患未然，實乃人之常情。」

「那臭老頭切腹自盡，哪是防範巨浪之策？」

「我只說有可能是。你想想，商人以銀兩收拾紕漏，乃因對其而言，至關重要的是銀兩。對武家而言，至關重要的則是體面，因此只得以性命收拾。」

「另一藩根本未遭蒙任何損失。」

「你這傻子。試想，自己出了個紕漏，教客人損失了十兩。若是個懂得世故的商人，可能要賠償二十兩以表歉意，人情就是這麼做來的。武家也是如此。教人蒙羞，便得賠上這恥辱的雙倍代價。切腹的確是最後手段，但都做到了這地步，對方也就無話可說了。反之，藩主若是包庇這臭老頭的紕漏，可就不再僅是這老頭自個兒的責任，而得由藩主殿下、甚至全藩上下來承擔。」

左門可是位高權重哪，林藏繼續說道：

「倘若只是個無名小卒，大概成不了什麼問題。偏偏那傢伙是個上頭僅有筆頭家老（註5）與藩主殿下的高官，光靠閉門蟄居，想必不足以收拾這等紕漏。沒株連九族，已屬萬幸。」

——株連九族。

想必左門自個兒也有妻小吧。

還是不服氣？林藏氣勢洶洶地繼續說道：

「總之，管他什麼藩國體面、武士聲譽的，把這些個大話放下不就得了？姑且不論那臭老頭，有些武士光是在人前放個屁，就要切腹自盡了。武家不就是這麼回事兒？而咱們做的，正是刻意讓一個武士背負上莫大的恥辱，原本就該知道即使逼得他切腹也沒什麼好稀奇的。而委託咱們辦這樁差事的傢伙，想必也都曉得這道理。那些個莊稼漢或許沒想到那臭老頭會如此自我了

註5：家老是日本江戶時代幕府或藩中的職位。筆頭家老為家老中地位最高者。

斷，但想必也不會為這過了頭的結果內疚分毫。」
「難道會和方才的你一樣大喊快哉？」
有此可能，林藏斷言道：
「即便填平了損失，可憎之人依然可憎。反正報復這種事兒，做得過頭了反而更好。不是麼？」
「咱們可不是代人報復的尋仇人。」
有什麼兩樣？林藏說道：
「填平損失和報復本就沒什麼兩樣。不都同樣是以其人之道還治其人之身？」
「我可不這麼想。」
「那麼，你怎麼想？」
「即便是報復，這回咱們也做過頭了。」
我倒認為還不夠本哩，林藏回道。
「都讓那臭老頭蒙羞、自盡，還讓他家人顏面無光了，難道還不夠本？」
「你在裝什麼清高？咱們幹的可不是什麼匡正世風的義舉，凡事顧此便要失彼，咱們這回此彼兼顧、完滿收拾，已經是求之不得的好運氣了。」
這——
又市當然也清楚。但他可不是在裝清高，不過是質疑這回的局佈置得是否妥當，納悶是否有更好的法子辦好這樁差事。倘若事後再多做點兒安排，想必便不至換來這麼個結局。

——報復哪能解決什麼？

僅靠這一來一往的，忿恨與苦痛註定依舊。即便得怪先鬧事的一方起的頭，到頭來雙方仍是什麼也沒解決，不過是忿恨與苦痛的你來我往罷了。

反正我就是想不透。

又市喃喃自語道。

【貳】

翌日。

又市前去下谷，造訪本草學者久瀨棠庵。

棠庵是位品行端正的儒者，同時還是位上知天文、下知地理的博學之士，但卻不時助閻魔屋暗地裡的差事一臂之力，可見他事實上是個教人難以測度、難以應付的老頭兒。

不論何時造訪，總見棠庵蜷著身子在讀書。由一身模樣看來不似在經商，教人難以猜測其究竟是靠什麼餬口，活像個飲朝露、食晚霞的仙人。

總而言之，此人看似不食人間煙火。但說棠庵是個遁世離群的隱士，似乎又非如此，事實上生性豁達，又帶幾分孩子氣。又市所欣賞的，正是他這性子。

老頭兒，我又來打擾了，又市招呼一聲，拉開骯髒長屋那扇製工粗糙的拉門，果然又見棠庵窩在書堆中翻查書卷。

「噢，又市先生，留神點兒。」
棠庵罕見地揚聲高喊道。
彷彿為了阻擋來者入內似的，只見土間置有一個怪東西。
其看似一只倒臥地上的竹籠，上頭還插有兩支便於肩挑的粗竹竿。雖然比押解囚犯用的籠子小了些，但網格甚細，紮工也夠結實。
「這是什麼東西？」
又市湊近端詳，這下籠子微微晃動起來，籠內也窸窣作響。
「裡、裡頭裝了什麼東西？」
「不是囑咐你留神了麼？若是鼻頭給咬了一口，我可不賠償。」
「咬一口？原來是捕了頭畜生來。瞧老頭兒這身殘軀瘦骨，何苦逞強扮獵師？」
並非我捕來的，棠庵冷冷回道。
「我當然知道。一個吹噓著為避免飢餓而盡可能維持不動的老頭兒，哪可能出外狩獵？不過，關這籠裡的究竟是獾、兔、還是鳥——？」
又市謹慎地朝籠內窺探，只見籠內有隻看似仔犬的畜生微微一動。
「這是什麼東西？可是隻水獺？要說是耗子，似乎又大了點兒。」
是雷，棠庵回答道。
「雷？喂，甭同我開玩笑。」
「六十年來，老夫似乎沒開過任何玩笑。」

「少唬弄我。喂，雷不是個生得像鬼似的東西？生得一張活像大津繪（註6）上的鬼臉，手捧大鼓、腰披虎皮，哪是這模樣？」

「那是降雷的神，籠內的是神降的雷。」

「噢。」

這番解釋還是教人聽不明白。

算了，你就進來吧，老人說道。

又市繞過籠子走進土間，再伸手隔著籠子拉上了門。

「好了，這神降的究竟是什麼東西？」

「不都說是雷了？」

「雷？難不成是來偷咱們肚臍的？」

又市將研缽以及生藥袋一把推開，在榻榻米上一屁股坐了下來。可有誰肚臍被偷了？棠庵接著說道：

「若真有人被偷了肚臍，不就成了蛙肚子？或許是老夫孤陋寡聞，至今沒見過任何人少了肚臍。倘若雷神真會盜人肚臍，老天爺打這麼多雷，咱們身邊至少也該有一兩人沒了肚臍才是。」

「甭白費力氣講道理了，我也不信這偷肚臍的鬼話。瞧我天生窮得這副德行，一輩子連蚊帳都沒得掛。若雷真能偷人肚臍，早把我肚子上這只給偷去了。」

註6：江戶初期，今之滋賀縣大津市所盛產的民俗繪畫。主題多元，遊歷東海道的旅人常購之以作為土產或護身符。

坂東多落雷，老人說道：

「上州一帶有雷電神社、火雷神社，祭祀雷神的地方不少，可見雷落得也不少。」

「落雷是不少，但哪可能真落下什麼東西？雷這東西——噢，似乎也不該說是個東西。」

棠庵抬頭望向又市，接著便以娘兒們般的嗓音笑了起來。

「笑什麼？」

「呵呵，瞧你這麼逗趣，當然引人發噱。沒錯，實際上是沒落下什麼東西，但還是有些個什麼轟隆轟隆地從天而降。此外，雷發出轟然巨響，這聲響是神明才發得出的。因此——雷才稱作神鳴（註7）。」

「神明才發得出的聲響？」

「聲響傳自凡人不可及之天際，咚隆咚隆像是敲大鼓似的。這就是你方才所提及——雷神手捧的大鼓。」

「因此才捧著大鼓？又是為何要取人肚臍呢？」

雷可不會取人肚臍，棠庵再次笑道：

「此外，還會放出雷光。光也非人所能造出。」

要造出雷光，的確是難過登天。

「雷光這東西，不是寫作稻妻（註8）麼？原因是雷多現於水稻開花時期。」

那麼，為何又有個『妻』字？又市問道。此乃因水稻與雷電關係如膠似漆、有如夫妻，棠庵回答。

「如膠似漆？聽得我更是不解了。」
「此言即指，多雷之年乃豐收之年。若是冷夏，雷落得就少。見雷電宛如一道線連結天地，古人或許以為上天以落雷向稻田降神力。此外，雷電形狀還像條蛇。」
「但也有些分岔。」
「總之，中央確有看似一道線的骨幹。故古來多視雷神為蛇形。與其說蛇，或許說龍較為恰當。噢，就說是蛇吧。」
「所以我不是說了？」
雷是個鬼呀，又市語帶揶揄地說道。雖然這沒什麼好爭的，但同這老頭兒，就是聊這些個瑣碎雜事才有趣。
聊著聊著，老頭兒就會吐出些古怪的話兒來。
「我不都說了，那是大鼓啊？頭長角、貌似鬼的，是敲鼓的鼓手。倒是——容老夫岔個題，遠在神代時期（註9），傳說唐國有種名曰夔的獸類。」
「夔——可是那畜生的名字？」
「沒錯。傳說這夔形如牛，僅有一足，且吼聲如雷。」

註7：「雷」與「神鳴」在日語中同音，皆讀作「かみなり」。
註8：日文雷電為「いなずま」，漢字寫作「稲妻」。
註9：指記載於日本開國神話《古事記》及《日本書紀》中的神話時代，相傳自開天闢地至神武天皇即位為止，日本由諸神所統治。

呿，又市不屑地說道：

「僅有一條腿的牛？開什麼玩笑，根本無從想像這麼個鬼東西生得是什麼模樣。又不是稻草人，僅有一條腿哪站得起來？」

「此形的確極欠安定。在任何文獻書卷均可見，不分古今東西，獸類不是四足，便是雙足，既無五足，亦無三足者，僅有一足者更是絕無可能存在。」

「代表這東西是杜撰的？」

未必如此，棠庵回答：

「世間存在之物——若傳說存在，便是實際存在。哪管如何極力主張不存在，仍是存在。今吾與汝均存在於此處，即便宣稱不存在，存在亦是不爭事實。」

「都存在了，還能說什麼？」

「沒錯。但反之，不存在之物，便真的不存在。」

「這不是廢話麼？」

「絕無可能存在之物——即違反天地法則之物，大抵均不存在。不，毋寧該說是絕不存在。諸如能收覆水、冰冷烈焰一類，註定絕不存在。」

當然不存在，又市答腔道。

這老頭兒果然開始說些怪話兒來了。

「不過，又市先生，人希冀其存在之物、或認為其存在之物，則是雖不存在，卻實際存在。」

「噢？」

無須訝異，棠庵手撫著下巴說道：

「且以儒者稱之為鬼的幽魂為例，依理，幽魂絕無可能存在。雖不存在，仍須視其為存在。」

「這是何故？」

「乃因視其為存在較有益處。儒學有言，待鬼神，敬而遠之。亦有言，子不語怪力亂神。但這些均非否定鬼神之存在，僅是教誨不宜議論其存在與否。」

「不存在的，議論又有何用？」

世間無神亦無佛，又市對此早就深信不疑。

的確不存在，棠庵說道：

「但仍可視其為存在。例如儒者應孝親，對親之祖更應盡孝。應視親之親為己親，待親之親之親則更應——」

「親之親？老早都死光了。我甚至連個爹娘都沒有。」

「沒錯，確已不在人世。然孝親之心衍伸而論，即為敬祖之心。祖先業已不在人世——即等同於不存在，不存在者，不易供人孝敬。不過敬祖之心，簡單說來，即為立國成家之基，造福社稷之礎。」

此乃依據忠孝禮儀等不具實形之道理而言，話及至此，老人停住了磨蹭下巴的手。

「此即為雖不存在，卻實際存在。唉，或許是因老夫曾為儒生，對此，儒者當緘默不語。但你想想，不存在卻實際存在者，不就等同於虛言？反之，若肯定其存在，斷定世間真有幽魂、鬼神，則本身便是……」

「本身便是個謊言？」

「沒錯。因幽魂鬼神並不存在，如此論斷便形同虛言。故此，不論斷其有無，方為正道。畢竟若其真不存在，亦將造成困擾。」

「將造成困擾？」

「當然。即便佛家亦然。佛家祭祀佛像。佛像實為木像或銅像。木銅並無任何法力，但將之形塑成佛，便可供人祭之。神社亦是如此。御神體（註10）雖不示人，但可以鳥居或屋宇形塑其神聖氣氛。教人感覺社內雖空無一物，祭拜起來亦可蒙神明庇蔭，倘若篤信不疑，信仰即可能成真。故御神體之所以不示人，正是為此而作的安排。」

「噢。」

世間無神佛。然雖不存在，卻須視其為實際存在——

「這說法並非謊言？」

棠庵頷首回道：

「鬼怪亦是如此。」

「鬼怪？」

沒錯，棠庵回答。

「那麼——那僅有單足的怪物也是如此？」

「當然。不過，夔可就略複雜些。老夫——亦鑽研本草學。」

「這我知道。」

「草木、禽獸、昆蟲，本草學涵括之內容可謂森羅萬象，窮畢生也學不完。假定世間有種紅花，亦有種形狀完全相同之藍花。如此一來，似能假定亦有花色介於兩者之間的花種存在。」

紫花？又市漫不經心地問道。

「沒錯。藉有紅有藍，假定出亦有綠有黃，似乎毫無根據，但紫乃介於紅、藍之間的色彩，此推論便較合乎道理。倘若真發現有紫紅花，更得以推論——紫藍亦極有可能存在。」

「噢。的確有理。」

「此即，實際上並不存在，但依理可能存在、或應該存在——這類東西，即便不存在，人亦常以存在視之。」

「原來如此。但一如老頭兒你適才所言，三條腿或兩條腿的牛絕無可能存在，比這少一條腿的單足牛，豈不更是無稽？」

「沒錯。」

棠庵面帶笑容地說道：

「這叫做夔的獸類，出自一部名曰《山海經》之唐國古籍。遠昔之想像，與今日甚有出入。今人懂得依實際測量繪製地圖，但古時的地圖，乃依推論繪製。」

註10：被視為有神明寄宿之物體、或有神明降臨之場所，為神道信眾之膜拜對象。

「何謂推論？」

「為解明陰陽五行、天地自然之理，古人羅織出種種推論，再依此類推論，界定世間萬物。一如稍早推論紫藍花極可能存在的方式，東方有些什麼、西方又是如何，再遠之處則應是如此，該處有什麼棲息，這東西必為某性質之某物——古人習於以此法逐一界定。對古人而言，此即學問。」

「這——豈不是憑空臆測？」

「沒錯。描述夔的《山海經》中，尚載有胸前穿孔達背之人棲息之國，以及無首而顏面生於腹之部族等荒誕無稽之記述。這些個東西，實際上絕無可能存在。」

「那麼，這些個推論都是錯的？」

「是的。但或許算不上錯。若要說得易懂些，當時，此類推論背後，尚有信其存在之信仰支持。」

「雖不存在，卻實際存在——就是這道理？」

「是的，正是如此。即為——以希冀其存在、或須視其為存在者為中心，推論出一套道理，並依此道理羅織其存在，或形塑其形體。不過，這些東西畢竟原本並不存在，故實難為其定形體。形體之描述，可能依時光流逝一點點兒產生變化。至於細節，更可能出現極大出入。這看似煞有介事的單足異獸之描述——」

其實絕非憑空杜撰，棠庵說道。

「意即——此乃根據某種這東西非得僅有一條腿不可的道理——所行的想像？」

「沒錯。」
老夫認為，夔原本應是個龍神，不，或許是蛇，棠庵說道：
「蛇挺立而起時，不是看似僅有單足？」
「那哪是單足？是尾巴。」
「若以足比喻其尾，便得以單足形容之。至於為何是蛇，乃因雷電呈蛇形之故。常云咆哮如雷，故若欲形塑此物之形體——便非得融入雷之屬性不可。」
「喂，這道理未免太突兀了吧？」
「的確突兀。總之，這名曰夔的異獸，為黃帝所擒獲。」
「這黃帝又是什麼東西？」
乃唐國遠古時期的將軍大人，老人回答：
「與其說將軍，或許以大王形容較為恰當。總之，畢竟是神代時期的傳說，或許將之想像成近乎神祇般的人物較為妥當。擒獲夔後，黃帝殺之，取其皮以冒鼓，聲聞五百里。還真是座驚人的大鼓。」
呿，又市揶揄道：
「這麼吵的東西能做什麼？姑且不論遠在五百里外的會如何，站旁邊的耳朵包准要給震破，敲鼓的包准要被鼓聲給震死。」
若真有這鼓，的確是如此，棠庵笑道。
「言下之意，是其實沒這鼓？是純屬杜撰、或僅是個比喻？」

「由此可見——這僅是神明尚留駐世間時的故事。我國亦不乏同例，諸如天岩戶之神隱、或伊奘諾下黃泉一類故事。但這些個，不應僅將其視為杜撰故事。至於夔，溯其根源，指的其實是遠古時期之樂人。以金屬製成之大鼓——或許指銅鑼之類的樂器。夔，實為比喻造此樂器之人。」

「什麼？指的原來是人？」

沒錯，老人闔上書卷，這下又自藥櫃中取出幾粒東西，在鉢中研磨起來。

「造樂器者雖是人——但所造出的樂器，不，應說是那銅鑼之音，則非人。」

「噢？」

「銅鑼之音甚是驚人。初次聽者，或有可能大受驚嚇。」

「的確不無可能。」

「至少絕非曾於天地自然聽得、亦非常人所能發出之鳴聲——聽者想必要如此認為。亦即，似是非人者——即神明所發出之鳴聲。」

故以神鳴謂之，棠庵說道。

這也難怪，畢竟音量驚人。原來雷的真面目不過如此呀，又市說道。

心中不免感到幾分失望。

「沒錯。也或許要認為——鑼聲宛如雷聲。」

「因巨響貫耳，如同雷鳴？」

「是的。總而言之，或許尚有其他形形色色之要素。比喻樂師之夔，後來又衍生出多樣傳說，自遠古傳承至今，原本指人的，也被傳成了非人。」

「非人？」

「沒錯。不論如何，雷鳴畢竟非人力所能為之，故具雷之屬性者，必是非人。樂師雖為人，但隨傳說因時變貌，到頭來也成了非人。亦有其他文獻將夔載為山神，於《國語》中，夔則成了鬼魅魍魎、木石妖怪。作此說者，乃儒學之祖孔子是也。」

「就是那成天說些子曰什麼的傢伙？」

「是的，正是此人。」

「這傢伙可真是，凡事都要嘮叨，頓才甘心。但稱其為魍魎，豈不就視之為妖怪？」

「沒錯。樂師、山神、與妖怪絕非同物，但描述之所以有此差異，不過是因敘述者或自縱、或自橫觀看，所視者實為同一物。稍早老夫所列舉的夔之描述，亦是如此，單足亦為山神之特徵。只是不知其被賦予的雷神特性及山神特性，究竟何者為先、何者為後——」

「喂。」

又市望向竹籠問道：

「那麼，籠內的該不會就是這名曰夔還是什麼的東西吧？」

正是夔之後裔，棠庵漫不經心地隨口敷衍道。

「後裔？該不會也是只有一條腿吧？」

「老夫不也說了，世上絕無單足之獸類？籠內的不過是隻鼬。」

「鼬？」

又市伸手敲了敲竹籠。
籠內傳出窸窸窣窣的聲響。
「鼬怎會成了這夔還是什麼的後裔？不都說那東西像頭牛還是什麼的？鼬一點兒也不希罕，這算哪門子的雷？」
「鼬確為雷。尋常的鼬，亦可以他物視之。籠中關的雖是隻鼬，但人視其為雷獸。」
雷獸——？
怎又冒出個沒聽過的字眼？
雷獸又是什麼東西？又市問道。
「雷獸亦作驅雷、雷牝，信州（註11）一帶則以千年鼬稱之。據傳——乃隨落雷降下凡間之獸類。」
「隨落雷降下凡間？」
「據傳——此獸平時棲於山中，若見天倏然轉陰、雷雲密佈，便飛升天際，縱橫馳騁於雨中，再隨落雷降返凡間。」
「這等無稽之談，有什麼人相信？」
此說確屬杜撰，老人說道。
「果真是杜撰？」
「雖為杜撰，亦為實情。」
「——噢？」

原來和鬼神是同一回事。

「落雷與獸，看似毫無關聯。隨落雷降下者，若為火球或鐵塊一類，似乎較為合理。論及飛升，則應屬飛禽一類。但鼬確為獸類。稱其為夔之後裔，正是因此緣故。」

「鼬可從天而降？誰會相信這種事兒？」

「先生或許不信——」

然此說畢竟曾廣為人所採信，棠庵說著，又從堆積如山的書卷中抽出一冊，開始翻閱起來。

又市嗅到一股撲鼻的塵埃味。

「前人亦留有不少記載。據載——安永年間，松代（註12）某武家屋敷曾遭落雷所擊，見一獸隨落雷而降。該武家捕之，略事飼養。此獸大小如貓，一身油亮灰毛，於陽光照耀下觀之則轉為金色。其腹有逆毛，毛尖裂為二股。瞧為文者觀察何其詳盡。此外，此獸遇晴則眠，遇雨則喜。」

「這根本是瞎胡謅吧？」

「先別妄下定論。駿府近藤枝宿（註13）處有花澤村。村山中亦有雷獸棲息，同是見暴風雨便興奮莫名，乘風升天馳騁天際，卻誤隨落雷降返人間。文中稱此獸為落雷，乃鼬之一種，渾身

註11：又稱信濃國，為日本古代的令制國之一，位於今日長野縣。

註12：今長野市東南部地區。

註13：今靜岡縣藤枝市中近山邊之區域。昔日商貿繁盛，全盛時期客棧曾多達三十七家。

生有紅黑亂毛，首有黑、栗毛斑，唯腹毛為黃。尾甚長，前足生四指，後足生蹼。你瞧，此描述是何其具體。」

這也是雷獸？又市問道。這不過是普通的鼬，老人回答：

「或許體型較尋常的鼬大些。總而言之，雷獸平日溫馴如貓，惟有時獸性突發，逢人捕捉，則施毒氣驅之。不過在常陸之筑波村一帶，有獵捕此獸之風習。」

「獵捕此獸？」

「沒錯。當地居民稱此為獵雷。之所以有此舉——乃因其習於毀壞作物，教人束手無策。據傳其常下山入村，破壞田圃。」

「喂。」

又市坐直身子問道：

「那東西不是從天而降的？哪逮得到？」

「雷鳴並非年年都有。」

棠庵回答：

「一如風霜雨雪，雷亦為隨天候變幻而生之自然現象。誠如先生稍早所言，雷神竊取肚臍之說，實際上根本無人相信。人無法干預天候，即便行乞雨、或祈求船隻免於海難之舉，依然無從確保風調雨順。而人對雷亦是如此。」

「這——的確有些年雨降得少些，也有些年雷落得少些。但不論怎麼說，這雷獸什麼的根本不存在——充其量也不過是尋常的鼬不是？」

「的確不存在。」

「那麼，酷暑或冷夏，和鼬又有什麼關係？頂多也是鬧乾旱時，山中覓不著食，才會被迫入村破壞田圃罷了。」

「頂多是如此。」

「那麼——獵鼬的用意何在？」

「只為將之驅離村里——縱其升天。」

「縱其升天？」

「縱其升天，雷獸便能成雷，而雷乃天神注入稻田之神力。只要雷鳴復起——田圃便能豐收。」

聽來不大對勁哩，又市抱怨道。

「哪兒不對勁？」

「應是相反才對不是？」

「相反是指？」

「多雷必豐收。豐年必多雷——不論塵世如何流轉，都是不變的道理。故此，並非雷獸升天喚暴雨，而是遇暴雨雷獸才升天。方才的說法，豈不是本末倒置？」

「沒錯，確有本末倒置之嫌。」

「倒置得可離譜了。」

「不過，又市先生，事實就是這麼回事。武藏野一帶居民，見雷落田圃，便在落雷處豎以青竹，以注連繩（註14）圍之。對了，先生不是武州出身？或許也曾見過此一風習。」

的確是見過。

「那可非普通的飾品，據傳此舉之目的，乃助雷獸歸返天際。不論是何處的農家，均期望雷獸能盡快歸返，升天之後他日再臨。筑波之獵雷風習，目的看似驅除肆虐田圃之害獸，但依老夫所見，實為將之追趕至無路可逃，逼迫其躍向天際。雷獸棲息世間，只會糟蹋田圃——想必此推論並非出於鼬常盜食作物，而是出於對不適合耕作之天候的畏懼。」

「這聽來活像——」

「活像乞雨。對自由駕馭常人無從操控之天候的渴望——迫使人須視雷獸為實際存在。這與祈神之舉略有出入，既無須法力，亦無須信仰，但根本是相通的。將無法駕馭之事物、以可駕馭之事物取而代之，試圖將之駕馭自如。」

「天候當然是無法駕馭。」

「但若能聘得一修有無邊法力、可自由駕馭天候之高僧，或許便有所不同。人雖無法與天候言語，但與高僧則可言談。不，若可直接同駕馭天候之神明商談，更能迅速收效。雖無從與天候溝通，但若換作神明，或許便可——」

「但神明也……」

「當然不可能有所溝通。老夫亦知世間無神。不過……」

「仍須——視其為實際存在？」

世間無神佛。雖不存在，卻須視其為實際存在。

「沒錯。天候無人格，然神明則有。有人格——即代表可與其言談。當然，雖可言談，但神明是否順人之意，可就是另外一回事了。」

怎麼聽來根本不靈驗？又市說道：

「順不順人意不都一個樣兒？人干涉不了天候，求神拜佛什麼的，從頭到尾不過是自個兒唱獨角戲罷了。」

「沒錯。到頭來即使真能如願，也不過是偶然。借用先生的話來說，謝祭神明確為本末倒置之舉，的確是唱獨角戲。即便要唱，區區一介農戶與神明也對不上戲。」

「的確，神明哪會搭理這些個無名小卒？」

「沒錯。神明並不會將莊稼漢放在眼裡。但若將神明換作獸類，可就有所不同了。因此——便有人指雷為獸。」

「原來如此。」

「誠如先生所言，無論如何，人均無法自由駕馭天候。不論假何種手段，均僅能任天候雪雨陰晴、任莊稼豐收歉收。即便知道這道理——凡為人者，均有希冀神明庇佑之心。」

即便註定是毫無幫助，老人說道。

這道理，又市比誰都清楚。

飢饉之慘痛非人所能承受。倘若真有神佛，還真希望能讓祂們瞧瞧。飢餓之苦，絕非信仰所

註14：注連繩是一種用稻草織成的繩子，為日本神道教中用來潔淨的咒具。常見於神社，能辟邪。

能撫慰。
「即便如此，祈神亦非全然無效，畢竟靈不靈驗，機率均為各半。與其束手待斃，不如試試祈神、獵雷，多少略求心安。」
先生說是不是？老人正眼直視又市問道。
「明日之事，非人所能預知。誠如先生所言，世間或無神佛，但若不寄望明日或有光明——或將難以安度今日——先生說是不是？」
那還用說？又市回答道。
「這鼬——不，這雷獸，乃筑波之農戶所捕獲。其實，今年似有歉收之虞。先生瞧，日照既不強烈，又偏逢乾梅雨。」
如此說來。
——今年的確是沒降多少雨。
雖少雨，天卻總是陰多過晴。時近夏季，大多日子卻仍是氣候陰涼。
「難不成——今年也要鬧飢饉？」
「應有歉收之虞。至今已持續數年，存糧行將告罄，農戶當然寄望今年能是個豐年。因此——方有獵雷之舉。」
「這——喂，且慢。若真獵到了雷，又能如何？依老頭兒稍早所言，還得將這傢伙給送上天不是？」
又市望向竹籠問道：

「但這傢伙哪飛得了？」

「是的，鼬的確是飛不了。但獵雷的農戶可不作如是想，個個當自己捕來關在籠中的，的確是雷獸。」

「但打開籠子一瞧——不就要穿幫了？」

「沒錯。故切不可說，切不可見。雖欲當雷獸存在，但實際上卻不存在。因此也不敢看一眼——便徑直運到老夫這兒來了。」

「為何運到這兒來？」

「只為詢問老夫——如何助其升天。原本還納悶彼等自何處打探到老夫之風聞，一問方知，原來彼等乃萬三先生之親戚。」

萬三是個岡引。雖是個持十手的捕快，倒也不難相處。惟此人雖性子耿直，卻好看熱鬧，自從於某場騷動中與棠庵結識後，似乎就對這古怪的老頭兒深為著迷，不時前來此處探訪。

「據傳，至今未有任何人於獵雷中捕獲雷獸，不過是一近似驅蟲（註15）之儀式。誠如先生所言，若真獵到了雷，亦是無從處置。也不知究竟該將之分食、縱放、抑或宰殺。」

「那麼，該如何處置？」

「因此，彼等這才找上老夫，詢問可有任何法子能助其升天。」

註15：原文作「虫送り」，為日本初夏舉行之傳統儀式，目的為驅除害蟲、祈求豐收。農民於夜間舉火炬揮舞遊行，某些地區亦以乾草紮成人形、並綁上害蟲，以為惡靈之替身，擊鉦、鼓行進至村界，再將火炬與人形拋入河中。

「老頭兒這回謊撒得可大了。上回不是還吹噓什麼行騙並非所長？那麼這回又是怎麼回事？䶕又沒長翅膀，哪飛得上天？」

「的確是飛不上天。」

棠庵苦笑道。

「而你竟還敢厚著臉皮答應？這不是行騙是什麼？還敢裝糊塗代人想法子。誰想得出法子讓䶕飛上天？」

「正因如此，老夫僅回應尚不知是否真能成事。絕未行騙。」

「呿。」

乾脆讓我附近隨便找個地方，將牠給放了，又市再度望向竹籠說道。

「總不可能將牠給帶回筑波吧？」

此䶕體力業已耗盡，老人說道：

「畢竟已自常陸（註16）長途跋涉至此地。」

「常陸——？打這麼大老遠的來到江戶，還真是了不起。」

——且慢。

「喂，老學究。」

又市撩起衣襬，坐直身子問道：

「立木藩不就在常陸？」

「距筑波——的確不遠，但應是位於下野。」

如此說來。

土田左門的母藩，今年也有歉收之虞。

說不定前來委託閻魔屋的農戶們，今年也獵了雷。

「聽我說，老學究——你怎麼看尋仇這件事兒？」

「此言何意？」

「咱們上回為一個嗜色如命的蠢武士設了個局。」

「可是損料屋的差事？」

「沒錯。這傢伙接連凌辱領民妻女，好幾名不堪受辱的姑娘，被逼得自縊或投河。為了填補這損失——」

「汝等如何處理？」

「讓他出了個洋相，遭去職懲處。這武士位高權重，平日仗著自己的權位作威作福，逼得領民個個苦不堪言。因此，我們便摘去了他的烏紗帽。」

果真善策，老人說道：

「較野蠻差事高明許多。」

哪兒好了？又市說道：

「孰料那傢伙竟然切了腹，魂歸西天了。」

註16：常陸國，日本古代的令制國之一，屬東海道，又稱常州。常陸國的領域大約為現在茨城縣的除西南部外的大部分。

「噢？」
聞言，棠庵不由得皺起了眉頭。
「到頭來，和野蠻差事不都一個樣兒？早知如此，還不如請烏見大爺一刀解決，要來得痛快得多。」
武家的確是難以應付，老人說道：
「動輒輕己命如鴻毛，重外事如泰山。」
「沒錯。咱們當初就是沒將這納入考量。林藏那傢伙還說他們既沒心肝又沒腦袋，我可沒看得這麼簡單。」
「但這結果——理應不難預見。」
果真是——不難預見？
沒料到這結果的，或許僅我一人罷？又市放鬆坐姿說道：
「總而言之，遭那傢伙蹂躪的姑娘們境遇著實淒慘。丈夫和爹娘想必也嚥不下這口氣。即便將這視為損失——取了使自己蒙受損失的傢伙的小命，難道就算是樁划算的損料差事？」
幹得豈不是太過火了？
人心無法計量，老人說道：
「即便置於磅秤上，想必也無法覓得重量相當的砝碼。亦無法以量器度量。論人心，有僅遭針刺便痛不欲生者，亦不乏遭一刀對劈仍處之泰然者。故此事是否划算，他人實難論斷。」
畢竟老夫對與此相關之事，甚不擅長，老人撫著平坦的胸脯說道。

「吃了虧，便找對方出口氣，倘若幹過了頭，會是如何？如此一來——理虧的可就不再是先動手的那方了。討回的份兒絕不可超乎原本的損失，是損料屋的行規。討過了頭，便有違商道。因為討回的份兒多過自己損失，這下就輪到對方吃虧。如此你來我往，根本是永無止境。」

棠庵先是沉默了半晌，接著才開口低聲說道：

「故此——世人方需神佛。」

「此言何意？」

「人裁定人，以一己之基準度量他人——必然產生不公。人心非人所能計量，乃因每人基準不同使然。為此，人創了國法與規矩。但國法與規矩，畢竟還是常人所創。然若是神明下達之裁定，即便依然不公，人人也將信服。這——」

與天候是同樣道理，老人說道。

又市聽著，兩眼朝關有雷獸的竹籠定睛凝視。

【參】

一個梅雨雲密佈天際的午後，緡面形（註17）巳之八前來長屋造訪又市。

巳之八乃角助之徒弟，亦於閻魔屋當差幹活。較又市更為年少，還只是個十七八歲的小鬼

註17：為投錢幣視正反面所行之占卜，或賭博行為。

頭。幹的活也和角助不甚相同；巳之八既非小廝，亦非掌櫃。
表面上，此人通常於店內幫傭打雜，但骨子裡是個幫忙打理不可張揚的差事的小夥計。
由於既無武才、又無技藝，似乎從沒挑過什麼大樑，但由於腳程快、口風緊，故常被當作斥候或通報人差遣。由於閻魔屋的手下中就屬又市最為年少，故兩人近日常結伴廝混。
看來今兒個不是來找樂子的。
只見巳之八神情緊繃地佇立門外。
任又市再怎麼探詢，這小夥子也只要求盡快上閻魔屋一趟。
雖揣測著想必又是樁無趣的差事，但眼見巳之八神態如此堅決，又市也只得乖乖同行。
途中，兩人又找上了林藏。
此亦出於巳之八的懇求。
幸好林藏正在長屋裡呼呼大睡。這時節，也沒多少吉祥貨的生意可做。
既不冷，也不熱，這天候說來算是舒適，但總是教人放不下心。依理，這時節應要開始熱了才是。窩在江戶混日子，是感覺不到什麼兆頭，但看來今年恐怕真是要鬧飢荒了。
這天候——還真是不祥。
三人來到閻魔屋前時，也不知是何故，看見外頭竟然聚集了一大群人。
巳之八嚥下一口氣，旋即鑽入人群中。
正當又市打算追上去時。
突然被人一把握住了胳臂。

轉頭一瞧，出手者竟是山崎寅之助。

「別過去。」

山崎說道。

「別過去？大爺，這究竟是——？」

別多話，過來，山崎拉著又市與林藏的衣袖，將兩人領進了小巷中。山崎亦是個代閻魔屋打理隱密差事的浪人，原本是個當官差的鳥見役，雖貌似平凡，卻有著一身不凡身手。

怎麼了？究竟出了什麼事兒？山崎一把攫住頻頻質問的林藏胸口，大喝住嘴。

「住、住嘴？鳥見大爺，也不先把道理給講清楚，別這麼粗暴成不成？」

「總之，閉嘴給我聽好。」

山崎一把推開林藏，彎下身子說道：

「你們倆先自個兒找地方打發時間。一刻後到堀留町的庚申堂去，屆時我會將事兒給解釋清楚。」

「咱們能上哪兒打發時間？」

給我閉嘴，山崎使勁戳了林藏一記，說道：

「知道了麼？若想保住小命，就乖乖依我說的做。」

這個頭矮小的浪人邊朝大街窺探邊說道。

不待山崎把話說完，又市早已轉過身子，自小巷走上了大街。小心翼翼地佯裝對身後的騷動毫不在乎，快步離開了根岸町。

的確不大對勁。

那不分青紅皂白的氣勢，與平日的山崎迥然不同。

若山崎所言不虛，看來只要稍有躊躇，小命恐將難保——又市如此直覺。

依吩咐打發了一刻鐘後，又市便動身前往庚申堂。

抵達時，林藏與山崎已在屋內等候。

你來晚了，一瞧見又市，林藏便一臉不悅地低聲抱怨道。

山崎先是不發一語，僅以眼神示意又市將門掩上，接著才緩緩說道：

「昨夜，閻魔屋的老闆娘與角助教人給擄走了。」

「老、老闆娘？大總管教人給擄走了？」

山崎瞪著林藏罵道：

「嚷嚷個什麼勁兒？你就不能安靜點兒麼？」

「噢，對不住對不住——」

「都已經是第二天了，是否知道兩人為了什麼被擄走？」

又市打岔問道：

「又不是娃兒，怎還傻傻地教人給擄走？」

雖是女流之輩，但閻魔屋店東阿甲可不是個簡單的角色。不僅對情勢的觀察疏通毫無懈怠，幹這門生意也讓她養成了謹慎細心的習性。

至於角助，雖手無縛雞之力，但也不至於毫無抵抗，就乖乖教人給擄走。畢竟也曾見識過不少大場面，而且不知怎的，侍主之心也甚是忠誠。碰上這種事兒，應該會不惜犧牲自己的性命保護阿甲才是。

依理，兩人應不至於輕易教人給擄走。

打昨夜就沒回來，看來——

——應是教人給殺了吧？

看來是如此推測較為合理。

兩人倒是還活著，山崎說道：

「雖然直到方才仍是行蹤不明，昨夜有個損料屋同行的集會，由於大掌櫃喜助患了熱傷風臥病在床，老闆娘便與角助一同與會，出了門就沒再回來。這下店裡可急了，原本打算通報奉行所，但又擔心教官府發覺自己暗地裡幹了些什麼差事。除了老闆娘和角助，店內知道此事的就只有巳之八一個。被逼得狗急跳牆了，巳之八只得上我這兒通報。由於找上奉行所不過是自找麻煩，我吩咐他再等個一日，好好安撫一下店內眾人，就先差他回去了——接著我便趕來探探情形，孰料竟是這副模樣。」

「哪副模樣？」

你瞧，山崎以下顎指指大街說道：

「方才——角助教人給送了回來。」

「教人給——送了回來？」

「整個人用草蓆裹著，扔在店門外。」

話畢，山崎便噘起了嘴。

「給送回來時——人可還活著？」

「說來湊巧，似乎是在被嚇破了膽的巳之助上你們那頭稟報，而我又尚未趕到這兒來時給送回來的。待我抵達時，大街上已經聚集了一群愛看熱鬧的傢伙，驚慌失措的夥計自店內衝了出來，攤開草蓆一瞧，發現裹在裡頭的竟然是角助。」

「聽來——人似乎還活著？」

勉強算是活著，山崎回答。

「勉強？大爺，他究竟是……？」

「至少少了半條命哩。教人給打得渾身傷痕淤血，一張臉腫到完全變了個樣兒。雖仍一息尚存，但連話也說不了一句。稍稍挪個身子，便疼得彷彿要沒了命似的。總之，只得趕緊吩咐掌櫃將久瀨老爺給請來。」

棠庵雖是個曾研習儒學的本草學者，卻也略諳醫術。

「久瀨老爺不出多久就趕來了。正當大家將角助放上門板，準備抬進店內時——你們倆就來了。」

「大爺，這些我們知道了。但為何……？」

為何制止咱們上前？

山崎自懷中掏出一張紙頭，默不作聲地湊向兩人，接著說道：

「角助的肚子上給人貼了這東西。」

「肚子上——？」

「是我混在看熱鬧的人群中乘隙剝下來的。店內眾人即便瞧見了，包准也看不出這是個字謎。」

林藏一把將紙頭搶了過來。

「這……喂，阿又。」

似乎是一張瓦版。

「你瞧瞧，阿又。這——不就是先前阿睦拿給咱們瞧的瓦版麼？快瞧瞧呀阿又。」

又在嚷嚷個什麼勁兒？山崎喝斥道。

的確是那紙記載乘夜偷情的家老切腹緣由的瓦版。

「這——又是暗示些什麼？」

被這麼一問，山崎兩眼直盯著又市回答：

「還會是什麼？角助被人給打得去了半條命，如今仍徘徊在鬼門關前。再怎麼想，租賃茶碗、餐盤、被褥的損料屋，理應不至於與人結下如此深仇大恨才是。角助那傢伙，想必是因檯面下的損料差事結下的樑子而遭到刑求。至於是哪件差事結下的樑子——想必就是瓦版上記載的那樁。」

「可是——遭人報復？」

難道是教仇家給找上了？

「報復——？」

山崎半邊臉不住打顫地笑答：

「看來是可以這麼說。」

問題是，這樁差事是閻魔屋所幹的這消息走漏了。

「說得也是。天下如此遼闊，但料到一個偷情武士與損料屋之間有何關聯者，理應是一個也沒有，任人再怎麼絞盡腦汁也猜不透。那麼——是哪個人出了紕漏？絕不是我。阿又，難道是你不成？」

「沒有任何人出紕漏。」

「那——是怎麼了？」

「倘若直接參與這樁差事的哪個人在哪一處出了紕漏，這傢伙理應立刻就教人給擄走才是，豈可能相隔這麼久才出事？」

有道理。這樁差事都已經是一個月前的事兒了。

「而且被擄走的，還是坐鎮幕後的阿甲夫人和角助。依此看來——應是委託人那頭有誰走漏了風聲。」

「是委、委託人洩了密？」

「想必是如此。」

「難道忘了這行切勿張揚的規矩？」

「委託人哪懂得什麼規矩？」

又市說道。或許是收受了對方銀兩什麼的，林藏喃喃說道。

「總之，也不知洩密者是遭人脅迫，還是教人買通，但你們倆仔細想想，真正幹了這樁差事的我和你們倆，都還安然無恙，閻魔屋竟——」
「意即，對方察覺整件事兒是閻魔屋安排的？」
「沒錯。由此看來——應是委託人中有哪個洩了口風。」
「難不成——是土田家中的人幹的？」
又市立即做出了如此聯想。
倘若土田的家人察覺左門是遭人設計才去了差——
當然要憤懣不已。
「我也不清楚。土田於母藩似乎有個妻子和一個剛出嫁的女兒。但據說這女兒在土田切腹後，被逐出了夫家。土田在家人眼中似乎是個良夫慈父，本性嗜色如命這事兒，家人想必是難以置信。眼見如此結果，心中必然存疑，想必也懷疑或是遭人嫁禍，當然是滿腔憤恨。不過，阿又先生，其遺孀或遭夫家休妻的女兒，可幹不出如此野蠻的勾當。」
「難道——是雇了幫手？」
「想必是如此，況且還不是什麼簡單的小癟三。即便雇的是武士或黑道流氓，吃過土田虧的領民多如繁星，理應也找不著目標下手。倘若是從中揪出一個套出些話兒來，再循線找上咱們的損料屋——」
「難不成是咱們的同行？」
又市猜道。絕無可能，山崎說道：

「再怎麼說，閻魔屋也是個損料屋，既有檯面上的面貌，亦有檯面下的嘴臉。這些傢伙——絕非咱們的同行。似乎絕不在檯面上露臉。將他們當同行，註定要吃大虧。」

「難道是些——僅在暗處跳樑的傢伙？」

倒是。

又市憶起初次受邀為閻魔屋幹活時，阿甲曾說過這麼句話。

——咱們閻魔屋僅同正經人做生意。

——不得與不法之徒有任何牽連。

雖然又市也不知這兩種人該如何區別。

「意即，此事可是——土田的家人還是親友什麼的，委託這些個傢伙出手的？」

「雖不知委託的是什麼人，但大致上就是這麼回事。況且，好戲可還沒上場。對方的差事——亦即阿又先生所言及的代土田左門尋仇，這下才要開始哩。」

「光是乘夜擄人痛揍一頓——還不能善罷甘休？」

「想必對方——」

志在取咱們的性命，山崎說道。

「如此說來，阿甲夫人不就已——？」

已遭不測？

但山崎否定道：

「不。阿甲夫人想必還活著。」

「是麼？可是大爺，對方可沒取角助的命哩。雖然打得僅剩半條命，人還是給送了回來。難道不是認為將他修理一頓，便已足矣？帶頭的是放不得，但放了下頭的嘍囉一馬，應是無傷大雅……」

亦非如此，山崎否定道：

「那些傢伙可沒放角助一馬，雖然刑求時刻意避開要害——但對方畢竟將角助狠狠拷問了一頓。」

拷問？林藏回問道，接著便轉頭望向根岸町的方角說道：

「還真教人想不透。不過，就連角助這小嘍囉都給修理成那副模樣，阿甲夫人不就……？」

「倘若殺了阿甲夫人就能罷休，事情也不至於拖到今日，只消乘隙偷襲、當場把人給殺了不就得了？為何還需要把人給擄走？更無須將角助給送回來。的確，角助不過是個小嘍囉，根本無須留他一條活口，順道將他也給殺了，那些傢伙也不痛不癢。這代表即便殺了大總管，這些傢伙的差事也不會就此告終。」

「原來如此呀。送回角助是個警告，老闆娘則是——」

充當人質是吧？又市說道。

「若是當人質——那擄人不就是為了勒贖？這些傢伙是打算向店家勒索點銀兩？」

又市朝林藏腳踝踢了一記。

「你踢個什麼勁兒？」

「姓林的，你雖是京都來的，也別老把銀兩掛在嘴上。山崎大爺，你的意思是，對方打算拿老闆娘當誘餌，好誘咱們現身？」
山崎點了個頭。
「誘、誘咱們現身？咱們不也同樣是小嘍囉罷了？」
「誰管你是小嘍囉還是什麼的。想必——對方是打算將參與那樁差事的傢伙剷除殆盡。」
「不會吧？」
我可不想死呀，林藏改個盤腿坐姿說道：
「若是如此——好戲還真是接下來才要上場。」
不僅是又市、林藏、山崎，就連巳之八也參與了這樁差事。其他尚有居於淺草的玩具販子仲藏、鳶職辰五郎、以及不知靠什麼行當餬口的喜多與阿縞兩名姑娘，算是樁勞師動眾的差事。
「光憑逮住大總管，並無法得知所有下手與幫手者的身分。不，想必對方正是為了查出有哪些人參與，才先將阿甲夫人給擄去的。但阿甲夫人也非省油的燈，不至於碰上三兩句要脅就乖乖洩漏口風。」
「想必是不會鬆口。」
「那隻母狐狸可頑強了。想必——角助也沒鬆口。正因再怎麼刑求也套不出半點話來，對方才將只剩半條命的角助送了回來。」
看來既非為了殺雞儆猴，亦非是讓人放了一馬。角助是被當作要脅口信給送回來的。
「都給傷到這程度，或許難逃一死；即便活了下來，也隨時能取他性命。從這紙瓦版看來，這也可能是對方設下的陷阱——或許打算藉此觀察出入閻魔屋者，一見哪個對這東西有反應，就殺。」

「難怪大爺要制止咱們進去。當時咱們倆若是傻呼呼地冒出來——可就正中對方的下懷了。」

「對方想必業已將店內夥計、往來客人摸得一清二楚了。倘若與檯面上的生意無關的你們倆驚慌失措地露了餡兒，十之八九要教對方給盯上。想必很快就要將你們倆給逮了，逼問其他還有哪些同夥、局是如何設的。」

這我可不願意，林藏說道。

「哪有這種荒唐事兒？找咱們報復，根本是挑錯了對象。阿又，你說是不是？」

「不——」

的確是幹過了頭。

土田的確是個惡棍。但對方絕沒挑錯對象。

「那麼——咱們該如何因應？」

「在下已吩咐已之八同其他人聯繫，叮囑大家這陣子切勿在閻魔屋周遭走動。」

話及至此，山崎突然閉上了嘴。

感覺似乎有誰來了。

就在山崎彎低身子警戒的同時，有人推開了對開的大門。

曾幾何時，屋外已是一片昏暗。

雖然還不到逢魔刻（註18），但厚厚的雲層將日照遮掩得昏暗不已。

來者似乎是巳之八。

「巳之——你……？」

然而巳之八不僅動也不動，口中也不發一語。

他這模樣——看來不大對勁。又市還沒來得及察覺情況有異，巳之八背後的黑影已開始蠢動起來。

不待身手矯健的山崎向前衝去，巳之八的身軀突然雙膝跪地沉了下去，原本緊貼其後的人影頓時映入三人眼簾。

這黑影融入昏暗的天色中，不易看清。

「對——對不住……」

巳之八語帶顫抖地說道。

背後似乎教把刀給頂著。

「教人給跟蹤了？」

山崎簡短地問道。並非如此，黑影回答道：

「追著一個小嘍囉的屁股跑？這等丟人現眼的勾當，我可不幹。」

「噢，原來不是跟蹤，而是逼他帶了路。」

喂，別動——黑影威嚇道：

「膽敢動一下，我就要了這小鬼頭的命。」

「別管我——」

但巳之八話沒說完，旋即又打住。

這才發現他的喉頭似乎教什麼東西給纏住。原來巳之八不是教一把刀給頂著，而是頸子教一條細細的帶子給纏著。

這下巳之八已是語不成聲，只聽得出他似乎喊了聲「大爺」。

山崎立刻像洩了氣的皮球般彎低了身子。

「倘若犧牲你的小命能助咱們脫身，在下是不惜送你一程。可惜——這似乎也是於事無補。喂。」

咱們被包圍了，山崎望向又市說道。

「果然聰明。若想保命，就別輕舉妄動。」

「在下是不愛白費工夫。咱們橫豎都保不了命。反正——你無論如何都要取咱們的命不是？」

「果真是明察秋毫。不過，是不至於太早要你們的命，除非你們自個兒急著赴黃泉。」

「噢——看來你手頭似乎還有其他人質，咱們還是溫順點兒好。」

山崎跪坐了下去，想必是打算靜候對方露出破綻。

山崎寅之助雖是個浪人，但並無佩刀。總是藉不露殺氣來鬆懈對手的防備，再乘隙鑽入其懷中奪取兇器，或以迅雷不及掩耳的速度取其性命——

註18：黃昏時分，為日夜交替之時。相傳此時多有妖魔出沒。

不僅手法神乎其技，武藝也十分高強。

不過——

這下似乎是難以施展身手。

就連對方拿的是什麼武器都無法瞧見。

「聽你這語氣，似乎早已知道我的來意。這下我可省了不少工夫。」

「沒錯。是為了代立木藩江戶留守居役土田左門——」

尋仇是吧？山崎說完，旋即望向又市。

「尋仇？呵呵，瞧你說的，還在說夢話麼？」

話畢，黑影笑了起來，同時四面八方也傳來一陣笑聲。

果真教人給包圍了。

「誰在說夢話了？」

林藏使勁朝地上踩了一腳說道：

「還在做夢的是你們吧？那色老頭根本是自作自受，還不是因耽溺女色，才落得這般下場？丟了官位本是報應，腹也是他自個兒切的。找上咱們，根本是挑錯了人。」

「喂，這下又說咱們挑錯了人哩。」

四面八方的笑聲，這回更是響亮。

「笑、笑個什麼勁兒？雖不知你們是什麼來頭，但看來絕非泛泛之輩，幹個差事也該把事由釐個清楚。土田分明是個下三濫，難不成你們願為這下三濫抬轎？」

「臭小子，少給我窮嚷嚷。」

黑影朝堂內踏進了一步。

巳之八也隨之微微哀號了一聲。

「正如你所說，咱們並非泛泛之輩，別把咱們當同你們一樣的門外漢。」

「門、門外漢？」

原來你們這些個門外漢自以為是替天行道？難怪差事幹得如此荒腔走板。來者怒斥道：

「咱們可不在乎你們是損料屋還是什麼的，看你們就是礙眼。也不懂得秤秤自己的斤兩。若僅幹些恐嚇勒索什麼的是惹不著人，但你們這些日子可是玩過了火。這些個差事，分明是咱們的活兒。」

「什、什麼？原來是來踢館的。難不成咱們搶了你們的飯碗？」

「少放肆。」

林藏閉上了嘴。

「以為自己有幾兩重？老子收拾起你們這群傢伙，要比捻死隻螻蟻還來得容易。」

沒錯。

這夥人檯面上下均不露臉，只消將與閻魔屋有關者悉數根絕便能了事。若真有這打算，想必不出三日便能完事。瞧瞧就連位居最上頭的阿甲都能輕而易舉地擄了去，這夥人的能耐還有什麼好懷疑的？

「你們幹些什麼勾當，原本與咱們毫無關係。」

那麼，何苦找咱們麻煩？山崎問道。

「因為你們玩過了火，也不想想自己不過是門外漢，只得算你們自作自受。若不是為人所託，咱們或許能睜一隻眼閉一隻眼。但既然受了委託……」

就得做完這樁生意，黑影說道。

「即便聽說了土田的惡行惡狀——也不願罷手？」

又市問道。

「意即——土田是不是個混帳，和你們沒有半點關係？」

「沒錯。這不過是樁生意。」

「唉——果真是如此。看來咱們的確是門外漢，尤其是我，要比其他同夥更是天真。那麼，身為門外漢，我倒想問問——是誰委託你們辦這樁差事的？」

黑影不屑地嗤了聲鼻。

「唉，看來高人是不會洩漏這點口風的。」

「將死之人，知道了又能如何？不過，就讓你們帶個忠告上黃泉路吧。你們做什麼，都與他人無干。但雖與他人無干，討得的終究是要還的，有時還得還個兩、三倍。幹一樁要了人命的差事，當然也可能落得自己小命不保。凡是高手，便得帶這覺悟幹活兒。不論碰上什麼，都得緊守口風，只有門外漢才會四處張揚。」

巳之八仍在痛苦掙扎。

看來頸子上仍有個東西緊緊勒著。

「這覺悟，我現在有了。」

「小夥子，你還算懂道理。既然懂道理，就順道將其他同夥都給供出來吧。」

「咱們豈能出賣同夥？」

林藏頂撞道，但為山崎所制止。

「若供出其他同夥的名字，就會饒過咱們一命？」

「大、大爺，你——」

山崎緊緊壓住林藏，教他閉上嘴。

「說呀。還是橫豎都不可能放過咱們？」

「當然不可能放過。方才不都說了？你們橫豎是死路一條。只不過，若你們能老實招來，那婆娘就能儘早解脫。她還真是出人意料的頑固，不過再這麼下去，想必也捱不過多久。那婆娘……」

此時，四下傳來一陣哄堂大笑。

「都被折騰到那地步。想必已是生不如死。此外，倘若你們赴黃泉前不願從實招來，逼得咱們寧可錯殺也絕不放過任何一個，恐怕與此事毫無牽連的傢伙都得遭殃哩。」

「這——還得白白耗費工夫呀？都說是做生意了，你們這不就等同於賠本？」

「呵呵，正因為不想賠本，才要你們從實招來。反正大家都難逃一死，說不說又有何差別？京都來的，你也不想孤零零地上黃泉路吧？既然要走，何不多拉些同夥作伴？但話說回來，此時還要逞強講義氣，屆時伴也多些就是了。難道你貪生怕死到這地步，非得多拉幾個伴兒才甘心麼？」
林藏掙脫山崎的手回道：
「要殺要剮都請便。若要殃及無辜，到頭來只會為你們自個兒引來更多怨恨。方才你不也說了？討得的都是要還的。即使是門外漢，怨恨也不比高手少多少。」
「這咱們當然明白。」
黑影說道。
「若不明白，哪幹得了這行生意？」
「好。」
又市突然如此應道。
林藏一臉訝異地問道：
「喂喂——你是好個什麼勁兒？」
「你說的覺悟和咱們的立場，我都想通了。不過——身為一介門外漢，我倒想知道一件事兒。你們既然說自個兒是做生意的，不就是為錢幹活兒？既然是為錢，我倒想問。倘若咱們願意支付多過你們委託人一倍的銀兩——是否願意放咱們一條生路？」
「你這是在討饒麼？」
當然不是，又市回道：
「我和這京都來的不同，雖說也沒什麼好自豪的，就是沒多少耐性。這下已打消這念頭了。此外，雖不知你們能收到多少酬勞，但我哪來足以贖回這條螻蟻賤命的銀兩？不過是出於好奇，問問罷了。」

「還真是視死如歸呀。」

黑影似乎稍稍放鬆了勒在巳之八頸上的繩子。

「做生意講的是信用。哪管你支付兩倍還是三倍的酬勞，業已談定的差事還是不得反悔。此外，倘若咱們答應饒你一命，但一收下你的銀兩再將你給殺了——不就兩頭都賺得了？」

「若是教你給殺了，不就連譴責你背信的機會都沒了？」

「當然是沒了。反正，咱們可不是攔路打劫的，是不至於從死了的傢伙身上討些什麼。但遇上討饒的，可是完全不搭理。倘若原本的委託人多帶點兒銀兩下令喊停，咱們還能就此收手，但除此之外——一旦出手，咱們就沒打算回頭。」

「我懂了。」

這下又市鐵了心坐直身子，摘下包在頭上的頭巾。

目不轉睛地望向黑影。

只見他頭戴遮住雙眼的饅頭笠（**註19**），身著褐色無袖斗篷，斗篷下露出黑色裁著袴（**註20**），扮相頗為怪異。

「喂。」

註19：頂端圓且淺，狀似饅頭的斗笠。

註20：為江戶時期的男子褲裝。行動方便，故江戶中期以後成為武士旅行時常見裝扮。

又市高聲大喊：
「老子家住麴町念佛長屋，名曰又市，是個賣雙六的小毛頭。」
喂阿又——林藏慌忙制止道：
「為何要報、報上名號？」
「都到這地步了，還有什麼好隱瞞的？給我聽好。五日——能否再等個五日？若願意再等個五日，我將和盤托出所有同夥名號、住處，以及設局手法。待我招來，再將咱們給殺了也不遲。意下如何？」
「又市！」
山崎高聲怒斥。又市看也沒朝看山崎一眼，便回答道：
「大爺能否也等個五日再出招？此時此地和他們拼個你死我活，對彼此都不划算。」
「但你——」
又市點了個頭，接著再次喊話道：
「喂，你。沒聽過你報上名，不知該如何稱呼。總之，我和這京都來的傢伙，你們只消放個屁就能解決。但這位大爺可就不同了。或許相貌平凡，身手可是十分了得，想必是不會乖乖把性命交給你們的。看來，你們應有四人，若大爺認真同你們拼拼，取個三條命應是沒問題。若是運氣好——或許咱們大爺還可能取勝哩。」
黑影以藏在饅頭笠下的雙眼朝山崎打量一番。
山崎則是默不作聲。

「看來——的確不無可能。不過……」
「且慢且慢。」
又市伸手制止道：
「若你們真是高人，今日放過我一馬，來日帳還是算得成。想必咱們這位大爺——終將難逃一死。但姑且不論咱們的死活，你們也不希望自己有誰白白送命吧？如何？何不考慮考慮我的提議？」
「等個五日，到頭來又會有什麼不同？我可不認為五日後——這傢伙就肯乖乖受死。」
「這，就由我來擔保。」
大爺意下如何？又市問道。
山崎蹙起眉頭，默默沉思了半晌，接著便回了聲好。
「這——」
林藏驚叫道。
「喂，你們這是在做什麼？大爺怎能輕易說好？這分明就不好呀。我可不從。有誰願意乖乖受死？我絕不——」
「認命吧，林藏。」
又市使了個眼色，林藏仍是一臉不解。
真看不出你們究竟是認命不認命，黑影說道：
「小夥子，多苟活個幾日，又有什麼意義？況且，拋棄同夥，獨自為自己的小命求饒——豈

不窩囊？」

四下又傳來一陣抿嘴的笑聲。

「別狗眼看人低。我可是比誰都清楚自己插翅也難飛，否則何苦報上名號？雖知報上我這名號也添不了多少信用，但反正咱們時時受你們監視，即使隱姓埋名，同樣逃不出你們的手掌心。即便是無名小卒，只要活得夠久，也不甘心賠上性命。別說是我，其他無名小卒也是如此。總之，咱們不過是你們隨手一擰就能擰死的無名小卒，過個五日，就能將整件事兒完全擺平。五日後回這兒來，屆時就聽我和盤托出。倘若五日後仍不見任何動靜，就動手將我給殺了，接著再來個大屠殺也不遲。咱們大爺也答應了，只要願意等，屆時他便是打不還手。不過——這五日內，誰也不許出手，並且得保證咱們給擄去的同夥的安全。不知意下如何？」

傻子才會相信你，黑影笑道：

「好吧，姑且還你這無名小卒自由之身，看看你變得出什麼花樣來。」

黑影同意道。

【肆】

又市嘆了一口氣。

雖未死心，但還真是束手無策。

山崎、林藏和巳之八均已被扣為人質。三人均是乖乖就縛，想必是出於對又市的信賴。

當然，又市亦非毫無盤算。原本就是略有把握，才敢誇下海口，但事到如今，已經再想不出什麼妙計了。

當時不過是給逼得狗急跳牆，才急中生智地提出保證，事到如今——不過是多掙得了五日陽壽罷了。

其實，也不過是出於貪生怕死。

——不知同夥們是否也知道？

又市不過是個小股潛，渾身上下只有一副三寸不爛之舌派得上用場，這山崎與林藏要比誰都清楚。眼見他拋下同夥私自逃命，想必也不會有多少怨言。

——要逃麼？

即便絲毫沒這打算，又市仍在心中如此喃喃自語。這條爛命值不了幾個子兒，況且再怎麼逃，也註定逃不出那夥人的手掌心。即便真有運氣逃過這一劫，往後也註定是走投無路。再怎麼說，這都等同於輸了。

——不過，這根本無關輸贏。

打一開始，對方就沒把自己當一回事。

似乎連派個人來監視都沒有，就是個證據。一如那黑影所說，又市似乎完全成了自由之身。或許表示那夥人料想又市這麼個小嘍囉——不可能有任何能耐。

既然如此，何苦派人隨時監視？

反正必要時——隨時都能逮來殺了。

因此，又市這下才得以自由行動。

即便如此，又市還是不敢與仲藏一夥人取得聯繫。深怕一旦做出這種舉動，即便無人監視，也將迅速露出馬腳。

何苦將尚未被揪出的傢伙交到敵人手上——？

又市心想。

——真是窩囊呀。

又市不禁笑了起來。

這下還真是走投無路。

——是哪裡配了？

哪裡配得上小股潛這稱號？

真是引人發噱。分明沒什麼能耐，又市還膽敢逞口舌之快，誇口自己將有驚天動地之舉。這豈不引人發噱？

當時——在庚申堂遭人包圍時。

又市判斷欲絕處求生，唯有請對方撤銷與委託人之契約一途。

對方所言不假。那夥人幹的不過是生意，其中既無遺恨，亦無情義。

若是如此。

這必為至上良策。不，除此之外，已別無他法可想。

根據山崎所言——嗜色如命的土田左門，在家竟是個良夫慈父。查探消息時，又市所聞亦不乏類似觀感。藩士與領民中，甚至有不少對左門甚是景仰。

看來雖易為女色所迷，但此人辦起職務卻甚是幹練。不，想必這土田左門，在許多方面的確堪稱偉人，除了有那唯一缺點——

但即便生平、人望有多教人欽佩，一個人也不可為所欲為。反之，再偉大的人物，只要有些許不良行徑，依然註定有人受害。既然有人受害，便得討回損失。

——原來如此。

看來土田左門之所以自盡，並非因其武士身分。

如今，又市認為或許是在得出武家的裁決前，土田以死負起身為人的責任。或許是深為一己犯行所恥，方決定踏上以死謝罪之途。不過人既死，其動機已是無從查證。

即便如此——

又市認為左門所為之惡，必不為其家人所知悉。若是毫不知情，左門之死看來便甚是唐突，甚至是一樁悲劇。而其赤身裸體潛入鄰家女傭臥房之行止，看來也顯得像是遭人施計誣陷。

雖然這的確是施計誣陷。

左門是個偉人。母藩雖是個小藩，但江戶留守居役畢竟是個要職。若是遭人誣陷而失勢，家人當然要臆測是有人欲與其爭權奪利所致，絕不可能想到或許是農戶因妻女遭淫而行的報復。

若是如此，便不無可能說服其家人。

又市打的，就是這麼個算盤。

倘若左門之妻或女便是委託人——

即便將其夫、其父生前惡行據實以報，想必也不可能輕易採信，甚至連此形同人死鞭屍之言都不願傾聽。不過……

又市自認必能將其說服。

畢竟是憑舌燦蓮花混飯吃的小股潛，這點自負當然不至於沒有。若是女人家，理應不難同意左門的行徑是如何令人髮指。

若能如此說服，便可能使其妻女打消復仇的念頭。

至於撤銷的酬勞，只需由閻魔屋支付便可。

原本——是如此盤算的。

無需設局，亦無需羅織花言巧語哄騙。

只需據實稟報，以真相說服便可。

又市估算，若能儘速行動，五日應是綽綽有餘。

孰料——

這如意算盤竟打不成。

情況——還完全出乎又市的意料。

左門之妻早已知悉夫君的惡癖，況且還為此惡癖所苦，僅能默默忍耐。其女亦是如此。

仔細想想——此惡癖早已超乎厭妻納妾、沉迷於尋花問柳的程度。

每晚強要與自己女兒同齡的不同婦女共度春宵，百般凌虐後再踢出門外，其色迷心竅的程度，已到了萬劫不復之境。

左門的荒唐行徑，在接下留守居役一職赴任江戶前便已開始。家人豈可能毫不知情？

既然知情，便不可能毫無感覺。

夫君所為教左門之妻甚是痛心，曾數度好言勸阻，惟左門仍是不為所動。

左門位高權重、頗有人望，故除家中親人，藩內無人膽敢據理諫之，何況又得顧及武家、甚至母藩之體面，故家中無人敢與外人諮商此事。

赴任江戶後，左門的行徑變得益形荒唐。

左門之妻對夫君之惡行憂慮不已，據傳曾向妻女遭左門染指者賠償銀兩，盡可能彌補其夫犯下之罪。

這些銀兩——

似乎就成了閻魔屋所收下的酬勞。

真相——與自己的推估幾乎完全相反。

左門之死，的確教左門之家人悲不自勝。本已出嫁的女兒，亦因此被遣回娘家。但同時……

又市發現左門一家也因此鬆了一口氣。

如此一來。

——差人尋仇的究竟是何人？

這下，又市根本無路可走。

——時間僅剩一日半。

如今，已無餘裕再前往下野。

只得快馬加鞭趕回江戶，先到立木藩的江戶屋敷碰碰運氣，但根本是無計可施。

又市朝立木藩藩邸內的櫟樹下一坐，再次嘆了一口氣。

——真要乖乖受死？

不。

死的可不只又市一個。阿甲、山崎、林藏、巳之八也將難逃此劫。既與對方有了協議，如今也只得將尚未被察覺的同夥一一招出。

如此一來，長耳仲藏也將遭逢殺身之禍。

——這不就等同於人是我殺的？

又市自懷中掏出包巾，朝頭上一綁。

既然難逃一死，至少也該向仲藏把事情經過解釋清楚。要是毫不知情就莫名其妙送了命，那禿驢想必也不服氣。

又市感覺坐立難安。就在此時——

「小老弟。」

櫟樹後頭突然有人這麼一喊。

「小老弟可是有什麼苦惱？」

此人嗓音頗為粗獷。回頭望去，只見樹後站了個彪形大漢。

或許因為生得滿臉鬍子，看不出他大概是什麼年紀。

又市默不作答，只是目不轉睛地望著對方。

「瞧老弟年紀輕輕卻不住嘆氣，任誰見了都不免好奇哩——」

話畢，巨漢在樹下坐了下來。

此人扮相稱不上潔淨，看來既非武士，亦非百姓，教人難以看透其出身。

「好奇我吃哪行飯的？噢，算得上是個工匠吧。」

巨漢說道。竟然一眼就教他給看透了。

「瞧你神情不大尋常。噢，但想必是不欲讓素昧平生的陌生人知道，我也沒打算多問。但人總不能見死不救。小老弟，該不是打算尋死吧？」

「是沒打算尋死，只是有人要取我的命。」

又市回答。

這可是真話。

聽來還真危急，巨漢說道。

「的確危急。唉，我自己反正是爛命一條，沒什麼好在乎，但還得牽扯多人陪葬，可就不合算了。根本不值得為那樁事兒賠上幾條性命。」

怎麼算也不值得。

「賠了性命，事情就能解決？」

「哪可能有？」

又市也坐了下來。

「我是沒打算說什麼大道理。但人命這東西除了一命換一命，還能用什麼償？」

「意思是殺了人，就該償命？」
「但這不就成了單純的以牙還牙了？」
報復根本沒任何意義。
「你認為，人不該報復？」
「我可沒這麼說。但吃了虧就想討回來，到頭來對方還是要回頭找你算這筆新帳。雖不知武家的決鬥是怎麼一回事，但復仇這種東西，是永無止境的。被人殺，殺了人，再被人殺，不等於是挾恨的你來我往罷了？雙方都非得將對方殺個片甲不留才能甘心。除了換得滿心空虛，這麼做可賺得了什麼？」
瞧你這小鬼頭，說起話來還真逗趣呀，巨漢笑問：
「這麼做真是一無所獲？」
「當然一無所獲，雙方都吃虧罷了。一再反覆地一命換一命，根本沒半個贏家。殺人的和被殺的，都吃虧。不過，有時犧牲一條命，倒是可能救回好幾條命。我要說的，就是這麼回事。」
「若死一個能救回許多個，犧牲便是無可厚非？」
就是所謂一殺多生，是吧？巨漢問道。
「世間哪有什麼是真正非不得已的？人死了，就什麼都完了。」
我哪兒說錯了？又市怒斥道。
同一個素昧平生的傢伙說這些有何用？
「切腹、決鬥、復仇都一個樣兒，也不是打仗，卻得殺一個是一個的，有什麼好開心的？難道非得殺了人，才分得出勝負？老頭子，難道非得如此不可？」

「或許有些時候——除非如此，別無他法。」

「別無他法？」

又市氣憤地手擊樹梢說道：

「哪管再走投無路，也絕對有法子消弭化解。是顧此失彼，還是彼此兩全——端看有多少智識。」

「智識？」

「沒錯。」

「看來——你尚未死心哩。」

「何以見得？」

「稍早，你曾嘀咕自己反正是爛命一條，沒什麼好在乎。還以為你早有了大不了一死的覺悟哩。」

但有誰甘心一死？又市說道：

「我可不是貪生怕死。反正根本沒什麼來世，死了任誰都是一了百了，何其爽快？教我不甘心的是，如今我若是乖乖受死，便將殃及許多同夥。我——」

想救他們？巨漢問道。

「我哪來這志氣？方才都說過，是不合算教我不甘。我天生最恨的，就是不合算。」

「不合算？」

「沒錯。對方若僅是討回自己虧損的份兒，我倒是心服。況且咱們的確是討過了頭。但為此就得將咱們趕盡殺絕，顯然就是對方討過頭了。」

況且——

不僅討過了頭，對自己也沒半點兒好處。

「小老弟。」

巨漢說道：

「不講理乃世間常情，哪可能事事合人意？勤奮認真不一定就有福報，放浪形骸也不一定就有惡報。討了太多的、被討太多的，世間損益本就常不能兩平，人不過是藉承受、遺忘，一點點兒說服自己接受這事實罷了。」

「為人的悲哀我當然曉得。不過，老頭子。」

故此——世人方須神佛。

棠庵曾如是說。

「不是惟有忍氣吞聲求損益兩平，才是唯一做人之道。有時靠欺瞞、詐取、誘騙，亦可使人做個好夢。例如神或佛，即是個好夢。世間既無神無佛，豈可能有什麼妖魔鬼怪？反正世間一切淨是謊言，大家明知是欺瞞——」

怎還不懂得適可而止？又市說道。

「你這小老弟還真是逗趣。」

巨漢簡短地說道，緩緩地站起了身子。

「或許真如你說的，在這無神佛的世間——也不是全然無活可幹。你這番話可點醒了我。」

「你——」

究竟是何許人？又市問道。

巨漢也沒回答，只是逕自說道：

「就讓我告訴你真相吧，小股潛又市。」

「你、你——」

又市剝下頭巾，跳到巨漢面前。

「這樁差事的委託人，其實是農戶。」

「什麼？」

這傢伙究竟是何許人——？

「土田左門的確是個貪戀女色不可自拔的畜生，但除此惡習，其實是個廣受藩士與領民愛戴的大善人。雖好以褻玩女子為樂——但除了這點，倒是頗為人所景仰。此人工作勤勉，雖有權有勢，但也善於融通。常挺身助上，亦不惜捨身濟下。就此而言，土田倒是號可欽可敬的人物。這些事兒，想必你也聽說過。」

「這——不過……」

「土田任勘定方（註21）時，有鑑於藩內農民生計窘迫，曾向上陳情，力諫因應之策。」

註21：於幕府或各藩中執掌金錢出納的官職，亦作「勝手方」。

「喂，這……」

又市愈聽愈是狼狽。

原本還不覺有任何異狀，這下這陌生巨漢突然教又市毛骨悚然了起來。

巨漢繼續說道：

「立木藩地狹山多，不僅土壤貧瘠，天候還有欠安定，對莊稼漢而言，是個難以維持生計的惡土。不僅得留意作物是好是壞，就連豐年凶年亦難以預測。此外，藩國財政亦甚是窘迫，向上繳納的年貢卻又無法依收成好壞而有所增減。若為便民而如此融通，藩政必將無以為繼。」

「那麼，土田為此——做了什麼？」

為農戶設了私田，巨漢回答道。

「私田——？」

「絕非為了中飽私囊而設。私田的收穫均背著藩府隱密封存，逢凶年便酌量挪出，以充年貢之不足。」

「這可是——土田的私意？」

「當然。倘若為藩府察知，這些田地的收穫亦將被計入估量範圍。如此一來，百姓便無從再行額外積蓄。畢竟碰上凶年，所有田地均難有豐收。」

「但、這——雖是為百姓設想，依然算是瀆職哩。若為上官所察……」

當然要遭嚴刑論處，巨漢說道：

「身居要職，卻背著藩府、藩主知法犯法，當然是滔天重罪。噢——其實在此之前，土田早已有多項貪瀆，諸如浮報年貢、篡改帳簿等等。但，當官的瀆職通常是為了自肥，土田可不是如此。」

「難道是——為了百姓？」

「沒錯。托土田之福，領民得以數度免於飢饉與貧困之苦。既無須再賣女、殺嬰，亦不再死於飢餓。故此——」

無人對土田有任何不滿，巨漢說道。

「如此說來，難不成——？」

「沒錯。哪管如何位高權重，有誰能頻繁奪取領民之妻女？只怕就連藩主也辦不到。不少百姓，其實是自發獻上的。雖然——」

土田貪戀此道，的確屬實。話及至此，巨漢轉了個身，抬頭朝倉房屋頂望去。

「那、那麼，土、土田這傢伙或許是因——？」

「噢，或許——的確真是期待此類回報而行的便民之舉。但哪管居心何其不良，土田的作為還是拯救了不少人。其中的確不乏為此備嘗難以彌補之辛酸者，但大多數領民對土田依然是心懷感激。畢竟——」

「心懷——感激？」

「畢竟，土田多次瀆職，卻從未遭人舉發，甚至不見任何人起疑，升官之路上還能扶搖直上——原因無他，僅證明土田的確是個好官。若是為私利私慾而瀆職，想必土田的官帽子老早就不保了。」

「且慢，這我懂了，但……」

「哼。」

巨漢挺起胸膛。

接著又收緊下巴，轉過頭來望向又市說道：

「若是依你的裁量，農戶們應是益多於損不是？獲益者可是要比損失者來得多哩。」

「這豈能以人數多寡裁量？」

「沒錯，是不該以人數多寡裁量。」

巨漢顫抖著一臉鬍鬚的臉龐說道：

「至親遭人所奪，妻女遭人凌辱——是何其傷痛，我十分清楚。我——也曾經歷過這等慘事。」

「你——也曾經歷過？」

已是陳年往事了。話畢，巨漢舉目望向遠方。

只見低垂的雲朵，在遠方天際翻湧。

「不過，又市，心境本就是因人而異。有人認為愛妻遭奪，總好過死於飢饉。亦有人認為與其餓死，不如賣了女兒換口飯吃。」

人心不可度量，這話棠庵也曾說過。

「無人有資格指責他人。人均是以一己之基準衡量世間，若將他人基準強加於己身，僅會教內心扭曲。凡人者，心或多或少皆有扭曲。這扭曲，有人可忍之，有人則是捱不過折騰而為之擊倒。有人含淚忍辱，有人則心生抗意。」
「你是哪一種？」
「我？正像如今的你，曾猶豫過。倘若自己忍下去，大夥兒便能得救。倘若自己抗拒了，大夥兒便難逃一死。因此，起初我是忍了下來，但到頭來，終究還是嚥不下這口氣，就這麼栽了下去。」
「栽了下去——？」
今年必將無雨，巨漢說道：
「委託損料屋幹這樁差事的農戶，不難理解。受託的你們的做法，也不難理解。但很多時候，世間可不是單憑算計，便能度量的。」
「這下我比誰都清楚了。」
「土田左門之所以切腹，真正理由是儲藏的私米教人給發現了。左門任江戶留守居役期間，暗地將這些私米運到了江戶。倘若儲於母藩境內，只怕遲早要被察覺。交由百姓各自儲藏，被發現也是早晚的事兒。有鑑於此，最安全的私藏之處——」
就是此處，男人說道，敲了敲倉庫的土牆。
「就在——這座倉庫裡？」
「沒錯。這座倉庫，原本就是用來儲米的，畢竟米都得在江戶繳交。堂堂一任江戶留守居役，竟然暗地裡為百姓儲藏私米——這種事兒，任誰也料不著。」
又市抬頭望向倉庫。

「孰料土田中了你們設下的圈套，遭人逮捕並送返母藩。眼見官拜江戶留守居役的他因此失勢，見獵心喜的絕非藩內農戶。原本就虎視眈眈的各色人等，這下全一躍而上。土田頗有人望，而樹大總是招風。想當然耳，立刻有人察覺倉內儲有大量與帳目不符的米——當然要立刻稟報藩府。」

「是因此——才切腹的？」

「那還用說？和女人家私通，大可以遭人陷害搪塞之。但暗藏私米，可就是再怎麼解釋也沒用。這些個米……」

巨漢再度敲敲土牆說道：

「如今仍儲藏在這座倉庫裡。倘若教藩府查出這些米的來源，所有農戶都將遭殃。私田一事也將為藩府所察。如此一來，一切努力便化為泡影。大農戶們將被斥為瀆職幫兇，當然要遭論罪懲處。因此，在藩府查出實情前，土田只得自我了斷。」

「打算藉此——一肩攬下罪名？」

巨漢頷首說道：

「土田尋死，並非為一己之罪心有所悔，而是為藉一己之死掩飾眾人之罪。」

想不到——真相竟是如此。

「如此一來，此處的私米——就能被解釋成土田為中飽私囊，長年自年貢米中暗自扣下的贓物，私田的存在也不至於遭藩府察覺。為了救農戶，除此之外已無他法。但是——」

巨漢舉頭望天，繼續說道：

「說來還真是諷刺。今年不僅逢乾梅雨，天候還偏寒。倘若這無雨寒天持續下去，今年註定將是凶年。去年、前年均歉收，如今鐵定要鬧飢饉。這下眾農戶當然要認為——」

「今年——這米就要派上用場了？」

「沒錯，對農戶而言——」

即便罪不殃己，也將失去攸關生死的米糧，巨漢語帶憂鬱地說道。

「這——」

真是始料未及。

「這下立木藩的百姓，對耍點兒小詭計將土田大人這衣食父母逼上絕路的傢伙心生忿恨，也是怨不得人。又市，你說是不是？」

當然是無話可說。

但……

「但——如此一來……」

不成不成。土田死了，又市一夥人將死，百姓們也難逃死劫。原本不該死的全得喪命，還有什麼比這更教人不甘？

這下根本是無計可施，巨漢說道：

「正如你稍早所言，的確是走投無路。這下已不是顧此還是失彼，而是註定要落個兩頭空。但即使如此——又市，或許你仍有法可救？」

巨漢轉過滿面鬍子的臉，以銳利眼神直視又市。

「若仍有法可救，我一定助你一臂之力。」

「助我——一臂之力？」

「當然。」

「你——」

且慢。

只要將這些米送還眾農戶——

不過。

——倘若……

——倘若這真是天降神罰……

「不，這根本辦不到。咱們既無人手，亦無時間。況且，對了，若是連雷都不打一個，根本是無計可施。」

「雷？」

只要落雷就成？巨漢問道：

「只要落雷，現世謊言就能轉為夢境成真？」

話畢，巨漢滿面鬍鬚的臉上泛起了笑容。

【伍】

一個天雨欲來的梅雨季節傍晚，愛宕的萬三前來南町奉行所，造訪定町迴同心志方兵吾。

志方甚感心煩。

不住猶豫是否該帶把傘，直懊悔沒早點離開白身的番屋。今年天乾雨少，真有天降甘霖倒也還好，若終究沒降雨，志方也不願帶著一把收起的傘在城裡巡視。幹同心這行的，總希望自己時時都是威風八面。

萬三一身淌著比平日還多的汗水，神情也比平日還要慌張。

這手下雖然辦事認真，為人正經，但每逢面露這種神色，志方便不知該如何應付。

果不其然，一見到志方，萬三立刻殷勤致歉。

志方完全不知他有什麼該道歉的。

怎麼了？志方問道。

連志方都感覺到自己的口吻滿是不耐。

「大、大人。這該如何啟齒……小的有個親戚……」

先喝口茶罷，志方說道。

否則瞧他上氣不接下氣的，說些什麼都聽不清楚。

「小的有個親戚……」

「別老是親戚不親戚的，快把話說清楚。」

「是。」

萬三一口氣將茶飲盡，以兩手揩了揩嘴。

「小的有個住常陸筑波村的親戚，算是個遠親吧，不久前捕獲了雷。」

「這親戚是否無恙？」

這下志方益發對沒早點出門巡視感到後悔莫及。

人是無恙，萬三回答：

「他們那頭本就有獵雷的習俗。只是沒料到這回真的捕著了。」

「雷不是類似光線的東西？落雷或許能起火，但應無確切形體。無確切實體的東西，哪能捕著？難不成你那親戚，捕著了一個披著虎皮腰巾的鬼？」

唉呀大爺，萬三面帶不悅地回道：

「請別揶揄小的成不成？」

「是你在揶揄本官不是？究竟捕著了什麼東西？」

「捕著了一隻畜生，一種叫雷獸的畜生。據傳此獸棲息於深山之中。」

「有這種東西？」

「大家似乎是這麼傳說的。小的不學無術，故曾向棠庵先生求教——」

萬三開始說明這雷獸是個什麼樣的東西。

志方無奈地在式台上端正坐姿，先吩咐番太（註22）再沏一壺新茶，接著便打起精神聆聽萬三的解釋。

「依你之言——這貌似鼬的獸類能翱翔天際，伴雷光落返凡世時，即為落雷？」

「噢，也不知是否真是如此。小的不才，全是現學現賣。不過，試著向兩三人打聽後，發現這雷獸尚算廣為人知哩。」

向哪些人打聽？志方問道。長屋的房東、菸草鋪的老店東、及經營寺子屋（註23）的浪人，萬三回答。

「個個都知道這東西？」

「是的。不過，菸草鋪那老店東不僅吝嗇，疑心也重，認為這東西不過是尋常的鼬，但畢竟老早就聽說過。老店東表示，雷多降於巨木……」

「這倒沒錯。」

「巨木遭雷擊則轟隆迸裂。而巨木中多有鳥獸築巢，見此景，畜生必感驚慌。」

「驚慌？應是盡數斃命吧？」

也不至於全數遭殃，也不知是何故，萬三語帶得意地說道：

「畜生可是很靈敏的。大人，小的就連隻貓也捉不住哩。不過即便再靈敏，畜生畢竟也難敵雷擊，就算不死，也要暈厥過去。」

「本官是不懂，但或許真會如此。」

「那老店東認為，當人們前去查探落雷損害時，有些暈厥的畜生便突遭驚醒，一溜煙地倉皇竄逃。人見此景，方生雷獸之說。」

註22：江戶時代職等最低的夜警，負責取締或逮捕遊民、處理牢房或刑場雜務，或協助行刑之職位，亦作「番太郎」。

註23：江戶時代為教育平民百姓而設的教育機關，師資多為武士、僧侶、大夫或神職人員，教授課程為識字讀寫、珠算等。

「喂，萬三。」

此事到底有什麼好道歉的？志方問道。

「大人先別急，且聽小的道來。」

「本官打一開始就不曾著急。」

「總之，那老店東生性不信邪，聽聞任何傳言都要駁斥一番。瞧他那彆扭習性，雷神要盜人肚臍時，包准先找上他。至於其他人說的，就和棠庵先生的說法大抵無異了。想必大人對此亦有所聽聞——」

據說讀本不時記載此事——話畢，萬三抬起視線望向志方。

「真不湊巧，本官對此類奇聞異事甚少涉獵，亦不嗜閱覽戲本、讀本。從未聽聞此類傳說。」

「噢——這小的也不是不知。」

「想必是如此。本官早就聽說，你盡在外散布些流言，數落本官是個毫不融通的木頭人，開不起玩笑的老古板什麼的。」

不不不，萬三連忙跪地叩頭回道：

「小的豈敢說大人的是非？說的保證淨是好話。」

「算了，反正只能怪我自己才疏學淺，什麼都沒聽說過。」

語氣中帶著一股不耐煩。

志方已是忍無可忍，完全聽不出萬三究竟想說些什麼。

「對不住對不住，大人豈須認錯？是小的該道歉才是。此外，沒聽說過此類傳聞，也沒什麼好羞愧的。這……」

「本官是不認為有什麼好羞愧的。這本就不屬町方同心應具備的知識。倒是你說的那雷獸什麼的，後來如何了？該不會是則為揶揄本官的無知，而編出來的謊言吧？」

小的不敢，小的不敢，這下萬三身子彎得更低，整個額頭都貼向了地上的手背：

「真是糟糕，看來只能怪小的口才太差。總而言之，就是小的有個名曰丑松的親戚，捕著了這雷。」

「捕著了雷？」

「是的。看來是做過了頭。通常這東西是捕不著的。」

「過了頭——？也就是指你這親戚參加那叫獵雷什麼的，捕獲了雷獸，是麼？狩獵捕著獵物，本就理所當然不是？」

「但這可不是普通的狩獵。大人，這獵雷似乎和驅蟲什麼的差不多，該怎麼說呢，不過是個儀式。」

只是個習俗？志方問道。沒錯，萬三回答：

「據說不過就是這種東西。雖有個獵字，但目的並不是要捕著什麼，不過是佯裝捕著了什麼。但這下真正捕著了，整個村子都大吃一驚。這就活像孩兒玩鬥劍，竟真的砍死了人。」

他這比喻還真是奇妙。

「這下也不知該拿這獵物怎麼辦。不知該養著還是放了，也總不能殺了還是吃了。大夥兒不知該如何是好，就這麼不知所措地養了半個月。後來，小的那老婆，噢，小的這老婆有個自筑波村嫁來的嫂子，這嫂子回娘家時，村人求她幫忙打聽。嫂子回來後就找了小的這老婆商量，小的這老婆又找了小的商量。」

小的當然也不知該如何處理，萬三蹭了蹭鼻子說道：

「因此，只得找棠庵先生求教。經過一番商量，最後便決定由棠庵先生代為收留——」

「收留？」

「也就是，商量著商量著，到頭來，也只能求博學多聞的棠庵先生代為處置。」

「噢。若是交由此人處置——或許不愁找不到好法子。那麼，若是為此，你又是為何要向本官致歉？」

「這，就得從接下來的事兒說起了。」

萬三自腰際抽出十手，繼續說道：

「這事兒發生在昨夜。小的方才也說了，相傳雷獸在天際變色時升空。」

「本官聽你說了。此獸乘暴風升天，伴雨雲馳騁天際，再隨雷降返人世——你稍早是這麼說的。」

沒錯，萬三將十手朝掌心一敲，說道：

「大人應也記得，昨夜看似天將降雨。今年偏逢乾梅雨，小的心想此機萬萬不可失，便與棠庵先生一同出發，將這雷獸運往適合升天的場所。」

「適合的場所？」

「是的，也就是遭雷擊也不至於造成過大損害的場所。但據說山中並不妥，應以平野為佳。咱們江戶地勢平坦，應是哪兒都成，但畢竟民宅密集，雷擊不免要殃及居民。而河岸、海岸似也不妥。」

「怎這麼囉唆？」

「的確囉唆。因此，小的便找來當轎夫的金太，和他一同挑起裝有雷獸的竹籠，與棠庵先生相偕前往麻布。大人應也知道，出了目黑，空地就多了，還常有狸貓出沒哩。」

那一帶的確少見人煙。

雖有不少武家宅邸，但多為別莊。

「咱們一行人登上鼠坂，大人也知道那一帶像座森林似的，但有不少植木屋（註24）。因此，小的認為該走得更遠些。但不知怎的，腳不知教什麼給絆住了。」

「誰的腳？」

「就小的這隻腳。當時四下一片漆黑，也不知橫在小的腳前的是什麼——總之就這麼跌了一跤。人一倒地，竹籠就給摔壞了，而其中的雷獸也就……」

「也、也就怎麼了？」

「一溜煙地給溜走了。」

真是對不住，萬三再度叩頭致歉。

註24：販賣樹木的商家，或以植樹、維護花木、園藝造景為業者。

「不過是溜走了，有什麼好道歉的？」

「噢？難不成——大人還沒聽說？」

「方才不都說過了？本官對此類迷信並不——」

不不不，萬三揮舞著十手說道：

「大人，黎明時分，不是罕見地下了場雨？」

「噢。但清晨就停了。這難以預測的天候還真是惱人，要熱不熱、要冷不冷的，只怕教人壞了身子。」

「不不，小的要說的不是這個。大人難道不知，麻布立木藩邸內的倉庫今早遭擊一事？」

「遭擊——教什麼給擊中了？」

「雷呀。遭了雷擊。只聽到轟隆一聲巨響，整座倉庫都給炸得粉碎。小的雖沒親眼目擊，但據傳整個都給炸得蕩然無存，把大家都給嚇壞了。」

「此事當真？」

「當然當真。幸好沒釀成祝融之災。倘若稍有個閃失，只怕那一帶都要燒成焦土了。」

「真有如此嚴重？不就是個雷麼？」

「這道雷可是將整座倉庫炸得灰飛煙滅哩。大人，千萬別小看雷擊呀。」

「本官是沒小看雷擊——」

你可曾聽說此事？志方向番太及小廝詢問道。兩人都回答聽說過。

「據說就連町火消（註25）及火盜改（註26）均奉派出勤。」

「當、當真？就連火盜改都出勤了？」

小的是如此聽說，小廝回答道：

「當時天色未明，只聽見轟隆一聲，完全不知發生了什麼事。難不成有人發射了大筒（註27）？那可就是謀反了。那一帶多空地，雖說是下屋敷（註28），其中也不乏大官宅邸，尚有民宅交雜其間，唯恐倉庫起的火朝外延燒，不得不及早滅火，以除後患。」

「原來如此。」

似乎僅有自己一人不知情。志方感覺彷彿遭人冷落，不禁眉頭一蹙。

「看來這的確是樁大事兒——但，這又如何？」

「怎能說這又如何？大人，那雷，包准就是小的放走的那隻雷獸呀。」

「什麼？」

「意即，丑松捕著、小的放走的那隻雷獸，落上立木藩的倉庫上頭了。小的甫登上鼠坂、一拐個彎便跌了跤，讓雷獸一溜煙地給逃走了。三人一同找過一陣，但那畜生跑起來可真是靈活，一眨眼便不見蹤影。不久後，便聽見一陣咻咻作響。」

註25：原文作「町火消し」，江戶時期由百姓組成的消防組織。當時編成四十八組，每組約一百至二百人，為今消防隊之前身。

註26：全名為火付盜賊改方，亦俗稱火盜，為江戶時期負責取締縱火、搶劫、賭博之執法單位。

註27：大砲之古稱。

註28：江戶時代大名藩邸分為上、中、下屋敷。上屋敷為藩主之政廳，中屋敷為退隱的前任藩主之隱居處，下屋敷則為建於郊區之別莊。

「咻咻作響？」

「是的。定睛一瞧，只見一陣星火般的東西騰空升起。噢，天色將變，雷獸升天——棠庵先生是如此說的。眼見如此，咱們一行人都認為事兒也算是辦妥，小的與金太便回家去了。還沒回到家，天便開始下起雨來。這雨來得可真快呀——小的還如此心想。過了約一刻半，便傳來轟隆一聲。」

「你也聽見了這聲巨響？」

「有人說聽見了，但小的當時睡得正沉。只怕不早點睡著，可要教小的老婆那鼾聲吵得無法入眠。一起身，便發現四下一片慌亂。」

「連麴町那頭也是人心惶惶？」

「的確是人心惶惶。大家直喊打雷了，打大雷了，小的住處那頭愛瞎起鬨的傻子還真不少。向人打聽聲響從何方傳來，據說正是立木藩邸。唉呀，不正是小的跌跤那地方麼——？」

「難以置信。」

竟有這種事兒——

「實在是難以置信。」

「唉，的確，即便是偶然，也教人難以置信。大人想想，今年鬧乾梅雨，幾乎是一場雨也沒下過。但小的一讓雷獸逃了，雨就下了，下著下著，又來個驚天巨響。雷，今年也沒打過幾聲哩。」

「的確是如此——」

聽到雷的真面目竟然是獸類，有誰會當真？

志方雖不諳此類傳說，但至少曉得雷乃天候氣象這點，完全是毋庸置疑。若稱雷乃獸類，和稱雨為魚、稱鳥為風又有何不同？

當然不可能採信。

「萬三，你方才說的，本官大抵都清楚了，但教你給放走的那隻雷獸什麼的，本官認為正如菸草鋪那老店東所言——不過是隻普通的鼬。鼬與落雷毫無因果關係，你也毫無理由致歉才是。」

「這……」

萬三左手握住右手所持的十手尖端，低下頭說道：

「這……其實，小的也是這麼認為。」

「又怎麼了？」

「噢，棠庵先生也是這麼說的。但說歸說，棠庵先生亦表示，即便不過是隻普通的鼬，在筑波村依然要被視為雷獸。既然村民如此堅信，便無他法可想——」

「或許的確是如此，但畢竟也僅限於該村之內。此類民俗傳說，僅在信仰流布之區域有效，該地居民或許不至於將之斥為荒誕迷信。但此處是江戶，並非筑波村。」

「是。」

「江戶可是無人相信雷獸這種妖物。即便有所聽聞，人人亦知正如同河童、天狗，這也不過是虛構之物。」

「但前一陣子不是出現了隻大蛤蟆？」
那不過是幻覺，志方說道。
志方是如此解釋的。
「噢。不過，大人，立木藩——乃位於下野不是？」
「這——沒錯。」
距筑波村並不遠，萬三說道：
「此類大人斥為迷信之說，若流布地方相距不遠，便可能甚是雷同。是不是？」
「的確——不無可能。」
「那麼，此事——該如何擺平？」
「這……」
小的可是有了覺悟，萬三說道：
「倘若藩邸上下均相信雷獸傳說，小的可就成了炸毀倉庫的真兇了。唉，也不知倉內儲了些什麼，但小的註定都是賠不起。即便與金太、棠庵先生一同聯手償還，也註定是一輩子賠不完，哪管再加上個丑松、小的那老婆、老婆的嫂子——」
「再牽扯下去也是沒完沒了。那麼，你打算如何解決？」
「噢，若是佯裝不知情，抵死不認帳，或許便能輕而易舉矇混過去，但真要這麼做，小的可要過意不去。畢竟是蒙官府授與十手之身，當然不該當個知情不報的二愣子，更無膽殃及大人顏面無光。」

判他藩情勢。

「殃及本官——顏面無光？」

「是的。倒是小的記得，有權進出立木藩藩邸的——似乎是大人的同儕木村大人？」

定町迴同心每個都獲准進出一藩的江戶屋敷。藩府透過同心之口蒐集市井大小消息，藉此研

「不知是否能透過木村大人，向藩邸告知小的所犯之過——？」

志方兩眼緊盯萬三。

「萬一，這不是辦不到——但這麼做，又能如何？倘若藩邸欲將你治罪——」

看來是有此可能。

在屋敷後方放走一隻鼬，導致邸內倉庫遭到雷擊——這等荒謬說辭，藩府豈可能採信？若是發生在藩內，或許還說得過去，但此處可是江戶。而萬三雖是個百姓，至少也是個獲官府授與十手的岡引。

想必是不至於降罪於你，志方改口說道：

「但坦承罪狀又能如何？遭炸毀的倉庫也不可能因此復原，至於那雷獸什麼的，如今也是行蹤不明。看來——」

「噢，這點小的也不是沒想到。至於自供會帶來何種結果，起初小的是認為，甚至可能遭該藩藩士斬首處——」

「應不至於。」

「不過，小的也無法繼續裝傻下去。雖認為犯過的並非小的，而是那雷獸，但如此解釋，又

深恐難以向老天爺交代。幸好鄰家與屋敷均未遭殃及，但想到倘若稍有閃失，包准要出人命——便感到背脊發涼。想著想著，就連覺也睡不著。看來還是該據實呈報，方為上策。」

「有理。」

這心情也不是無法理解。

畢竟志方本人也是個不懂得通融的老實人。

故此，可否請大人代小的拜託木村大人？萬三乞求道。

「也不是不可——不過，本官對那雷獸什麼的仍不熟悉，也不知是否能向木村解釋清楚。木村對此類窮鄉僻壤之迷信——噢，這麼說你別在意，雖然這說法意外地廣為人知，但實難臆測木村對這雷獸什麼的聽說過多少。故此——」

「就請棠庵先生代為解釋如何？」

「久瀨老爺？」

在睦美屋之寢肥一案及先前頭腦唇一案中，久瀨棠庵都幫了志方不少忙。奉行所內認識棠庵、或聽說過其傳聞者，亦不在少數。

「若是如此——你我就一同上奉行所一趟吧。」

這時辰，想必木村應也返回同心之宿舍了。

到頭來，還是沒什麼天將降雨的跡象。

——早知如此，真該出外巡視一番。

「也把久瀨老爺邀來吧。」

志方吩咐過後，站起身來。

多謝大人，萬三叩首致謝後，旋即快步奔向天色漸暗的大街。

志方兵吾抬起頭來，仰望滿天烏雲。

【陸】

真是教人不解——

嘮叨一句後，林藏將瓦版朝板間隨手一扔，使勁拍個巴掌說道：

「命是保住了，但怎麼想都想不透。為何倉庫遭了雷擊，咱們便全都獲釋？這究竟是什麼道理？」

此處是閻魔屋的密室。

你這傢伙還真是煩人，又市不耐煩地說道：

「還在窮嚷嚷個什麼勁兒？早知如此，當初就讓他們將你給宰了，或許如今還不嫌遲。」

「你說什麼？」

「夠了夠了，乖乖給我閉上嘴。」

山崎向林藏喝斥道：

「你這下還能在這兒耍這張賤嘴皮子，不都是託又市的福？」

不過，阿又——山崎轉頭望向又市說道：

「林藏發這牢騷，多少也能理解。我也完全參不透你究竟打了什麼樣的算盤。你說一切都寫在那瓦版上頭，但讀了反而教人更感困惑——」

山崎一臉不解地說道。

瓦版上印著一個以滑稽動作跌了一跤的岡引、與一頭自破損的籠中飛竄而出的古怪畜生。畜生渾身發著雷光，雷光前端是座半毀的倉庫，正冒出陣陣烏煙。

「這岡引正是愛宕的萬三，是不是？」

「似乎是如此。」

「似乎——？」

「瓦版上不都寫了？萬三有個親戚捕著了雷獸，將之托付給棠庵那老頭兒。為供其升天，等著了合適的天候，正要尋覓合適地點時，萬三竟跌了一跤，教雷獸給逃了——」

「還是不懂。」

林藏兩眼瞪向又市說道。

「姓林的，你腦袋怎這麼不靈光？我唯一做的，不過是挑了個地方教他跌個這麼一跤。當時心想既然要落雷，不如就落在立木藩的倉庫上頭，便自暗處朝背著雷獸的傢伙腳下一勾，其他的淨是萬三和那老頭兒的功勞。若不是萬三心懷愧疚，向立木藩全盤托出，如今瓦版上載的也不至於是此事。」

其實——

是又市透過棠庵一番規勸，才讓萬三一五一十供出這番經過的。這回的確需要他報上名號，亦得有他據實詳述。

好順利化虛為實——

「倉庫內——可有什麼隱情？」

山崎問道。

「沒錯。那座倉庫內，儲有大量土田私吞的稻米。」

「私吞的——稻米？」

山崎如此驚呼的同時，木門嘶的一聲被拉了開來。

只見巳之八屈身爬入，緊接著阿甲也步入房內。

執掌密室這道木門開閉，原本是角助的差事。但這回角助命是保住了，至今依然起不了身。據說得臥床三月方能痊癒。

阿甲雖略顯憔悴，卻無損她那身獨特威嚴。待巳之八一將門拉上，阿甲便默默不語地走了進來，儀態端莊地坐上了上座正中央。

見狀，林藏也連忙端正坐姿。

「此次——承蒙諸位相救。」

話畢，阿甲便三指扣地，低頭鞠了個躬。

「噢，大總管切勿多禮，我等受之不起。」

「思慮過淺、謀略過薄——這樁差事的後果對閻魔屋及我而言，皆是理當畢生銘記之教訓。」

話畢，阿甲向巳之八使了個眼色。

巳之八靜靜屈身向前，向三人面前各遞上一只袱紗包。

這是什麼？山崎收下後問道。

「僅是一點兒心意。就拯救我一命於旦夕的損料而言或許嫌少，但也代表我一點兒心意，還請諸位收下。」

裡頭有十兩哩，林藏驚呼道。

「唉，大總管自個兒吃的苦頭，可是比咱們誰都多哩。」

話及至此，山崎將袱紗包收進懷中，接著又說道：

「不過既然是心意，我也就收下了。倒是，大總管，方才我也說了，這回最有功勞的，當推又市莫屬。這小股潛可真有膽識，十萬火急中還能氣壯如牛，還在五日限期內設下巧局，果真有兩下子。大總管說是不是？」

「絕非如此，大爺。若非大爺身手非凡，我也無膽故弄玄虛。當時真正的盤算，其實是若對方依然不從，再趁大爺出手回擊時乘隙脫逃哩。」

話畢，又市拾起了袱紗包。

感覺沉甸甸的，看來絕對不止十兩。

「倒是，若真得與那夥人較量，我也難以預料結果將是如何。當時你聲稱我能以一擋三，其實頂多只擺平得了兩個。」

「那時不虛張聲勢怎麼成？」

「虛張聲勢？總之——當時就連我也聽信了你那舌燦蓮花，便順著你說的把戲給演了下去，但若真出了事，該如何擺平那局面？說實話還真是一點兒盤算也沒有。」

「那夥人為何將咱們給放了，我至今還參不透哩。」

「看來——」

這下輪到阿甲開口了：

「都是拜那立木藩領民所收到的天賜大禮之賜。」

「天賜大禮——？大總管所言何意？」

「的確是天賜大禮。這樁差事的委託人大農戶治助私下向我坦承，立木藩江戶屋敷之倉庫遭雷擊當日深夜——自家竟收到了天降米糧。」

「米糧？而且還是天降？」

「況且，不僅是治助一戶，各村人農戶皆收到了米糧，上書吾乃天神眷族，往後將不計一切私怨遺念，萬世守護立木領民——」

這是怎麼一回事？林藏驚呼：

「這吾指的，可是那姓土田的老頭兒？這色慾薰心的老傢伙，竟然成了天神眷族，還應允將守護領民？」

天下豈有此理？林藏一臉不服地說道：

「那老不休分明都將領民們給害慘了。」

「不過，這天神——指的應是菅公（註29）——即雷神。又市，你說是不是？」

山崎以餘光瞄向又市問道。
「在下不學無術，沒聽說過這菅公什麼的。」
呵呵，山崎笑道：
「你方才不也曾提及，那座倉庫內儲有土田左門私吞的米？看來這下似乎是——土田死後化身為雷神，自立木藩之江戶屋敷內移出私藏的米糧，將之分予眾農戶。是不是？」
或許正是如此，又市佯裝糊塗搪塞道。
「如此看來——雇用那夥惡漢的，也與咱們差事的委託人同樣是立木藩的農戶？」
「同、同為農戶？但求咱們將土田正法的，不就是這些個農戶？」
農戶也有形形色色，山崎說道：
「不過——不計一切私怨遺念這句，說得可真是巧。農戶們是否為此，才取消了雇用那夥惡漢的委託？」
看來是如此，阿甲回應道：
「關於土田與領民關係如何，我是難以判斷。但對土田甚是景仰、愛戴之農戶並不在少數，而這些農戶動用微薄積蓄，雇用那夥刺客——據說名為鬼蜘蛛一事，經確認的確無誤。」
「不過，大總管，此類委託，難道能輕易取消？」
「林藏，土田本人——業已表示將不計一切私怨遺念，當然能取消。」
「不過，鳥見大爺也該想想，這說法難道能取信常人？」
但——大夥兒的確採信了。

若僅是一張紙頭，或許難以取信於人。但這回還真有落雷，且米糧也都送到了大家手上。

此外——

委託這樁差事的百姓，目的並非為土田尋仇，真正的理由，不過是欲揪出值此歉收凶年，還斷了自個兒生路者洩憤。

若非如此，也不至於日子都過得如此清苦了，還得籌出鉅款雇用刺客，只為洩心頭之恨。

如此看來。

只要將土田為賑急而私藏的米糧歸還眾人——

這批米糧便足以供領民熬過數年。

除此之外。

由於土田業已戴罪死去，私田也不至於為藩府所察覺。

雖然失去了土田這強而有力的庇護，但除此之外，農戶們的損害其實尚算輕微，幾乎沒遭蒙任何實質上的損失。

再者。

土田歿後……

註29：指菅原道真，西元八四五～九〇三年。平安時代之政治家、學者、漢詩人，受日人尊為學問之神。因受誣陷而遭流放九州太宰府，並於該地病逝。歿後，先是皇子病死，接著皇宮之清涼殿又遭雷擊，死傷多人。朝廷為此驚恐不已，推論為道真之冤魂作祟，故赦免其罪並追贈官位。自此其亡魂被視為雷神，於京都北野興建北野天滿宮以祭祀之。

還化身成較藩國高官更強大的守護者——雷神，並承諾將萬世守護領民。

這下，還有什麼好不服的？

領民們當然不敢忤逆，山崎說道。

「面對的——畢竟是天降神啟。阿又，你說是不是？」

沒錯。畢竟是絕非常人所能駕馭的落雷。

「話雖如此，還是有些地方教人想不透。」

林藏雙手抱胸，雙腿不斷抖動。

「有哪兒想不透？」

山崎問道。每一處都想不透，林藏回答：

「我說大總管和大爺，雖不知這局是如何設的，但一切包准都是呆坐那頭的小夥子的傑作。喂阿又，你到底幹了些什麼？」

「瞧你這只懂得一味學狗兒狂吠的窩囊廢。事實上，我什麼也沒幹，當時純然是誤判了情勢，以為雇來刺客的是土田的家人，特地趕往下野懇求開恩。」

真是如此？山崎問道。

「沒錯。起初大爺將我給捧得天花亂墜的，教我得以順利虛張聲勢，骨子裡其實不過是個丑角。當時只想免於一死，打算低聲下氣懇求一番。孰料上門一問，才知自己撲了個空，土田一家根本毫不知情。其後雖然查明委託人乃藩內農戶，但根本無從打聽是哪戶人家。雖也查出土田私藏米糧一事，但對吾等脫困根本也是於事無補。雖下了不再作垂死掙扎的覺悟，但又不甘心就這麼乖乖受死，便夥同棠庵那老頭兒，帶著那雷獸什麼的到倉庫後方給放了，如此而已。」

什麼？林藏氣得朝地上敲了一拳說道：

「原來你其實沒有任何盤算？虧你還有膽大吹大擂的。我和大爺可都是出於對你的信賴，才甘願當那些傢伙的人質的。如今看來，當時真是糊塗透頂，竟然傻傻地將性命托付在你手上。」

反正當時生死也由不得你決定，又市說道：

「總之，我想到之前造訪棠庵那老頭兒時，見到了屋內有隻囚在籠中的鼬，曾聽聞此獸升天便能降雷一類的無稽之談，便巴不得真有落雷，將土田那傢伙私藏的米糧打得煙消雲散。淪落到這地步，還不都是土田色慾薰心惹的禍？當然巴望能報個一箭之仇。轟隆轟隆這麼一炸，至少讓人心頭爽快些。」

「哪可能爽快？」

林藏拾起瓦版，向前一拋：

「命都丟了，還能爽快個什麼勁兒？你樂得四處逍遙，我和大爺可是教繩子給捆得緊緊的，捆得渾身滿是痕，疼得簡直生不如死哩。」

「現下不是還活得好端端的？」

「我只說生不如死，可沒說真的死了。總之，我沒聽說過那雷獸什麼的，哪可能放了一隻畜生，就能讓老天降雷？」

「但不是落了？」

「純屬巧合吧？」

「純屬——巧合麼？」

山崎兩眼直視著又市說道：

「豈可能落得這麼巧？真是純屬巧合？」

「當然是巧合。沒錯，我的確是個擅長以舌燦蓮花翻雲覆雨的小股潛，大多事兒大抵都能以這副嘴皮子辦成，但論左右天候，我可沒那能耐。雷神可不是光憑口舌就能說服的，哪管再怎麼跪拜祈求，雷不落就是不落。由此看來——這僅能以雷獸降雷來解釋。若認為這說法不足採信，也只能以巧合視之了。故此……」

又市解開袱紗包，從中抽出了十枚小判。

只見袱紗包中還留有另外十枚。

「剩下的款子，就還給大總管。」

又市畢恭畢敬地將袱紗包推向阿甲，繼續說道：

「一如前述——我的確是毫無所為。不，該說是雖欲有所為，到頭來卻什麼也沒辦成。雖未盤算拋下同夥隻身保命，但對各位並未有分毫幫助。」

阿甲依然坐定不動，僅是微微一笑。

「不過——你的確放走了那隻鼬，不是麼？」

「是的。」

「而那鼬喚來雷雲，亦招徠土田所化身而成的雷神，不是麼？」

「大、大總管，那不過是無稽之談……」

「林藏。」
阿甲語帶訓誡地說道：
「棠庵先生從不說謊。又市，你也牢牢記住，凡其所言，句句屬實。」
——沒錯。
的確是句句屬實。虛即為實，實即為虛。
我記住了，又市回道。
「那麼。」
款子就全數收下吧，阿甲語氣和緩地說道：
「即便是走投無路下的狗急跳牆——你這靈機一動畢竟召來落雷，而這道雷不僅教咱們一行人免於一死，亦讓立木藩之領民脫離萬劫不復之境。」
原來——也能這麼解釋。
那我就收下了，又市說道。
接著便收回袱紗包，將二十枚小判重新包妥，置入自己懷中。懷裡頓時感到沉甸甸的。
「一如又市先生所言，那座倉庫內儲有十田左門貪瀆之罪證。左門雖將一切真相帶往他界，但既然發現與帳目不符之大量囤米，藩府便不得不追究真相。到頭來，倘若證實土田生前確有不法——其家人亦將難逃其咎，依武家慣例，必遭藩府懲以重刑。孰料來了這道落雷，將米糧打得消失無蹤。」
證物既失，便已無從追究，阿甲說道：

「左門之妻女亦無須遭藩府懲處。一切——均是拜那道落雷之賜。」

的確有理，但這做法真能召來落雷？聽聞阿甲一番解釋，林藏先是驚訝地合不攏嘴，接著才如此問道。姑且當作如此吧，山崎回道。

「姑且當作如此？大爺……」

「畢竟真有落雷不是？雷絕非人所能掌控，況且，一切又隨這道雷獲得圓滿解決。雖不知助咱們與領民保住性命的，究竟是神佛——還是鬼魅，總之咱們的確是獲救了，這下還有什麼好不信的？」

看來還真由不得人不信，林藏噘嘴說道。

「總之，看來又市與此無關。若是常人所為，或許還有得查證，但既是神明所為——可就無從過問了。總之，神鳴一聲救塵世——這麼看不就得了？林藏，你就別在這兒窩著，想必懷中這筆天外飛來的巨款也教你重得難受，何不上花街柳巷快活一番？」

山崎一臉快活地說道，又朝林藏背後拍了拍，接著便站起身來。

「好了。這回遭捆綁、毆打、脅迫，命都要少了半條，咱們就找個地方慰勞自己一番吧。」

話畢，林藏也站了起來，還補上一句：

「阿又，這回若不招待阿睦喝一杯，她可饒不了你。」

聽來——這下可煩人了。

目送兩人步出密門後，又市也緩緩起身。

「又市先生。」

阿甲喚住了他，問道：
「總共——雇了幾名？」
「雇了幾名——大總管是指？」
「總共雇了幾名破藏師（註30）？」
「大總管所言何意？」
小的怎完全聽不懂？又市回道。
呵呵呵，阿甲低聲笑道：
「我聽聞，雷神曾自江戶雇來破藏師，助其完成這樁差事。在半刻間夷平一座偌大的倉庫——看來絕對不只一、二人。」
或許——甚至不只二十人。
「況且，倉中米糧悉數於翌日一早運抵下野，若非真有神助——根本無從解釋。」
「想必真是神明天助。」
那來路不明的漢子——
只消登高一呼，便將全江戶的破藏師悉數召來。如此神通廣大，看來絕非泛泛之輩。
況且，個個依其指示埋首幹活，無一對其有絲毫忤逆。為此湊來的馬匹與人伕，為數亦甚是可觀。

註30：指犯案前對目標作縝密調查，於正確位置挖開倉壁、竊取其中財物的宵小。

幹起活來有條不紊、幹練俐落，的確有如天降神明。

「此外——我亦曾聽聞此一傳言。」

阿甲說道。

背對著阿甲的又市，依然沒回過頭來。

「據傳——有一人擅長操弄火藥，只消一擊——便可碎岩崩山。」

「這——聽來的確厲害。」

「此人隱居江戶城中——相傳曾為偏山之民，亦有人指其為武士、木匠，說法不一而足。」

——此人哪可能僅是個木匠？

「既非盜賊，亦非刺客。只不過，由於身懷威猛絕技，無人有膽招惹此人。到頭來……」

此人終將晉身統領江戶黑暗世界之首——

又市先生，阿甲說道：

「或許，你碰上的其實是個凶神惡煞。倘若真是如此，我必得——」

「大總管切勿過度憂心。」

能降雷者，惟雷神也，又市說道：

「不過，大總管。依棠庵那老頭兒所言，雷平時溫順如貓。此言既是出自那老頭之口……」

必是屬實，是不是？

話及至此——

又市憶起了那自稱御燈小右衛門的巨漢臨別時的笑容。

山地乳

此怪吸食眠者鼾息
而後捶打其胸
使其人殞命
然若為他人所窺見
其人反將延年益壽
相傳此怪多見於奧州

繪本百物語・桃山人夜話卷第貳／第拾壹

【壹】

喂，聽說了麼？長耳仲藏問道。

又市飲下一口粗劣的冷酒，突然感覺口中似有異物，將之吐入掌中，原來是一片枯萎了的櫻花瓣。

「聽說什麼？指的若是你那些個廢話，如今不是正在聽？你這嗓音活像個老不死的相撲力士似的，聽得直教人掩耳哩。」

「瞧你這嘴皮子，年頭到年尾都是這麼賤。人家問你聽說了沒有，只消問個聽說什麼就得了，否則教人家如何把話給接下去？要挖苦人也得算個時候。」

仲藏撫弄著自己那因過長而下垂的耳朵說道。

在仲藏這張古怪面孔後頭，是一片開了七分的櫻花林。但兩人可沒什麼閒情逸致賞花。

還不就道玄坂上緣切堂那黑繪馬（註1）的傳言？長耳說道。

「噢。」

這傳言又市亦有所聞，只是聽得並不詳細。

註1：於寺廟或神社中祈願或還願時購買的小木札。木札上繪有馬等圖樣，於空白處或背面寫上祈求內容與姓名後，懸掛於寺社內。

「可就是那——誰的名字被寫上黑繪馬就會喪命的傳言？不過是嚇唬人的吧？」
可不是嚇唬人的，長耳回答。
「呿，堂堂長耳仲藏，怎麼也開始迷糊起來了？光憑寫個名字就能取人性命，這種令人捧腹的無稽之談，你還真相信？」
但還真有人喪命哩，話畢，仲藏塞了一塊蕃薯入口。
「瞧你竟拿蒸蕃薯下酒，看得我都快吐了。你生得已夠催人作嘔，就別再嚇人了成不成？」
「老子拿什麼下酒，與你何干？倒是阿又，不久前花川戶的烏金不是死了麼？就是那一毛不拔的檢校（註2）。」
「的確是死了。」
「據說他的名字也給寫了上去。」
「這僅止於謠傳吧？那檢校可惡毒了。惹人嫌到這等地步，恨不得取他命的傢伙想必是多如繁星，說不定就是其中哪個下的毒手哩。」
誰管他去？又市譏諷道。精彩的還在後頭，長耳眨了眨細小的雙眼說道：
「糊紙門的善吉說——自己曾將他名字寫在繪馬上。」
「可是他本人說的？」
「沒錯。善吉他娘臥病在床好一陣子了，花了他不少藥錢。糊紙門這等差事，哪掙得了多少銀兩？為此，起初他先向檢校借了一兩。」
「一兩滾成二兩，二兩滾成十兩，是不是？這傢伙真是糊塗，竟然找上了高利貸。」

的確糊塗，仲藏點頭應和道：

「既然掙不了那麼多，就不該借這筆銀兩。但這傢伙若懂得算，就不至於踏入這陷阱了。真正的問題，就出在還債日。唉，借貸畢竟是有借有還，哪管是高利還是暴利，只要在借據上畫了押，債就由不得你不還。不過，即便借款者如期歸還，那檢校也假稱人不在家而拒絕收受，待逾期了，再逼借款者連本帶利償還。真是個混帳東西。」

「這我曉得。」

這幾乎算得上是詐欺了，況且手法還十分幼稚。

「唉，若是向大商戶詐取，或許還不難理解。但何必壓榨這種窮光蛋？善吉壓根兒就不該借這筆銀兩。瞧他別說是餬口行頭、鍋碗瓢盆，連妻女也給賣了，最後就連他娘都魂歸西天。」

聽來甚是堪憐，但又能奈何？

「由於被逼得走投無路——他就寫了。」

「就這麼將檢校的名字寫到了繪馬上頭？」

「對，把檢校的名字寫到了繪馬上頭。」

接下來，人就死了，仲藏回答道。

「據說事情就發生在寫完後的第三天。善吉那傢伙沒什麼膽兒，被嚇得不知所措，到頭來便找上了我。上這兒來時，渾身還不住打顫哩。」

註2：江戶時期負責監督寺廟、神社事務的官職。

「不過是巧合吧。」

「你認為是巧合？」

「那還用說？世間哪可能有這種道理？求神拜佛不過是圖個心安，壓根兒不會有任何效果，神佛當然不是有求必應，否則世間何來如此多的不幸？」

說到不幸，仲藏又送了一口蕃薯入口後，說道：

「正因有如此多的不幸，這種無聊把戲才會流行。這些個繪馬可真是搶手，前後都教人給塗得烏漆抹黑的。」

「塗得烏漆抹黑的？」

看來你這小子還真沒聽說，長爾露出一口巨齒笑道：

「緣切堂的黑繪馬，前頭是黑的，但後頭是白木。想殺了誰，就將這仇人的名字寫在白木那頭。若被寫上名字那人喪命之後，再將後頭也給塗黑。由後頭是黑是白，便可看出每一枚繪馬是否靈驗。」

「哼。」

又市依然興不起半點兒興趣。

「意即如此一來，待仇人喪命，就沒人看得出上頭寫的是誰的名，也看不出是什麼人寫的？」

「沒錯。」

「這種東西——官府理應強加取締才是，怎還能端出來賣人？」

誰說是賣人的？仲藏回答：

「若將這種東西端出來賣人，包准立刻遭官府拘捕。若仇人真因此喪命，哪怕真是神佛所為，也得治罪。即便純屬虛構，也等同於散播流言蜚語蠱惑人心。這些繪馬不是賣的，而是原本就成串懸掛在那兒的，據說共有八十八枚哩。」

「八十八枚？倘若一枚能殺一人，不就能殺八十八人了？」

「看來──正是如此。因此，近日道玄坂那頭每逢日落，便有人群聚集。」

「那種地方只見得著狸貓，人上那兒做什麼？」

「繪馬非得在夜裡寫不可，並且尤以丑時為佳，似乎不能讓他人見著。只要書寫得法，仇人三日內便會斃命。」

「哼，擠成這副德行，豈不是想寫也由不得人？」

「似乎是如此。」

「還真由不得人寫？」

又市只是信口胡說，沒想到還真是如此。

真有這麼多人──想取他人性命？

「不過，人群中大多是來看熱鬧的，其中也不乏一些管這叫替天行道什麼的傻子，還有些二愣子說若這真能取人性命，何不把將軍大人的名字寫上去試試。」

「這倒是個好主意。」

口中雖這麼說，但又市不僅連現任將軍的名諱如何寫也不曉得，就連他叫什麼都不清楚。

似乎是看穿了又市的心虛，長耳大笑道：

「總之均是煽動人心的不當言論。唉，世間本就有太多該死的惡棍，也有太多添麻煩的混帳。也正如你說的，還有太多欲哭無淚的、或生不如死的傢伙。如此看來——若有任何不須花錢、也不須耗工夫就能取人性命的把戲，當然要蔚為流行。」

倘若如此輕鬆便能成事，咱們生意可要做不成了——仲藏抬頭仰天感嘆道：

「我雖不像你老愛說些天真的傻話，但也認為取人性命就算成事，的確是太簡單了些。沒錯，有些情況的確非得分個你死我活才能收拾——但咱們就是憑找出其他法子解決混飯吃的。是不是？」

你不是靠造玩具混飯吃的？又市說道：

「而我是靠賣雙六混飯吃的。閻魔屋則是靠租賃碗盤被褥混飯吃的。鳥見大爺的底細雖不易摸清，但表面上應該還是有個正當差事。咱們僅是偶爾承接損料差事，絕非靠此餬口，鳥見大爺不也這麼說過？」

「總之，我是不想和幹見不得人勾當的傢伙有任何牽連。不過——」

難道不覺得事有蹊蹺？長耳一張醜臉湊向又市說道：

「總覺得有哪兒不對勁。」

「其中當然有隱情。」

哪可能沒有？

真有人喪命，代表一定是遭人下了毒手。神佛救不了人，當然也殺不了人。

——不對。

人可向神佛祈求救贖。同理，亦可向妖魔鬼怪祈求降禍。為了盡快將禍害不順送至彼岸以敉平災厄，人得相信神力庇護，祈求神佛大發慈悲。

將吉事視為不可知者庇護之恩，乃是為了將凶事解釋成不可知者降禍使然。

——因此。

有人捏造吉事，以神佛庇蔭解釋之。

有人辟凶消災，亦以神佛庇護解釋之。

但……

取人性命，卻將之解釋成神佛所為——

「真教人不舒坦。」

「的確不舒坦。」

長耳已將蕃薯一掃而空，接著又豪飲了一大口酒。

「總之，的確有人喪命。」

「就直說吧，根本是教人給殺的。」

若有人喪命，當然是被殺害的。

好，就當是教人給殺的，仲藏改口說道：

「你認為，這有什麼好處？」

「好處——？」

「寫上名字的藉此殺了仇人，或許是得到了好處。但阿又，倘若真如你所說，是有人下的毒手，那麼兇手就不是神佛還是妖魔鬼怪，而是常人了。」

當然是常人。

「那麼，這傢伙為何要下此毒手？哪管是替天行道還是什麼的，殺人就是違法犯紀，而且是滔天大罪哩。幹這種事兒，哪可能不求任何回報？難不成真是為了匡正世風、鋤強扶弱？」

「若被寫上名字就得死——想必是沒考慮這麼多。」

況且——似乎也沒聽說若被寫上名字的是個善人，便可免除一死。

反正，判斷善惡的基準本就模糊。

先決條件似乎是，被寫了名就得死，長耳說道：

「因此大家才說它靈驗。倘若其中有些寫了名卻無效，便不可能如此受人矚目。總之，想必沒人想藉這手段除掉哪個善人——」

話及至此，這巨漢聳了個肩，先是沉默半晌，接著才又開口說道：

「但只要是惡棍，就殺之為快——也就是所謂的替天行道。這說簡單些——不過是看誰礙事，就殺了誰。倘若這道理說得通，世間眾生可就要冤冤相報、彼此相害了。說到底，替天行道的基準，又是誰訂的？」

「哪有這種基準？」

「當然沒有。基準是沒有，但有些情況——就是非得對手死了，才能收拾。碰上這種情況卻又無計可施——便只能求神拜佛了。你不也曾說過，這乃是最後手段？」

——沒錯。

因此，世人才需要神佛。雖需要……

「看來情況是有所不同。」

仲藏將杯中的酒一飲而盡。

「只要做了請託，就能由神佛取人性命。哪管對方是善人還是娃兒，只要名字被寫上了，便得魂歸西天。決定死者該不該殺的不是神佛，而是委託人，委託人可就是常人了。到頭來，欲除去商場或情場敵手的、看某人不順眼的、乃至純粹想尋樂子的，不都要湧來了？」

不都已經來了？又市說道：

「你方才不也說，那些黑繪馬都已經給塗得烏漆抹黑了？」

「據說已被塗了一半。」

「這——可是代表已經死了四十幾人？」

「若傳言屬實，應是如此。」

「你方才都親口說過此事屬實了。」

但我可無法將人數點清楚，長耳說道：

「也不知叫這些名的是否已悉數喪命——不，即便全都死了，其中或有幾人在不同的繪馬上寫下同一名字，繪馬數與人數或許未必吻合。既然都得塗黑了，這下也無從確認。但……」

「你認為——幕後必有真兇？」

「若無人真正喪命，這就不過是個無稽傳言。即使被寫上名的並未悉數喪命，但正因為真有人死了，此說才會廣受注目。畢竟有善吉這種人，話很快就傳了出去。不過……」
「即使善吉祈願成真，也沒得到任何好處——？」
「我想說的正是，為助這種一窮二白的窮光蛋祈願成真，甚至不惜違法犯紀，究竟有什麼好處？即便真是神佛所為，善吉可是連個供品、或半點兒香油錢都沒供奉過哩。」
——有理。
其中必有蹊蹺。然而——
這又與咱們何干？又市問道。
「的確無關。我並沒有恨到非殺不可的仇人。不，仇人不是沒有，但可沒打算殺了他。殺人可沒半點兒好處。」
說不定有人恨你恨到巴不得殺了你哩，又市挖苦道。
「或許有人把我當傻子，有哪個恨我了？或許有人怕我，有哪個喜歡我了？我既不討人喜，也不惹人嫌。巴不得殺了我的瘋子，世間保證是一個也沒有。」
那就隨它去吧，又市說道：
「既然你不寫人，人不寫你，人家想做什麼又與你何干？」
「話是沒錯，不過，阿又，長此以往——包准有誰又要遭蒙損失，是不是？」
「損失？」
或許真是如此。
「唉，我都開始感覺自己吃虧了。」

話畢，仲藏站起身子，將酒錢擺在毛毯上頭，接著又說：

「走，陪我遛遛去。」

「我可不想上道玄坂。」

「誰說要上那兒去了？我不過是得上吳服町買些布，要你陪我走到那頭的大街上罷了。」

長耳仲藏以經營玩具舖為業——平日靠造娃兒玩具餬口，但為戲班子造大小道具、機關佈景，也是功夫了得。這下要買布，包准是又打算做些古怪東西了。

又市也沒興致獨自賞花，心想同他四處遛遛也好。

反正左右也無事可幹。

只見長耳緩緩移動著那副碩大的身軀，逕自走到了大街對面的櫻樹下。

看來似乎是憂心忡忡。

怎了怎了？跟在後頭的又市朝他喊道：

「喂，造玩具的，你方才那番話的確有理。這場黑繪馬風波，背後必有隱情。倘若真是個取人性命的陷阱，當然會有人吃虧、有人傷悲，或許受害的已經有好幾名了。不過，正如我常說的……」

咱們和這半點兒關係也沒有，又市說道。

我也巴不得半點兒關係也沒有，長耳頭也沒回地回答道。

「巴不得？」

「倘若事情找上咱們了，該怎麼辦？」

「找上咱們？」

「你腦袋怎這麼鈍？這可不是賭具磨損一類的損失，而是攸關人命的損失。吃了虧的人能上哪兒求助？光是租賃鍋碗、被褥的損料屋可幫不上忙，唯一能找的就剩閻魔屋。要是吃了虧的傢伙委託閻魔屋代其討個公道，大總管又接下這樁差事——事情不就落到你我頭上了？」

這話的確沒錯。

我可是害怕極了，長耳踏著步伐說道：

「阿又，你應不至於忘了吧？十個月前——立木藩那件事兒。」

哪可能忘了？

當時不僅是又市自己，整個閻魔屋的一夥人都差點小命不保。

「我雖生得這副德行，但也想圖個全壽，可萬萬不想再同高人過招。」

「高人……」

倘若這起黑繪馬風波背後真有隱情——不論是什麼樣的人、懷的是什麼樣的企圖，必有擅長取人性命的高人參與其中。若非如此，絕無可能將不分對象的殺人差事幹得如此俐落。

若真是如此……

長耳轉過頭來問道：

「那些傢伙有多駭人，你比誰都清楚不是？」

「噢，當然清楚。那些傢伙遠比咱們懂得分際。」

該如何下手。

該改變些什麼。

該幫助些什麼人。該如何紓解遺恨。

這些傢伙絲毫不理會。以殺人為業者，絕不為任何理由，只要將人殺了便成。若要勉強找個理由——想必就是酬勞了。碰上這種人，任誰都要束手無策，唯一能做的只有求饒保命。當然，再怎麼苦苦哀求，他們也絕不理會。

還真是麻煩——

只能祈求這回的情況不至於太麻煩。

「若真碰上了，不參與不就成了？」

接不接下這樁差事，畢竟是自己的自由。

「由得了咱們麼？上回那樁尋仇的差事，你不就被強迫接下了？」

「哼，我可不是那隻母狐狸的姘兒或下人，和她既不是什麼主從關係，也沒欠她人情，壓根兒沒義務聽她的吩咐辦事。我都說過好幾回了，咱們也有權選擇差事，不想幹就別接，不就得了？」

「的確有理。但你真拒絕得了？」

「若真要強逼，我乾脆離開江戶，哪有什麼好捨不得的？」

又市邊走邊說道。

我可無法這麼瀟灑，走在後頭的仲藏說道。

「怎麼了？難不成你欠了大總管什麼？」

「是不欠她什麼。但我可是有個家。」

「那棟破屋子和你的小命，孰者重要？」

「我可不像你，過不了漂泊不定的日子。」

「瞧你生得如此嚇人，膽子卻細小如鼠，哪來的資格嘲笑善吉？首先，咱們都還沒——」

才剛在小巷裡轉了個彎，又市便閉上了嘴。

在朝前綿延的板牆前方。

竟然站著一名大入道（註3）。

此人身長六尺有餘，身穿襤褸僧服，粗得像根木樁的手上還握有一支又大又長的錫杖。雖然剃了髮，但滿臉的鬍渣子又生得一臉兇相，怎麼看都不像個真正的僧人。

整副模樣，看來活像戲繪中的見越入道（註4）。

只見他佇立窄道，擋住了兩人的去路。

跟著又市彎進小巷中的長耳，也給嚇得屏住了氣息。

長耳個頭已經不小，但這入道更形巨大。

「久違了，阿又。」

入道以低沉的嗓音說道：

「找你找得可辛苦了。」

一名個頭矮小的男子，自入道背後探出頭來。

【貳】

時值櫻花初開、天候微寒時節，南町奉行所定町迴同心志方兵吾，領著岡引萬三與小廝數名，造訪了澀谷道玄坂旁的緣切堂。

宮益坂上尚算小店林立，但一登上道玄坂，便不復人跡。放眼望去，盡是山林田圃。

雖然沿途並無任何顯眼標記，但抵達目的地前，志方倒是沒迷多少路。

眼前是一座沒多大的雜木林，一旁有塊荒蕪空地，後頭便是一座傾頹的堂宇。

大人，就是那兒了，萬三說道：

「那就是緣切堂。大人可看見堂宇旁的繪馬了？」

此時仍是豔陽高照，但堂宇周遭卻頗為昏暗，教人想看個清楚也難。

「不過，大人。這究竟是座寺廟還是神社？唉，看來咱們一行應是無權插手此事。依理，此處應屬寺社奉行管轄才是。」

「本官還真巴不得是如此。」

事實上，志方已向筆頭同心打聽過好幾回。

註3：亦作「大坊主」，其外形眾說紛紜，一說乃普通巨人，在某些傳說中亦作和尚打扮。身高自兩公尺至巨大如山者皆有。

註4：一種作和尚打扮的巨妖，且其身軀會越看越高，往往看不見其頭頂，故又作「見上入道」。可致人於死，但若對其說聲「見你頭頂了」，便會消失。

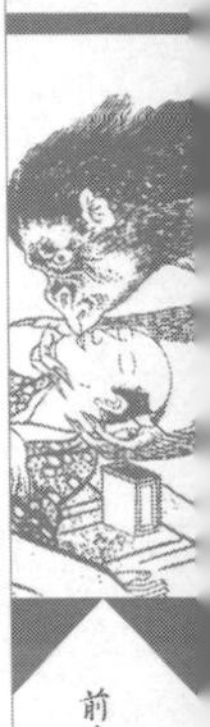

寺社領門前町的確屬寺社奉行管轄，町方理應無權插手。

不過……

「萬三，此處並非寺社奉行之領地。那塊空地上的確曾有座寺院，但打從五十多年前便荒廢至今。如今，這塊土地不屬任何人所有。」

「不屬任何人所有？大人，話雖如此，但土地上頭可是有座堂宇哩。」

「這也的確不假。」

看來果真棘手。

「詳情本官並不清楚，但原本座落此處之寺院，據傳香客多為非人乞胸之流——看來亦非一般寺院。本山（註5）那頭亦極力撇清，堅稱不諳詳情。」

「那麼，是否能找非人頭（註6）的車老大打聽？」

「本官當然透過上級打探了。」

同非人頭車善七、長吏頭淺草彈左衛門（註7）均照會過，雙方均宣稱與此處毫無干係。

「每個——都宣稱不知情。看來這塊空地既不屬任何人所有，這座堂宇亦不受任何人管轄，活像顆路邊的石子，壓根兒無人聞問。」

路邊的石子？萬三以十手搔了搔額頭。

「倘若是路邊的石子——便該由咱們町方探查？」

「話是如此。」

但同心宿舍中竟無人有意願出此勤務。

「未料竟個個膽小如鼠。諸同儕平日以血氣方剛馳名，聽聞有兇賊暴徒作亂，哪怕是扔下吃到一半的早飯也要趕赴現場，這回卻個個意興闌珊。」

難不成是給嚇著了？萬三說道：

「畢竟這回的對手，可是有求必應的黑繪馬哩。」

「有求必應？此等荼毒人命的不祥之物，豈可以有求必應形容？神佛可不會毫無緣由便取人性命。」

「不、不過，大爺……」

「本官都知道。」

聲稱自己在這些個黑繪馬上寫上名字，而且被寫了名字的真的魂歸西天——光是有人行文自首，含兩封匿名的在內，便已多達八件。而且所有的受害人皆已確實亡故。

擔憂遭官府問罪而主動投案者，有一名。

前來詢問是否將為此遭罪者，有兩名。

尚有捱不過罪惡感煎熬而自戕者，一名。

註5：統轄多座寺廟的宗派本寺。層級有總本山、大本山等。

註6：非人乃江戶時代幕藩體制下所界定的階級之一，為最下層之賤民，依法不得從事生產性的工作，通常從事監獄、刑場之雜務，或民俗技藝表演等等。非人頭為管轄非人之官員。

註7：江戶時代非人身分者之首，獲幕府任命管轄關八州、伊豆、甲斐都留郡、陸奥白川郡、三河設樂郡之賤民。官方稱之為穢多頭，但歷任均以長吏頭矢野彈左衛門自稱。由於以淺草為據點，又稱淺草彈左衛門。

情勢逼得志方再也按捺不住。

「這座堂宇——據傳俗稱緣切堂，但本官並未探得任何在此祈願便可斷緣之說，亦不見任何稱此處為緣切堂之文獻。唯一查得的記載，是境內有一專司山神祭祀之小祠。」

「山神？何謂山神？」

「不就是山之神？」

山？萬三作勢環視周遭說道：

「咱們江戶哪來的山？地勢雖有高低，此處也的確位於坡道之上，但也稱不上山吧？要說江戶有什麼山，大概僅有那寒酸的富士講（註8）所膜拜的富士山吧。哪可能有什麼山神？」

「但文獻上的確如此記載，本官又能奈何？」

話畢，志方舉步踏進了荒地。

總不能老站在這兒乾瞪眼。

走到一半回過頭去，望見萬三與眾小廝竟還呆立路旁。志方狠狠瞪向膽小如鼠的手下斥道：

「還站在那兒做什麼？」

「噢，這……」

「沒什麼好解釋的。」

志方怒斥道。

此等無法無天的行徑，豈可放任不管？

倘若遇上什麼教人束手無策的不幸，或許將之推托為神鬼作祟，也未嘗不可。

世間的確不乏此類非得如此視之，方得以排解的無奈。

但假借神佛法力取人性命，可就不容寬恕了。即便這真是祈法應驗的結果，應允此類祈求者必是惡鬼邪神，祭祀此等神鬼者必為淫祠邪教。

況且——

於社稷間蔚為流行，人人趨之若鶩，更是法理難容。

畢竟真有人喪命。姑且不論此神佛靈驗之說究竟是虛是實，出了人命這點是事實。

若知此法可致人於死而用之，即便非親自下手，亦與親手殺人無異。至少，志方自身認為兩者無異。

不論是信其有而寫之，抑或不信其有仍信筆塗鴉，只要在繪馬上寫了人名，便是犯了忤逆政道、違背倫常之兇行。

不過——吸引百姓犯下此惡行的，想必是無須親自下手，便可取人性命的簡便。既未親下毒手，欲以在繪馬上寫名為由將人治罪，說實在也是無從。

一有人寫，便真有人喪命——

若是出於驚懼而出面自首，或未自首但心生悔意，便還說得過去。但想必或多或少，亦有人

註8：膜拜富士山及棲息於山上的神明的宗教。由戰國時代至江戶時代初期於富士山麓修行的角行藤佛所創，並以其修行之人穴（今靜岡縣富士宮市）為聖地，於各登山口形成聚落，並於關東各地傳教。富士講因與幕府之宗教政策相違而屢遭取締。原本信眾需登山朝拜，但二次大戰後登山開始被視為休閒活動，此信仰因而迅速衰退。

眼見仇人喪命而暗自竊喜。

此等不法之徒，豈可任其胡作非為？

這座堂宇，絕不可放任不管。

事實上，如今世間並不平靜。據傳，北國有名曰三島夜行一黨之山賊橫行，西國則有名曰蝙蝠一黨之海盜肆虐。值此亂世，輕視人命的確可能蔚為風潮。如此一想，或許人人都將怪罪到官府頭上。

——若是如此。

此事更得嚴加查辦。

還不快過來？志方再度怒斥道。

萬三朝小廝使了個眼色，彎著腰屁股抬得老高地踏上了荒地，活像個竊賊般小心翼翼地走了起來。

「有什麼好怕的？根據坊間傳言，此處在子時最是熱鬧，而此時可仍是日正當中。百姓都不怕，當差的有什麼好怕的？」

「大人，小的並沒有怕。」

「沒怕？瞧你都給嚇成這副德行了。當差的豈能輕易聽信坊間流言？即便傳言果真屬實，也不代表此處是個生人勿近之地。傳說僅提及遭寫上繪馬者必死，可沒說到走近便將遭不測。」

這小的也了解，萬三說著，再度停下腳步，環視周遭。

「不過，大人。」

「怎麼了？」

志方無奈地轉過身來，萬三快步跑向志方，朝其耳邊一湊低聲說道：

「小的是擔心，咱們可能遭人監視。」

「遭人——監視？」

「唉，大人，說老實話，小的壓根兒不信神鬼之說。但再怎麼不信，這回可是真有人遇害，況且，還無一倖免。」

「正因此事極不尋常，吾等方才前來查探。」

「是。不過，倘若取人性命者並非神明，又會是何方神聖——？」

看來，遇害者應是死於凡人之手，萬三繼續說道：

「小的怕的並非神明。不，倘若真是神佛所為，當然更是可怖。但神佛均是慈悲心腸，理應不忍將小的這有子女嗷嗷待哺的老實人送上西天才是。但倘若真是凡人下的毒手……」

「若真是凡人又如何？」

小的乃官府授與十手之身，萬三說道。這本官比誰都清楚，志方回答：

「因此更不該聽信蠱惑人心之流言。」

噢，大人這道理，小的也清楚，萬三打斷志方的話說道：

「但對兇賊而言，官府差人前來此地，自是不妙。即使沒將咱們名字給寫上去，也可能將咱們給……」

一派胡言！志方怒喝道：

「當差者不可貪生怕死。難道你將十手視為無用飾物？倘若此地真有兇賊潛伏，將之正法便是吾等使命。你說是不是？」

「的、的確是如此——」

但這回的對手可是……萬三望向志方身後說道：

「唉，若是宵小醉漢，小的當然要挺身而出，將其繩之以法——但這回的對手，可是不見蹤影的殺人兇賊哩。」

這——

的確有理。倘若真是凡人下的毒手，萬三的恐懼也不是無從理解。

畢竟尚未詳加調查，實際上究竟有多少人遇害，奉行所亦無從掌握，但目前已知者，實有八人，而其死因——

到頭來，依然不明。

志方僅得以親手檢驗其中兩名，然兩具屍身上均無明顯傷痕。

其中一名看似遭人絞殺，但死狀甚是怪異。

另一名則看似窒息而死，兩人之死因並無共通之處。

唯一能確認的，是兩人均非壽終正寢，亦非死於自戕。

至於其他六名死者，傳出案情時均已被埋葬。其中有三名因被判定有他殺嫌疑，而曾由北町之同心進行驗屍，但就取來的調查書看來，屍身上似無任何刀傷，推論應是死於墜樓或溺水，然調查書上並未詳載細節，也不乏死後才遭人推下之可能，情況甚是曖昧不明。

倘若真是遭人殺害。

倘若均是同一人所為。

——手法還真是巧妙。

「當差的豈有懼怕兇徒之理？你若是心懷畏懼，便代表政道不伸。總之有本官在，沒什麼好怕的。」

志方自顧自地說完，便一路走到了堂宇前。

透過半毀的門窗向內窺探。

只見堂宇內積滿塵埃。

中央擺著一座看似石頭的東西，想必就是所謂的御神體（註9）。周遭則布滿腐朽的繩索與紙屑，應該就是毀損的注連繩吧。前方還散落著幾枚六文錢（註10），若非前來看熱鬧者，便是前來為害死仇家祈願者——抑或事成後前來還願者——投進去的香火錢。

是顆石頭呀？萬三說道：

「難道山神和賽神（註11）是一個樣兒？」

「並非如此。詳情本官也不清楚，但石頭應僅是個象徵，也能換作鏡子、玉石，什麼都可

註9：神社中供神靈憑依的物件，種類因供奉的神明而異，可能是鏡子，也可能是大自然。

註10：日本古時喪葬場合所用的冥幣。被視為渡過日本神佛信仰中的冥河三途川所需的渡船費。

註11：亦作「道祖神」。日本古時供奉於村界或道路分岔處，被視為保佑旅人平安、防止災厄侵襲村落的神明。

以，反正神明本無形姿。只不過——看得出此處並非禮佛的佛堂。若是佛堂，理應有佛像、佛畫，也該有座本尊才是。」

是麼？萬三回道，並伸長頸子朝堂宇內端詳：

「似乎不曾有人入內。即便有誰進去了，也是無處藏身。看來已有十年人跡未踏了吧。」

「倘若記錄屬實，此處已有五十年不見人跡。既然寺廟已不復存在，也不再需要什麼廟祝了。」

原本的寺廟，如今僅殘存地基。

倒是……

「問題出在繪馬上——是不是？」

「是的。」

志方先是從正前方端詳整座堂宇，接著又繞向右側。

在堂宇的右側，找著了成串掛在木框上的繪馬。

分四列二段懸掛的繪馬，每一枚都被畫得一片漆黑。

萬三先是眉頭一皺。

接著又彎下腰，開始數了起來。

「每列——有十一枚，總數為八十八枚，傳言果然不假。」

「八十八枚？」

志方走上前去，自腰際掏出十手，將其中一枚翻了過來。

「後頭——也被畫成了黑色。」

「據傳祈願若是成真，便將後頭畫成黑色，看來這枚是害死過人了。」

「切勿胡言亂語。」

有幾枚被塗黑，便代表死了幾人。

志方湊身向前，直接伸手抓起一枚繪馬，定睛仔細前後端詳。前後都給塗成一片漆黑，完全無法辨識上頭寫著些什麼。

「用的並非普通的墨汁，這層黑塗抹得這麼厚，或許是摻了膠還是什麼的。」

「畢竟寫的東西可能成為治罪的證據。」

如此一來——除非寫了名的人主動申告，否則就看不出上頭寫的是誰的名了。

「這繪馬——本身看來平凡無奇。」

「沒錯，只要有塊木片，誰也造得出來。不過是塊木板罷了。」

從志方背後窺探的萬三說道。

「這木塊切得甚是平整，看來應是木匠所造。只不過——和每座寺社懸掛的繪馬並無任何不同。」

可有專門販賣繪馬的商家？志方問道。小的也不清楚，萬三立刻回答：

「倒是——垂掛這些個繪馬的木框，似乎有些蹊蹺。看來並不陳舊，似乎才剛造不久。」

「嗯。」

萬三所言不假，木框看來的確是新的。倘若經歷過一年以上的風雪，理應不至於如此乾淨。

木質雖算不上白，但看不出曾在烈日下曝曬過的痕跡。

「若非熟練木匠——應是造不出這木框吧？」

「不，這東西用不上什麼細緻的工夫，不須委託熟練木匠，只要略諳木工技巧便造得成。上頭似乎沒用上釘子，只要是精通木工的工匠——比如桶匠什麼的，想必都能造得好。」

不論怎麼看，這木框都像是剛造好的。

「下引龜吉曾言，這黑繪馬的傳言開始流布，乃是去年酉市（註12）那陣子，算來約是四個月前的事兒。」

原來還不滿半年。

這小的就想不透了，萬三說道：

「傳言開始流布，表示當時業已有人身亡，而此處掛上這些個黑繪馬，最晚也是去年霜月（註13）那陣子的事兒——能確定的，就只有這些。」

「有道理。看來在那之前，還沒有這些個東西——」

至少昔日的記錄上是沒有。

依小的看，就委託在這一帶出沒的人多打聽些吧，萬三說道：

「小的事前也曾差下引略事打聽，但怎麼也查不出繪馬是何時掛上去的。常人根本不會上這兒來，即便是上宮益町買東西的莊稼漢也不會路過，畢竟此處位處大山街道之外。看來小的該將範圍擴大到原宿村，再多打聽打聽。」

「想必這種地方無人經常巡視，或許僅有掛上這些的人才知真相。如此看來——」

志方兩手朝胸前一抱，說道：
「在澀谷這一帶——不，在全江戶，原本應無這不祥繪馬之傳言。畢竟此處本無這些個繪馬，哪可能產生什麼傳說？而且又是這麼個人跡罕至的偏僻之地。」
「是。」
「如此一來——第一個在繪馬上寫上名字的，究竟是何方神聖？寫的是誰的名？是出於什麼理由？難不成是某人湊巧路過此地，湊巧瞧見了繪馬，並湊巧在繪馬上寫上了誰的姓名，發現被寫了名的果真死了，這傳言便傳了出去？」
理應沒這道理，萬三瞇起雙眼回答：
「未免也太多湊巧了。」
「沒錯。由此看來，傳言應是有人刻意流出去的。是不是？」
想必是如此。
的確有理，萬三兩手一拍說道：
「第一個祈願的——其實是偽裝的？」
除此之外，別無解釋。

註12：每年十一月酉日，於各地供奉保佑生意昌隆之神明的鷲神社舉辦的祭典，其中亦開辦市集。以淺草附近的鷲神社所舉辦的酉市最為有名。
註13：農曆十一月。

「亦即，第一個祈願的是刻意挑個人寫，自己再將人給殺了——」

「不，應是無此必要。總之，最初怎麼做都行。事實上，根本什麼都不做也成。只要碰上哪個人死了，挑個適當時機將一枚繪馬塗黑，再四處宣傳這果真靈驗便成。只要有幾個聽到傳言的上這兒瞧瞧……」

「噢，的確有些傻子會相信。只要有個兩三人便成，流言傳得可快了。到頭來不僅是口耳相傳，甚至會有人動筆昭告哩。」

話及至此，萬三突然轉為一臉憂心地繼續說道：

「接下來，只消把被寫了名的殺了便成——對不對？」

此事若以犯罪視之，一切似乎就說得通了。

「沒錯——任何傳言都有個頭。只要追溯出這源頭——」

「不——這保證追不出。你們說是不是？」

萬三轉而向小廝們徵求同意。

「這得問遍全江戶才成哩。再多人手只怕都嫌不夠，況且其中勢必有謠言摻雜，要一一確認，只怕得耗上好幾年，還是打聽不出個所以然。即便找到了散播謠言的真兇——這傢伙八成也要謊稱是打哪兒聽來的。如此一來，第一個散播流言的傢伙，根本等同於不存在。」

有道理。

若是認真追溯，或許找得著一個方向，但是否真能觸及核心，的確堪慮。

況且，即便真找著了什麼方向——想必也太遲了。

依繪馬被塗黑的速度，不出三個月，包准每一枚都要成了一片漆黑。

亦即——

死者將多達八十八人。

志方命小廝數數還有幾枚繪馬沒被寫上名字。比萬三更害怕的小廝們雖然連繪馬都不敢碰，但志方喝斥碰了也不會喪命，強逼他們數清楚。

這下若是志方自己數，只怕要落得威嚴盡失。

前後均已被塗黑的繪馬有三十八枚，後面仍為白木的則有五十枚。

志方心想，即便僅找出一枚寫有名字的，也能成為重大線索，遺憾的是——寫上名字的似乎都心想事成了。

「大人——要不要把這些個撤除？」

當初的確是如此打算。不過……

「不，就留著吧。」

「這是何故？」

「本官本以為，撤下繪馬回頭詳加檢視，或許能找出什麼線索，但看了才發現根本無從找起。即便刮除顏料，下頭的名字也無法判讀。」

「原來如此——那就留著吧。」

「留著似乎也有欠妥當，總不能放任不管。不過，倘若吾等奉行所撤除了這些繪馬——不就等同於奉行所，甚至全官府都認同此說果真靈驗？」

噢？這番分析，聽得萬三啞口無言。

無論如何，這流言註定要傳下去。

即便杜絕源頭也於事無補。若教人以為奉行所出於畏怖而將之撤除，可就要落得百口莫辯了。人言可畏，難保沒有好事者刻意散播奉行與力懼怕暗殺一類毫無根據的流言。

如此一來，甚至可能出現當差的個個畏懼黑繪馬，顯見其自覺心術不正、罪孽深重——一類的無稽聯想。

忤逆公權的刻意煽動，在此類流言中恆可察見。但這類流言也有如瘟疫，可能在轉瞬間便銷聲匿跡。

散播得快，遺忘得也快。

只不過——

這回已經出了人命。

已有至少八名，最多三十八名遇害。這數目絕不尋常。

志方擔憂——若是稍有閃失，只怕連政局都將失衡。

那麼，該如何處置？萬三問道。

「嗯……」

總而言之……

「不得讓人繼續在繪馬上寫名字。不論是神佛還是兇賊，既然真有人遇害——便不得讓人再寫。」

「可是要留人在此取締？」

「派小廝留駐此處——似乎有欠妥當。僅能委託地迴在日落後於道玄坂上、下取締。」

「不過，大人，若是如此，依然等同於官府相信此說靈驗不是？」

「不，既然來者頗眾，只須表明是單純執法即可。入夜後結黨遊蕩者，本就是取締對象。此外，見有官差巡視，看熱鬧者也將逃散。至於欲前來寫名害人者——本就是心懷不軌，遇上官差，想必也無膽造次。」

倘若有人眼見如此還膽敢前來，顯然是亟欲害死某人的不法之徒，只須當場拘捕便成。

至於前來檢視有哪些名字被寫上的，想必就是奪命兇手了。

不對——

真能視為真兇？

此事幕後想必真有兇手。只要奪人性命者非妖魔靈威，就真得有人動手才殺得了人。殺了人，下手的當然就是真兇。

不過……

——這殺戮的用意又是何在？

兇手的居心實難度量，教志方完全無法揣度。即便其中真有奸計謀略，也無從一窺真章，逼得志方只得放棄思索。針對此案，僅能認定背後真有凡人下手。下手殺人者，當然就是真兇。

不過，喪命者乃是姓名被寫上繪馬者，這些個死者與真兇——理應毫無關聯。

若是如此……

代表殺意僅存於在繪馬上寫上姓名者。

若是如此，是否表示該治罪的乃寫上姓名者？繪馬——以及依繪馬指示行兇之兇徒，其實僅是殺人兇器。

且慢。

寫上姓名者果真心懷殺意？

當然，寫上姓名的用意，的確是為祈求對方喪命。不論理由為何，既然欲藉繪馬取對方性命，想必個個都心懷迫切動機。若是依此判斷，這些人的確是蓄意害命。

不過……

難道他們真相信寫了名就能奪人性命？

寫上姓名就能致人於死之說，理應無人會傻到毫不質疑便全盤採信。即便毫無學識、或不諳是非者，想必也視其為無稽之談。不論傳言如何生動，或有何證據佐證，頂多也只會半信半疑。

或許其中亦不乏半開玩笑寫上姓名的輕率之徒。懷此心態者，並無迫切動機，但即便如此，倘若是個開不得的玩笑，如此輕舉妄動，亦屬不宜。

不過……

若是寫上姓名時，心懷向神佛祈願之意——是否就能將之治罪？

不，問題並非能或不能，而是該罰還是不該罰。

恨得椎心刺骨、巴不得致對方於死地——此等心態，人或多或少皆有之。但僅是心懷此念，並無法將之治罪。

即便是良善之人，也可能心懷惡念。

就志方所見，主動投案之三人均為良善、膽怯之草民。倘若這三人實為惡徒，豈不是代表志方識人無方？三人不僅驚恐難定，眼見宿敵喪命，對自己的深重罪孽亦是悔恨不已。

——記得有人甚至為此輕生？

沒錯，此人為在繪馬上寫名之罪愆苦惱難當，因而自縊。

長此以往——

勢必是沒完沒了。

非得做個了斷不可。

應禁止於繪馬上寫姓名，並逮捕下毒手之真兇，將其治罪。

治人之罪者乃是王法，而非常人。

要不便是神佛。

且必得是真正的神佛。

非理法權天（註14）——

不，這絕無可能。

「總之，須禁止任何人前來此地。另一方面，亦須緝捕殺人真兇，並繩之以法。除此之外，

註14：鎌倉末期至南北朝時代的武將楠木正成之名言。指「非」不能勝「理」，「理」不能勝「法」，「法」不能勝「權」，「權」不能勝「天」。

別無他法。」

「不過，大爺。」

萬三以十手搔著頸子說道：

「這已塗黑的三十八枚上頭寫的，究竟是誰的名？咱們僅知其中八名，其餘三十人的身分，根本無從查起。連有誰喪命都無從得知，要如何找出真兇，豈不是——」

「不，萬三，此事不應如此定義。不應說僅有八名——而是多達八名。有多達八人於吾等之轄區遇害，豈非大事？難不成你是認為八人並非大數目，毫無必要捉拿真兇？」

小的不敢，萬三誠惶誠恐地回答：

「即便僅有一人遇害，小的也會竭力查緝。只要是町內的案件，即便僅是偷蔬菜的賊，小的也要將之緝捕歸案，即便僅是隻貓，也不容縱放。大人所言有理，小的不該作如是想。」

真是愧對大人，萬三低頭致歉道。

但頭還沒抬起，萬三又開口說了起來：

「小的也認為，不應讓更多人在繪馬上寫名。但一旦奉行所下此禁令，真兇也就不會再前來此地。不，甚至可能隱遁他處另起爐灶。對此，小的最是擔憂。」

「有理。那麼……」

志方迅速地環視四方。

見不到任何人。雖然看得已夠清楚，志方還是差小廝入林確認。

「看來並無人監視。萬三，這繪馬，可是在入夜後寫上才有效？」

「據說是如此。」

「不過，依然無法查出姓名是何時寫上的。」

話畢，志方自懷中掏出筆墨盒，拿起一枚繪馬。

並在上頭寫下——

南町奉行所同心志方兵吾。

【參】

打開木門，小掌櫃角助走進了閻魔屋內的密室。

角助在立木藩一案中負了性命堪虞的重傷，雖然保住了小命，但不僅左腳跛了，原本矯健的身手也鈍了些。

有請大總管。就坐後，角助開口說道。

霎時，損料屋的大總管阿甲也步入密室內。

阿甲先是朝又市一瞥，接著又轉頭朝坐在又市背後的兩名男子瞄了一眼，表情微微一變。

接著便靜靜走到了上座正中央，迅速地坐了下來。

阿甲再度望向又市。

又市也沒起身，只是身軀一轉，不發一語地朝坐在自己背後的兩人一指。

「我乃閻魔屋大總管阿甲。」

話畢，這位大總管三指撐地，微微鞠了個躬。

久仰大名，其中一名男子開口說道：

「老夫俗名祭文語（註15）文作。生於四國，但並無戶口身分，屬無宿人（註16）。從北到南、從東到西，四海為家，乃一介山民是也。」

祭文語文作——

此人乃又市昔日同夥，年約四十有餘，但相貌生得老氣橫秋，加上其宛如吟詩般的獨特語調，更是教人看不出實際年齡。身穿略帶汙漬的巡禮（註17）裝束，上披一件猶如忘了染色的白法衣。

「雖為山民，但不同於世間師（註18），平日獨來獨往，漂泊不定。不具鑑札一類，故亦不屬非人、乞胸（註19）之流。不過，寄居大坂時曾受恩於一文字屋，打那時起，便於其門下跑腿辦事。」

仁藏先生可無恙？阿甲問道。

一文字狸，即一文字仁藏，表面上是個在大坂經營戲作版權之出版商，骨子裡其實是個統領京都一帶非法之徒的謎樣角色。收留了漂泊至京都時衣食不繼的又市，且將其栽培成一個獨當一面的騙徒的，正是這一文字狸。

詳情雖不明，但阿甲與仁藏似乎也是舊識。

還請大總管多多指教，文作致意道。

「倒是，老夫業已聽聞，阿又與林藏那小鬼頭雙雙投靠大總管門下。狸老大為此頗為擔憂，

深怕這兩人為大總管添了麻煩——」
文作轉頭望向又市說道。
「呿！」
又市旋即別過頭去。
「明知兩人為仁藏先生愛徒——未經照會卻便攬入門下。倘若傳入先生耳裡，可能引起先生不快，教我甚是掛念。」
「豈可能不快？老大高興都來不及了。師徒關係已是昨日雲煙，又市與林藏既然出了紕漏，已無法於京都一帶窩身。不過是拋出去的麻煩，有人撿來物盡其用，當然是高興都來不及。反而是咱們這頭該為沒能別上禮籤致意、或饋贈銀兩酬謝致歉才是。」
話畢，文作放聲大笑了起來。
「總而言之，老夫與阿又、林藏乃是舊識。至於這個龐然巨軀的傢伙——」
文作指向身旁被迫於斗室內縮身而坐的巨漢說道：
「這傢伙不擅言語，就老夫代為介紹吧。此人乃無動坂之玉泉坊，誠如大總管所見，乃一介

註15：原文作「祭文語り」。祭文為江戶時代的一種俗曲，祭文語指以吟唱這類俗曲為業者。
註16：江戶時代，遭戶口除名的貧農或城鎮裡的中下階層百姓。
註17：指至日本各地之寺廟、神社朝聖。
註18：即江湖郎中。
註19：在民家門前或寺內、廣場等地表演並收取賞金的雜耍藝人。

荒法師是也。雖說是荒法師，然時下世間已無僧兵，想必大總管亦不難察覺，他不過是個空有一身行頭的假和尚。總而言之，一身蠻力乃此人唯一所長，故僅能在一文字老大門下幹些用得上力氣的差事。由於老夫專司和阿又沒什麼兩樣的拐騙勾當——便找來這玉泉坊充當沿途的保鏢。」

——找來玉泉坊充當保鏢。

代表這趟路走來並不平安。

文作的確一如自己所宣稱的，無須手形（註20）什麼的也能四處遊走。雖無人知其平日身居何處，但也不知是怎的，要聯繫上他並不困難。雖然沒什麼一技之長，但就平時神出鬼沒、卻不難找著這點而言，算得上是個易於差遣的卒子。

如今，狸老大卻差了這麼個傀儡和尚——這形容絕對是褒多於貶——護送文作前來，看來這應是樁非同小可的差事。玉泉坊武藝甚是高強，徒手便能抵擋數名持刀武士。其蠻力足以劈裂一株大樹，身上挨個一兩刀也無動於衷，是個名符其實的好漢。

唯一的弱點，就是太惹人注目。

一身不易藏身的擎天巨軀，不管是拖著走還是拉著走，都不適合。

——真不知老大這隻老狐狸……

打的究竟是什麼主意？

打從在上野遇上這兩人至今，又市依然不知兩人前來江戶的用意為何。

「原本可直接前來通報大總管，但深怕這麼做要惹阿又不高興，老夫只得先找著又市或林藏，再委託兩人代為引見。」

話畢，文作端正了坐姿。
「阿甲夫人。」
阿甲默默地回望文作。
「經過這番解釋，不知夫人是否信得過咱們倆？老夫畢竟不是武士，沒能隨身攜帶書狀或鑑札什麼的，但這類書狀任誰也偽造得出。想來能助咱們求得大總管信任的，就僅有──」
文作又一次望向又市。
又市也又一次別過頭去。
「原來是為了這才找上我。喂，你這個臭老頭給我聽好，這個嚇死人不償命的阿甲夫人，壓根兒就沒信任過我。」
想必她什麼人也不信任。
是麼？看來老夫是打錯如意算盤了，文作自嘲道。
這下，阿甲回以一臉微笑。
「好吧。我姑且信你這回。」
「拜謝大總管。這下咱們終於能言歸正傳了。倒是大總管，恕老夫冒昧，若是信得過咱們倆，可否將藏身門外的幫手請進房內？否則老夫總感覺渾身不自在，怪彆扭的。」
話才說完，木門便被推了開來。

註20：以醮紅或黑色墨水手印畫押之證明文件。

藏身門外的，原來是山崎寅之助。

現為浪人的山崎，原在官府任鳥見役，是個身懷絕技的高人。又市壓根兒沒察覺有人藏身門外，文作卻嗅出了這股氣息。

這傢伙還真夠謹慎哪，又市感嘆道。

「靜靜藏身窺伺，竟仍為你所察。不知這該歸咎在下武藝有欠琢磨，還是該誇你技高一等。」

「不不，老夫不過是碰巧猜個正著。阿甲夫人如此莫測高深，接見老夫這般人等，絕不可能毫無戒備。」

「看來我是被試探了。」

阿甲開懷笑道：

「說來慚愧。打從上回一樁差事出了點兒紕漏，我就變得甚是多慮。此人亦是助吾等從事損料差事之得力助手——」

報上姓名後，山崎便在阿甲身旁跪坐下來。

平日分明都坐在又市這端，看來山崎依然沒放下戒心。文作也再度報上名號、磕頭致意。

「好吧，客套話就到此為止。老夫這回千里迢迢自京都趕赴貴寶地——目的無他，不過是欲委託閻魔屋承接一樁損料差事。」

「損料差事？」

「沒錯。閻魔屋不正是損料屋？」

「的確是損料屋沒錯。不過，敢問這差事的損失，是大是小？」
「極大。大到一文字狸都吞不下。」
「大到連大坂首屈一指的老狐狸都吞不下的損失，咱們這小地方豈有能力經手？」
請大總管務必接手，話畢，文作打開擺在身旁的竹籠，從中取出一只袱紗包。
在眾人眼前解了開來。緊接著，又取出一只。
再取出一只。
看得又市瞠目結舌。
「此為承接這樁差事的酬勞——三百兩。」
只聽見角助嚥下一口唾液的聲響。
「這僅是前酬。老夫不諳此地禮數，只得依京都的規矩行事。辦妥這樁差事後，將再行支付後謝三百兩——」
文作兩眼直視阿甲說道：
「合計六百兩。不知大總管意下如何？」
「看來——這損失果然極大。」
阿甲語氣平靜地說道，話畢又抬頭回望文作。
「噢，大總管，老夫畢竟是深山出身，不習慣教婦人家如此凝望，更何況阿甲夫人還是如此國色天香——」
「喂，文作，少在說到重點時打岔。那老頭子吝嗇成性，竟還願意支付六百兩，看來這可不

是椿簡單差事。那老狐狸這回如此大手筆，究竟是為了什麼？」

又市先生，阿甲開口制止道：

「吾等須聽完全事緣由，方能決定是否承接。吾等乃損料屋，而損料多寡乃依損失之大小而定。雖然——事先告知金額，或許是對方的規矩……」

「這老夫比誰都清楚。不似咱們凡事都得躲躲藏藏，大總管畢竟有頭有臉，當然也不輕易為金錢所動。之所以先亮出銀兩……不過是為展現誠意。」

「誠意——？」

「即等同於事先告知這樁差事將是何其危險，但即便如此，還請大總管務必接下。」

文作將金幣重新包妥，先靜候半晌，方才再度開口：

「其實——半個月前，有個無宿人路倒奈良深山中，出手相救之山民發現，此人來自江戶。」

「可是——在逃之人？」

「沒錯。此人自稱是個浪跡天涯的野非人。」

代表此人不受非人頭所管轄。

「相信大總管亦知，世間不乏老夫這種浪跡天涯、毫無身分的放浪之徒，此人亦是如此。起初，老夫推論官府曾大肆追捕此類人等，將之悉數遣送佐渡，此人即是自此地逃出。後來竟發現，其遭遇與此略有出入——」

此人自稱，乃自妖怪魔掌出逃。

「妖怪——？」

「沒錯。該說——是個以江戶為地盤的妖怪吧。」

「以江戶為地盤？」

似乎是真有其事，文作說道：

「這妖怪——似乎專以長吏非人、乞胸猿飼（註21）、世間師、騙徒、地痞、無宿人等無身分者為目標。這類人等雖不屬士農工商之流，亦不可等閒視之。尤其在關八州（註22）這一帶，這類人等亦結成嚴密組織，既有頭目管轄，亦有技職謀生。雖仍飽受歧視迫害，但貧農、匠人的日子也好不到哪兒去。商人雖坐擁萬貫家財，但身分甚低。唉，只能說各行各業雖居處與營生手段略有出入、依然不脫人生百態。」

話及至此，文作原本和藹的神色突然緊繃了起來。

「這妖怪——擅於掌握此類低下賤民的把柄。噢，此類人等的確不時犯下某些肆無忌憚的惡行，通常應將之舉發治罪，但這妖怪並不舉發，而是——」

挾此把柄，善用之，文作說道。

「意即——藉此勒索？」

「勒索？這些傢伙一窮二白的，只怕連一滴鼻血也榨不出。」

註21：猿飼指以訓練猿猴，並攜其赴各地巡迴表演以為餬口之街頭藝人。

註22：江戶時代對關東地方的稱呼。因內有武藏、相模、上總、下總、安房、上野、下野、常陸八國，故得此名。

「那麼，善用是指？」

「就是供其差遣。就逼迫這性質而言，的確與勒索無異。但並非逼迫其支付銀兩，而是強逼其聽命行事——」

看來，似乎是強逼其從事非法惡行。

「方才老夫業已提及，即便是非人，亦有一技可供餬口。諸如鳥追（註23）、下駄屋（註24），或以乞胸為例，甚至可擁有鑑札（註25）公開賣藝。倘若出了什麼紕漏，又為人告發而為首領所知悉，可就要吃不完兜著走。就這點而言，非人與百姓似乎也沒什麼不同，唯一差異，就是這些傢伙窮到了極點。雖然百姓或莊稼漢，亦不乏家徒四壁之輩。話雖如此，若是有職業的、有土地家舍的，或許還可藉沒收、充公懲處，但非人就連這些個也沒有。瞧瞧老夫就是如此，有誰日子能過得像老夫這般逍遙？百姓們上有高堂，下有妻房，就連想靠什麼差事餬口都由不得自個兒挑。」

根本就是束手無策，文作說道。

「這——在下非常清楚。」

山崎回道。雖貴為武士，山崎卻寄身賤民窟，終日與這類人等一同起居。

「也不知是從哪兒打聽來的，這妖怪嗅到這些傢伙的把柄，並以此施加束縛並供其使喚。一旦利用價值不復存在——當下拋之、棄之。遭其利用者，根本是欲哭無淚。」

「這妖怪——」

阿甲問道：

「究竟是何方神聖？」

「老夫也不曉得，根本無從打聽。此人表示若是暴露其身分——保證小命不保。」

「這——」

「噢，名號倒是打聽到了。」

文作先來個深呼吸，接著才又開口說道：

「稻荷坂祇右衛門。」

「且慢。」

山崎打岔道：

「這名號的傳言，在下也曾聽過。但也聽說這不過是個無稽傳言，此人其實並不存在。據傳，這祇右衛門曾於彈左衛門大人門下擔任公事宿世話（註26）一職，但數年前業已身故。」

還活得好好的呢，文作說道。

「難道身故之說實為謠言？」

死是死了，文作回答：

「但正因此人分明死了，卻還活著，才被喚作妖怪。」

註23：已竹刷或棍棒驅除農田中盜食莊稼之害鳥的職業。

註24：即木屐匠。

註25：即執業許可。

註26：公事宿為江戶時期供訴訟者宿泊之處，並代為處理訴訟事宜，即今之代書。

這祇右衛門——

分明死了，卻還活著？

「那麼——」

阿甲的嗓音打破了房內的靜寂。

「——可是要吾等收拾這妖怪？」

「絕無可能。」

文作斬釘截鐵地否定道：

「阿甲夫人，咱們即便再傻，也不可能作如此駭人的請託。祇右衛門並非黑道兇徒或江湖術士，而是個藏身於黑暗中的大頭目。換句話說，根本是個無可撼動的對手。倘若咱們的請託是如此規模，只怕支付這筆銀兩的十倍、百倍都要嫌少。」

「那麼——」

「欲收拾是無從，但報個一箭之仇，或許不無可能。」

有個黑繪馬的傳言——大總管可聽說過？文作問道。

「你說什麼？黑繪馬？」

「噢，阿又，看來你是聽說過。祈願奪命黑繪馬——這傳言如今可流行哩。」

原來黑繪馬與此事有關。

若是這傳言，我是聽說過，阿甲回答。

「不論怎麼看，這都像是祇右衛門所設的局。」

「設局——？」

什麼樣的局？

「而這出逃的傢伙，原本就是這黑繪馬騙局中的一只卒子。」

「卒子？都被利用來做些什麼？」

「被迫代其殺人奪命。」

「什麼？」

聞言，原本正坐的又市不由得跪起了單膝。

「急個什麼勁兒？逼他下毒手的可不是我。總而言之，此人本是個無身分的焊錫匠，一接到祇右衛門的命令，便得代其行兇。此人有個臥病在床的女兒，為了醫其女的病，曾一度破門搶劫，還一時失手誤殺了一個人，這就成了他的把柄。祇右衛門威脅若不聽命行事，便舉發其犯行，其女亦將小命不保。」

「他真聽命殺了人？」

「殺了。不過殺的是個成天喝得爛醉的窩囊賭徒，在繪馬上寫下其名者即為其妻。眼見夫婿終日爛醉如泥，頻頻有人上門討債，逼得婆婆自縊身亡，三餐不繼致其妻無乳可哺，尚在襁褓的娃兒也行將餓死。總而言之，巴不得夫婿及早歸西的忿恨是不難理解……不過對被迫行兇者而言，與此人畢竟無冤無仇，哪下得了這毒手？但若是不從……也真沒其他路可走，況且還限定須於三日內成事。對非刺客的常人而言，這自是一番折騰——」

此人乘夜潛入其宅，以溼紙摀住那沉睡醉漢，復以被褥壓之——就這麼聽從命令成了事。

「這與誤殺可不相同。若是失手，亦不可能期待祇右衛門出手相助，就逮的將是行兇的自己。即便順利成事，若遭舉發依然是死路一條。雖然勉為其難地下了毒手，事後還是夜夜難眠。只要是神智清楚的常人，想必都難耐良心苛責。約十日後，此人復又接到一命令。這下給嚇得驚駭不已，拒絕履行，到頭來……」

其女就這麼走了，文作說道。

「走了是指？」

「教人給殺了。真是教人髮指呀，不過是個四歲的女娃兒哩。接下來——」

「且、且慢。文作，既已如此，此人怎還默不吭聲？女兒都教人殺害，這下反正也沒什麼好在乎的。即便無從報一箭之仇，向官府舉發又有何不可？」

「如此一來，自己不是也難逃法網？」

仔細想想吧，阿又，文作說道：

「有誰會相信一個無身分者的說辭？雖說的確是祇右衛門的指示，但可拿得出任何證據？何況此人還真親手殺過人，再加上先前誤殺的，可是背負兩條人命哩。向官府舉發，無異於白白送命。」

這——的確是言之有理。

「此人因此被迫出逃。還請各位想想，即便是為人所逼，此人畢竟真殺了人，自然難捱良心苛責。若為官府所捕，再如何辯駁也是死罪難逃。就算沒被逮到，依然得頻頻奉令奪命。一但接到指示，便無從違抗。愛女業已慘遭毒手，若膽敢違命，必將輪到自己性命不保。這下僅有發狂、自戕、出逃三條路可走。因此，就這麼選擇出逃，萬萬想不到竟也順利逃出魔掌。」

「曾有追兵緊追其後？」

「追兵或許沒見著，但祇右衛門所設的網絡甚是縝密，縝密到壓根兒無從察覺。網絡中人彼此毫不相識，等同於設計教素昧平生者彼此監視。此外，祇右衛門旗下不乏武藝高強的刺客，亦與道上兇徒互通聲息。欲逃離江戶——根本是插翅難飛。」

「武藝高強的刺客——」

角助悍恐地低喃道。

前些日子，角助才為此類刺客所擄，飽嚐嚴刑拷打之苦。

「不過，文作，若是委託這些個高人下手，不是要比不諳此道的門外漢來得穩當許多？」

這就是此局的高明之處，文作回答：

「委託高人需斥鉅資，門外漢則花不著半個子兒。此外，哪管刺客是如何身懷絕技，若是頻頻用之——遲早都要露餡。」

原來如此。

「有理——畢竟遇害者已多達四十名。」

「每個月都得殺個十來名，高人可不會幹得如此露骨。而門外漢則不僅手法因人而異，方才亦曾言及，即便失手，遭殃的也是行兇者本人，故下手時當然得確保萬無一失。即便仍出了紕漏，祇右衛門也無須憂心，反正可供差遣的卒子多不勝數。倘若仍無法在期限內成事，屆時再差遣個高人收拾殘局即可。」

「原來是這麼回事。」

山崎不由得眉頭一蹙。

「不過，文作先生。在下仍有一點不明白，設這局——能得到什麼好處？」

沒錯，這點的確教人難以參透。

仲藏亦曾說過——

有誰能得到好處？在繪馬上寫了名的，一個子兒也沒付。難不成這祇右衛門如此心狠手辣，卻胸懷替天行道之志？

當然有好處，文作回答：

「而且是莫大的好處。的確，喪命的盡是些酒鬼、賭徒、自作自受的高利貸主之流，乍看之下——的確頗有為民除害之風。而委託者之所以祈願，本是出於狗急跳牆，眼見事成，想必是滿心歡喜——」

這正形同押金——

「押金？」

「或許以偽裝形容較為妥當。只消寫個名就能除去仇家，有什麼比這更方便？這下當然要大受歡迎。不過，這黑繪馬可不是寫個名上去就算了。被寫了名的個個註定喪命，哪管是善人還是惡棍——」

「即便不是惡棍——也要喪命？」

「沒錯，並不限於惡人。如此一來——」

心懷不軌者便找著了可乘之機，文作說道：

「商場逢對頭者、情場逢敵手者、欲恩將仇報者、因妒生恨者、覬人財產者、爭奪家業者、乃至純與人有齟齬者，一旦逮著這機會——這些傢伙可就個個蠢蠢欲動了。原本還以為純屬無稽，但眼見被寫了名的真的死了，當然要認為自己不妨也試試，反正若不靈光也就算了，萬一仇人果真魂歸西天，不就形同平白賺來的？這等心懷不軌之徒——在江戶本就多如繁星。」

沒錯。

長耳的憂慮果然成真了。

「事成後，繪馬上的名立刻給蓋上黑漆，證據就此不復存在。一毛也用不著花，對利慾薰心者而言，當然是個千載難逢的良機。」

「聽來還真可悲——」

但看來的確如此，山崎說道：

「想必亦不乏打心底不信此說，不，該說是正因對此說嗤之以鼻，方有膽試之者？」

「看來的確不乏。這下終於提到要點了，還請各位聽個清楚。一旦黑繪馬上出現此類祈願，祇右衛門——便召來高人下毒手。迅速地、乾淨地將事情辦妥——也就是將人給殺掉。接下來……的確，黑繪馬是給塗黑了，看不出曾有哪些人被寫了名，也看不出是哪些人寫的。寫名的想必是滿心歡喜，以為真相僅有天知，孰料……」

「真相仍有人知——？」

這是理所當然。

看了繪馬下手奪命者豈可能不知？

是哪些人寫的，當然掌握得一清二楚。

「原來如此。接下來——就藉此強行勒索？」

「沒錯。只消問一句名是不是你寫的，對方就給嚇得魂不附體了。此類利慾薰心的傢伙，大抵也有身分、家產，方欲藉害命得到好處。此局的目的——便是利用此一把柄，強取這些個好處。」

「豈有此理！」

原來其中根本沒什麼怨恨糾葛。

也沒什麼傷悲苦痛。

不過是場市儈算計的騙局。

非得盡快制止不可，文作說道：

「絕不可讓這把戲繼續玩下去。至於制止是為了誰——絕非為了那些個利慾薰心寫了名的傢伙。當然，喪命者的確值得同情，但更堪憐的，其實是那些個不明就裡地被迫行兇、用完即棄之的卒子。各位說是不是？阿甲夫人，說到損失，吃最多虧的不就是這些個傢伙？凡是人孰能無過，但因曾犯錯便慘遭利用，淪為謀財害命的幫兇，老夫認為這實在是毫無天理。」

阿甲默不作聲。

不知意下如何？文作問道：

「阿甲夫人是否可能——破這黑繪馬的局？如此以往，只會有更多人在不明不白中喪命。喪命的受苦，害命的更是受苦。玩弄人心、藐視人命，豈是天理所能容？」
「而獨占好處的——僅祇右衛門一個？」
山崎感嘆道。又市也說道：
「的確是教人髮指。不過，老頭子，這差事——不就等同於要咱們擊潰這祇右衛門？」
「但阿又，這根本辦不到。雖然誰都知道，這麼個妖怪理應除之以絕後患。」
文作搖頭回答：
「那出逃的傢伙一路逃到了大坂，方得以毫無後顧之憂地將事情全盤托出。瞧瞧就連一文字老大遠在京都，都同意接下這樁差事。話雖如此——總不能自大坂率大軍攻進江戶，是吧？」
「為何不成？」
「這可不是黑道械鬥，已非有無大軍可領的問題。祇右衛門的大軍並非什麼大惡棍，不過是群一無所有的弱者。也不管是甘不甘願，全江戶的走投無路者皆得聽任祇右衛門差遣，就連婦孺，祇右衛門也不放過。有誰忍心率眾蹂躪無辜的無宿人？」
的確是下不了手。況且——只怕屆時連敵我都分不清。
「即便率軍與其爭鬥，只怕也要落個四面楚歌的下場。此外，別忘了其手下尚有高人。與祇右衛門作對，無異於與全江戶的惡徒作對。這種仗，誰打得起來？」
文作一雙眉毛豎成了八字形，一臉宛如咬了一口生柿的苦澀神情。
「這筆銀兩——」
阿甲問道：

「可是一文字屋準備的？」

沒錯，文作回答：

「是老大代眾受害者支付的。這筆損料可不僅是一兩人份，而是所有遭祇右衛門殘害者的份兒。即便如此鉅款，只怕都嫌不夠。」

的確是不夠，阿甲回道：

「不知仁藏先生——負擔如此鉅款，是否有虧損之虞？容我冒昧——怎麼想，都不認為先生會做出為素昧平生者支付六百兩鉅款的瘋狂之舉。」

其中必有什麼內幕——

想必阿甲是如此質疑的。這點又市也不是沒想到。一文字狸的確是個了不起的角色，又市本就對其敬佩有加。但也正因如此，精於算計的仁藏，怎麼看都不是個出於同情或關切，便願支付六百兩黃金的人。

文作一臉苦笑地回答：

「噢，老夫也料到，大總管對此將心懷質疑。就連老夫都感覺這並非老大的處事之道。不過，阿甲夫人，老大真認為此事無法用金額度量，亦無須討價還價。對自己之出身，想必老大應是不常提及？如今，一文字仁藏雖是個統領京都一帶不法之徒的大人物……」

但出身實為江戶之賤民，文作說道。

「噢——？」

「據說老大自江戶出走時，本已決定終生不再歸返，想必在此地曾有過極為不快的遭遇。或許正是因此……」

才會認為此事無可容忍。

原來是這麼回事。

當初之所以收留了又市，或許也是因著同病相憐。

又市本是武州的無宿人，歷經輾轉漂泊，最終方於京都落腳。

「若是如此——豈不是更該將這祇右衛門什麼的徹底擊潰？想必那老狐狸也巴不得這麼做才是。若僅治標不治本，根本是毫無意義。」

「但……」

哪可能解決什麼？

不過是坐視受害者繼續遭其蹂躪。倘若當年留在江戶，或許就連又市都會淪為其手下卒子。

文作一臉緊皺，沉痛地說道：

「萬萬不可除之。」

「為何不可？聽來這傢伙不僅窮凶惡極，根本就是禽獸不如。」

「的確，是個禽獸不如的妖怪。」

開什麼玩笑？又市怒氣沖沖地說道：

「世間哪有什麼妖怪？即便真有，又哪會差遣人助其斂財？這傢伙根本是個凡人，還是個違逆人倫、利慾薰心的混帳東西。大總管、鳥見大爺，難道要放任這等惡徒繼續胡作非為下去麼？」

「當然不可。但正如文作先生所言，如今咱們也是束手無策。」
「怎會束手無策？只要借用大爺的身手——」
「意即，要殺了他？」
「噢——」
山崎有時也承接些取人性命的差事。
但這並不表示他習於藉殺人解決問題。
更何況，他也絕不會不分青紅皂白地取人性命。又市羞愧地低下頭去。開口前，至少該稍稍顧慮山崎的觀感才是。
「也不是——這意思。」
對不住呀，大爺，又市低聲致歉道。別放在心上，山崎回道：
「倘若此事可藉殺人解決——在下絕不吝於出刀。」
「沒錯，又市，靠殺人是解決不了事兒的。看得出這位大爺身手不凡，但武藝再高強——也取不了已死之人的命吧？」
文作繼續說道：
「總之，一文字狸遲早會出手。既然聽說了，絕不可能放任不管。話雖如此，也不可能立即動手。欲擊潰祇右衛門，需得謹慎規劃、備足人手、絕頂智慧、也需要工夫和銀兩。而最需要的，就是時間。」
「看來——咱們已無時間慢慢籌劃？」

沒錯，文作頷首說道：
「黑繪馬共有八十八枚，想必祇右衛門也不打算拖得太久。這八十八條人命，不知將由幾個冤大頭來背負，但不管有沒有人被迫當冤大頭，這八十幾人註定是難逃一死。況且，有一半都已經遇害了。」
「至少得阻止剩下的一半——是麼？」
「沒錯。為了不讓祇右衛門繼續為所欲為，因此——想請問大總管，可否出手阻止？」
文作再度直視阿甲。
只見這女主人先是低頭沉思了半晌，接著才抬起頭來。
「想必——」
話及至此，阿甲兩眼朝角助一瞥。
「即便不抵觸祇右衛門本人，只要破了這黑繪馬的局，便形同與祇右衛門作對。無論如何，吾等都將與之為敵——是不是？」
文作默不作答。
「一旦察覺吾等即為破壞此局之幕後黑手，吾等註定遭受波及。是不是？」
「想必是如此。」
「之所以值六百兩——代表犧牲將是非同小可。如此推量，是否合理？」
「看來——應是如此。」
「意即，這椿差事可能賠上閻魔屋之生計——不，甚至賠上吾等之性命。是不是？若是如

此，這筆損料的確是少了些。」
「言下之意，是大總管無意承接？」
阿甲再度望向角助。
看來是放不下對角助的牽掛。畢竟，上回曾差點教角助賠上了小命。
文作喪氣地垂下頭。
「除了大總管一夥人，老夫已無人可託付。那些個不法之徒——只怕連祇右衛門一根寒毛也動不了。」
姑且不論動不動得了——只怕還沒來得及出手，一切便註定要露餡。祇右衛門與哪些人有聯繫，完全無從知悉，唯一可確定的，是不法之徒中絕對不乏祇右衛門的幫手。若看不清哪個和哪個有往來，絕不可能貿然行動。雖知敵暗我明卻仍執意出手，實無異於以卵擊石。更何況用的是敵方的兵，哪打得了什麼仗？
因此。
除了閻魔屋旗下又市這夥烏合之眾，已是無人可用——
——實情便是如此。
角助認為如何？阿甲問道。平時，這個女中豪傑從未徵求角助的意見。看來去年那場橫禍，仍教她無法釋懷。
請大總管儘管吩咐——角助回道。
接著，他露出一抹微笑。

見到他這個神情，阿甲便轉頭望向又市，接著又望向山崎。

但口中什麼也沒說。

又市也是不發一語。

「吾等願意承接。」

不過，有個條件，阿甲說道。

「請直說無妨。」

「如你所見，吾等均為不諳此道的門外漢，平時也以正職餬口。因此，是否加入今回這樁損料差事——希望可由眾人各自決定。惟若不參與，今後便當斷絕與閻魔屋之一切往來。」

意下如何？又市先生，阿甲問道。

到頭來，果然不出長耳仲藏的預料。

不知長耳將如何打算？想必將拒絕參與吧。又市雖向那玩具販子誇下海口，若是被迫參與，乾脆離開江戶——

「算小的一份。」

真是的。

連自己都覺得自個兒傻了。

山崎則是默默頷首。

「不過，大總管。仲藏與林藏或有可能拒絕。也不知辰五郎與那群姑娘的意願。開出此一條件——是否嚴峻了點兒？」

「有理——」

文作先生，阿甲問道：

「說來慚愧。吾等雖願承接，但恐有人手不足之虞。屆時若有需要——是否可同先生借點人手？」

豈敢不從？文作回道：

「大總管果然英明，如此推量甚是正確。可想而知，無人樂見手下愛將死於非命。小的與玉泉坊樂於無償供大總管差遣。咱們倆早將生死置之度外，一文字老大也預見可能有此情形了。總之，請大總管儘管吩咐。倘若需要更多幫手，老夫可再召幾人過來。」

那麼，屆時還請先生多多擔待，阿甲低頭致謝道。

「此外，還有一點。」

「請說。」

「是否——可將汝等握有之消息毫無隱瞞地盡數告知？」

「老夫所知的，方才大抵道盡——噢，倒是還有一件，就是關於為這黑繪馬騙局擔任幫手的刺客所用的技倆——」

「技倆——？」

「雖不知其真實身分與實際人數，但這群刺客並非以刀劍奪命。據傳，用的是繩索。」

「繩索？」

阿甲夫人，山崎低聲喊道：

「這——不就是上回那夥鬼蜘蛛？」

這群人，便是上回襲擊閻魔屋的兇賊。

原來是這群傢伙，角助喃喃說道。

「倘若真是這夥人，那麼當初教他們給擄去時，其人數與行兇手法咱們已大致掌握。當然，其各自的名號、巢窟、背後有無後台等則是無從得知，亦稱不上知之甚詳——」

行兇手法，是以繩索將人縊死，是麼？文作問道。

「就在下所見，鬼蜘蛛應有五人。是一群藉網子、風箏線、繩子、縫衣線等通常成不了武器的東西奪命的高手。或許蜘蛛這諢名，正是由此而來——但這不過是臆測。或許這群傢伙也使用刀劍，抑或還有其他同夥——」

話畢，山崎朝玉泉坊不住打量。

大爺——又市問道：

「可有任何勝算？」

由他這態度看來，應是有所盤算才是。

看來出山崎對敵情已有相當程度的掌握。

這山崎寅之助，是個懂得隨對手技量選用行頭——且能在奪取對手兇器後，隨之將其誅殺的神奇刺客。

與高人交手，當然是毫無勝算，山崎回答：

「但倘若這回的對手真是鬼蜘蛛——交起手來的勝算，至少比起完全摸不清底細的對手要來

得多些。」

「你也行吧？」

若是派得上用場，這傢伙也供大爺隨意差遣，文作朝玉泉坊瞄了一眼說道。

看來是用得上，山崎回道。

「不過，阿甲夫人。這回——該如何設局？在徵詢眾人意願前，若不至少有個梗概，只怕大夥都無從判斷，是否值得將性命托付到咱們手上罷。」

沒錯。這回該如何著手？

「又市。」

山崎說道：

「在下得先言明一點。這回不丟個幾條人命，是分不出勝負的。對手不是刺客、就是妖怪，欲迫其改邪歸正、誘其棄惡投善、或將之繩之以法——均不可能。」

「難道——真的非得丟個幾條人命不可？」

這……

「這回非有這覺悟不可——噢，難不成你依然認為殺人這種事兒，沒有逼不得已者？」

沒有。當然沒有。

山崎以嚴峻目光直視又市說道：

「也不知你作何是想，但在下也不願殺人。只不過，也不能坐視更多人死於非命。一旦參與此事，便得置死生於度外，不是人死，便是我亡。倘若自己遇害，便將有更多無辜人等死於非命。設局時——這點務必謹記。」

——要我設局？

「大爺……」

又市還沒來得及把話說出口。

密門便被嘎嘎作響地推了開來。站在門外的，是縵面形巳之八。

這年輕小伙子，是角助的師弟。怎麼了？角助問道。只見巳之八快步走向阿甲身後，在其耳邊一陣竊竊私語。

阿甲臉上霎時蒙上一層陰霾。

大總管，怎麼了？山崎問道。阿甲回答：

「方才棠庵先生來報，任捕快的萬三曾向先生求教——據萬三所言，南町的志方大人……」

「志方大人——如何了？」

可是志方兵吾大人？又市問道。此人又市也知道，是個正經八百的同心。

「志方大人似乎在黑繪馬上，親手寫上了自己的姓名——」

阿甲說道。

【肆】

志方兵吾難以釋懷地回到了同心宿舍。眼見聽聞志方稟報的與力大石、筆頭同心笹野也頻頻

納悶，想必也同樣無法置信。既然兩人均無法置信，想到傳了上去，上頭也無法置信。反正就連志方這當事人都無法置信了，還能怎麼著？

——不。

或許正該這麼辦。

得將這令人無法置信的事改得令人信服才行。

上級宣稱將先思慮一番再向上呈報，故志方奉令在此之前勿撰寫調書。看來，上級也打算仔細檢視，將此事釐清得合理些。

不論如何。

這場黑繪馬騷動終究是平息了。

繪馬與堂宇雖依然如昔，但業已無人前往道玄坂緣切堂祈願。

不分晝夜，此處均已空無一人。

既然無人前去在繪馬上寫名，當然也就什麼也沒再發生。

既然什麼也沒再發生，當然也就無從經辦，甚至可說業已無案可辦。

——難以釋懷。

這場藉祈願殺人的黑繪馬騷動，竟然才一眨眼的工夫便告平息。

一踏進同心宿舍，便有幾名同僚志方大人、志方老爺地嚷嚷著湊了過來，你一言我一語地問了成串志方無從回答的問題。

都得怪那瓦版。

志方所做的，不過是睡了一覺。
入睡期間發生了什麼事兒，當然是無從知曉。僅能回答自己對一切一概不知，勸眾人找親眼目睹者打聽。
「這……豈可能不知道？方才你都奉與力傳喚前去稟報了，究竟向大石大人稟報了些什麼？」
「本官僅能稟報自己無可稟報。都說過許多回了，當時我正在就寢。負責徹夜戒備的，不是多門麼？」
「咱們早已向多門打聽過，但完全問不出個所以然來。那膽小如鼠的傢伙，早已被嚇得不知所云。今兒個還在舍房裡窩著哩。」
「請假休養了麼？」
聽來的確是有失顏面。
「供多門差遣的小廝解釋是吃壞了肚子，但誰都看得出這不過是為自己的失態開脫的說詞。多門那傢伙事前還滿口大話，直說世間無妖物，若有，就捉來煮熟吃了什麼的，原來這豪膽不過是虛張聲勢。這麼個虛有其表的傢伙，冷不防地親眼瞧見了妖怪，當然要給嚇成這副德行了。」
原來咱們這坂田金平（註27）不過是裝出來的，眾人齊聲笑道。
——就是這點。

註27：指傳說中的日本武將坂田金平，為傳統戲劇淨琉璃中一位力大如牛的英雄要角。

就是這點，教志方無法置信。

雖不是懷疑多門的供述，但這說法就是教人難以採信。畢竟，志方本人並沒見著。

自己沒瞧見的，不予置評，志方也只能如此回答。

「志方先生真沒見著？其他捕快、先生的小廝、就連愛宕萬三都見著了。倘若僅有多門一個如此宣稱，還可說他是說夢話，但這下可就不得不信了。的確曾有什麼東西現身哩。」

——話是沒錯。

曾有什麼東西現身。至於究竟是什麼，則是無從得知。雖無從得知，但的確出現過。

依久瀨棠庵的說法，這東西是個山怪，一種成精的鼯鼠——名曰山地乳。

這種東西果真存在？

如何？教那東西吸取鼾息是什麼感覺？木村揶揄道：

「真是幸運呀，志方，這下你保證能長命百歲了。」

「別因事不關己就開這些個玩笑。久瀨棠庵雖博學多聞，但這回的判斷似乎失了準頭。我自己是認為不值採信。」

「但你不是還好端端地活著？」

「那又如何？」

「同日在繪馬上被寫了名字的五人，極可能都死了哩。只因沒有任何人瞧見。」

「所以本官不都說了？我自己是認為此說不值採信。」

話畢，志方站了起來。

告訴眾人將赴市內巡視，便步出了屋外。

如此氣氛，教人哪待得住？

——這背後。

必有什麼隱情。

五日前。

志方所訂的計策其實簡單至極。

首先，在繪馬上寫下自己的姓名。如此一來，自己當然要遭到謀害。

通常，不至於有人要謀害南町奉行所同心。

除非有什麼深仇大恨，否則沒人膽敢如此在太歲爺頭上動土。即便真能順利得手，奉行所也將為回復威信而大舉緝兇。因此，沒什麼人傻到不分青紅皂白地與奉行所為敵。

然而。

黑繪馬這案子可就不同了。

本案的前提是——奪命者並非常人。

倘若遇害者均是死於神佛靈威，那麼——哪管是當差的還是普通百姓，均註定難逃一死。坊間傳言若是屬實，志方註定將魂歸西天。

但志方自認為並不會死——或者該說，自己不至於被殺害。

哪有什麼靈威？下毒手的必是常人。

若是如此。

想必無膽對同心下手。不，若是下了手，真兇便將難逃法網。不不……

即便如此，真兇仍得出手。

志方若是逃過此劫——便將證明繪馬靈驗之說純屬無稽。凡被寫上姓名者必得一死，絕不可有任何例外。

依理——是絕不可有。

若是無人前來下此毒手，便證明這不過是個謊言。

若是有人前來取自己的性命——只需捕之便可。

沒錯。

將真兇繩之以法，方為最佳解決之道。

但若真是神佛所為，便既無法逮捕，也無法治罪了。

志方自道玄坂折返奉行所，除與大石諮商，亦央請為逮捕黑繪馬一案之真兇調借人手。所幸大石對一切十分體諒。不過，說來也是理所當然。原本命令志方調查黑繪馬一案者，便是大石。

接下來。

志方將妻小送返娘家，獨自鎮守官舍。

依志方的常識，同心組官舍所處的八丁堀一帶，治安較任何地方都要良好。許多時候——甚至較武家屋敷更為安全。

八丁堀官舍內外，共配置了二十名捕方警戒。

不僅如此，還加派三名同心輪值戒備。

無須擔憂引人側目，若什麼事兒也沒發生最好。如此一來，大可向街坊宣傳繪馬無效，靈驗之說純屬無稽之談。

藉此，應能使繪馬之魔力消失於無形。若真靈驗，結果應不至於隨有無戒備而有所差別。倘若區區二十名捕快守護便使其失效，哪還稱得上靈威？

只是……

仍望能——將真兇繩之以法。

制止騷動繼續擴散雖是當務之急，但若無法杜絕元兇，也就失去了意義。殺人乃滔天大罪，兇手應正式接受國法制裁。欲匡正人倫、維持治安，循法將兇賊定罪，方為上上策。

有鑑於此，町方奉行所內的眾同心，非得將真兇繩之以法不可。

為此，志方命萬三將消息公諸於世。

散播同心志方兵吾於黑繪馬寫下己名的消息——即等同於讓世間知曉志方將藉一己之生死，印證黑繪馬奇譚之虛實。志方的盤算乃是——如此一來，對手便不得不出招。

不出多久，此一傳言便已傳遍坊間——惟較事實更為誇張煽情。萬三經過一番思索，決定將此消息告知瓦版舖子。一聽說與廣為人所議論的黑繪馬奇案有關，瓦版舖子自然不敢懈怠，立刻以驚人神速付印流布。翌日，激昂的叫賣聲便已在大街小巷裡此起彼落。

各位看官，寫了名便沒了命的奪命黑繪馬，現有一町方同心果敢挑戰，此人於繪馬上寫下己名，欲將裝神弄鬼的騙徒繩之以法——

倘能逃過此劫，便可證明黑繪馬之說乃無憑無據之騙局，但若真有傳說神力，此人必將難逃

一死，南町同心志方兵吾大人，為辨此案賭上生死。此事來龍去脈詳載於此，各位看官務必先睹為快——

據萬三所言，這瓦版已是洛陽紙貴。

雖非本意，但志方在短短一日間，便成了個無人不知、無人不曉的大紅人。

如此一來，對方可就非出手不可了。

但即便幕後兇手真敢現身，也勢必無法出手。

一出手——便形同自投羅網。

即便志方真遭遇不測，兇手也將為眾人所捕。

即便得以僥倖逃脫，至少也證明了此事並非神佛所為。屆時，只消讓全天下知道黑繪馬之真面目絕非神力，不過是裝神弄鬼的兇賊作祟。

若是兇賊所為——哪管本的是什麼動機，為的是什麼目的——犯的都是殺人重罪。

一旦發現奪命者實為常人，便將不再有人在繪馬上寫名字。若有誰寫了，便可將行兇者繩之以法。

這便是志方原本的盤算。

不論結果如何，對破案均有所助益。

孰料……

志方所打的如意算盤無一奏效。

事實上，志方完全亂了陣腳。至今心中依然慌亂不已。

志方所作的預測中唯一應驗的，僅有自己將不至死一項，其他的竟悉數落空。既沒有逮到刺客，當然也沒有將之嚴罰懲處。此外，志方還真曾遇刺。

不過，世間亂相業已平定，黑繪馬也不再危害人間。

——到頭來。

一切仍教人無法釋懷。

志方就這麼滿懷納悶地來到了麴町。

離開奉行所時，雖曾告知同僚是為外出巡視，其實不過是個藉口。這下哪來心情巡視？

他筆直走向番屋。之前曾吩咐萬三調查此事。

一踏進番屋，志方便先發制人地警告町役人（註28）、房東、與小廝不可詢問，接著便趾高氣昂地吩咐小廝上茶。

正欲啜飲第二杯茶時，萬三回來了。

似乎是一路跑回來的，只見他上氣不接下氣地直喘息。

如何了？志方簡短地問道。

「噢。小的依大人吩咐，前去數過了。為謹慎起見，小的除了龜吉，還找來宮益町的和平先生一同算過，保證錯不了。」

「有幾枚？」

註28：江戶時代負責町政之低階職務，為世襲制，受町奉行之管轄，有町年寄、町明主等層級。

「加上大人的份兒，共四十四枚。」

「如此說來——」

沒錯，又增加了五枚，萬三說道：

「五日前給塗黑的有三十八枚，這絕錯不了。大人寫了第三十九枚。但如今被塗黑的有四十三枚，大人寫的則沒給塗黑。」

「難道本官寫了後，還有其他人去寫？」

「是的。也不知是什麼時候，給塗黑的又多了五枚。」

和死屍同樣數目，話及至此，萬三吩咐小廝也給自己上杯茶來。

「大人，依小的之見，那五具分布於澀谷一帶與官舍近邊間的死屍——應是教人在黑繪馬上寫了名，亦即教山地乳給吸了鼾息的受害人。」

——山地乳？

世間何來這等妖物？志方斥道。

「若要說無，還真是有。大人如此不願相信小的所言，是否稍嫌嚴酷了些？瞧小的對大人如此忠心耿耿，難道還不值得信任？」

「絕無此事。這……本官不過是……」

雖不至於不信任——

「唉。小的深知大人生性多疑，但這回可不願讓步。不同於上回那隻大蛤蟆，這回的妖物可是近在眼前。倘若真是看走了眼，小的隨時願意返還十手、跳河自盡。反正都老糊塗了，也當不了什麼差。總之，大人的確教那妖怪給吸了鼾息，臥榻上還留有那妖獸的毛束哩。」

毛束——的確是有一些。

陳屍街頭的五人衣上，亦沾有同樣的毛束。

那妖怪個頭之大，可嚇人了，萬三說道：

「六尺，不，或許有八尺，生得一身長毛，雖看不清腿生得是什麼模樣，但據棠庵先生所言，這妖物僅有一足。如今想來，似乎曾見其蹬跳前行。突然間也不知打哪兒冒出來，可將藏身鄰房屏息窺探的小的一行人嚇出了一身冷汗哩。」

沒錯。

志方於官舍內布下陷阱。

位於八丁堀的同心組官舍，是棟佔地百坪的民家屋宇，模樣與武家屋敷迥異。志方於門前、玄關、庭院、後門、兩鄰、以及對門的官舍前各配置了兩名捕吏，寢室隔鄰的房內則由萬三、多門、及兩名小廝負責盯哨。

此外，還安排了三組捕吏，每組兩名常時於八丁堀內來回巡視。

不過……

雖力求萬無一疏，志方認為防備也不宜過度嚴密。若無法誘使對手前來出招，再好的陷阱又有何用？

然而，門前與玄關的戒備畢竟不得疏忽，僅能吩咐其餘捕吏盡可能不露身影，以利埋伏。

想當然耳，負責於隔鄰房內監視之多門等四人，也不得不屏息藏身。

酷愛擒兇的多門英之進興奮得自告奮勇，負責熬夜警戒。通常聚集一家的房內，這下卻擠滿了武士。

負責外出巡視的數組捕吏，若是發現可疑人等，也不得當場逮捕，應先行縱放。即便所遇之人甚是可疑，也該佯裝不察，由一人跟蹤，另一人則趕赴詰所，向駐守其中之同心稟報。

志方則於面向庭院的座敷中鋪設臥榻，在眾人環視中單獨就寢。門戶雖應避免鎖得過度嚴密，但過度開敞也要啟人疑竇，故仍依平時習慣處之。雖說欲請君入甕，若看來過度鬆懈，只會教對手起疑。

來了，便是自投羅網。

不願束手就擒，便不會來。

既已如此布局，不論結果如何，志方均是贏家。即便真有閃失、丟了性命，自己仍是贏家。

孰料……

初日，一切平靜無奇。

次日，或許是瓦版起了效果，看熱鬧的人群開始聚集，但依然沒什麼異狀。

黑繪馬的奪命限期，乃是三日。

到了第三日，氣氛終於緊繃了起來。

不僅如此，看熱鬧的百姓也暴增至始料未及的程度。

現場變得人聲鼎沸，活像一場大祭典。

即便得維持秩序，也不能自警戒者中抽調人手，只得央求上級調派人力前來控管。據頻頻出入官舍的萬三所述——六刻半時現場活像川開（註29）放煙火時般人山人海。身處屋敷內的志方雖沒親眼瞧見，但也聽見了嘈雜人聲。可見萬三的形容即便誇大，人數仍是相當可觀。

不過……

控管若是過度嚴密，反而可能弄巧成拙。為引兇賊入甕，還得適度保留破綻。

亥時一過，屋外終於靜了下來。

不同於他處，此處究竟是八丁堀同心組官舍，想留下來看熱鬧也難。

四下一片靜寂。

燒水沐浴後，志方便躺上了臥鋪。

起初還難以入眠，後來……

仍是睡著了。

一心以為刺客無膽入侵。

「突然間，庭院那頭的紙糊拉門無聲無息地給拉了開來，只見那妖怪業已矗立緣側。若是打庭院進來的，在那頭警戒的兩名捕方理應瞧見才是。但兩人卻堅稱自己什麼也沒瞧見，遮雨板也關得緊緊的。」

「豈有可能？屋內不是有汝等三人鎮守？」

註29：享保十七年時江戶發生大饑荒，享保十八年時為弔念亡者及祈福而於兩國（今隅田川）舉行水神祭，施放煙火，後演變為今日隅田川花火。

正因如此，別說是小的——萬三語帶不服地回道：
「就連多門大人也瞧見了。」
「這本官也聽說了。不過，汝等三人為何沒立刻拉開拉門現身？」
因那景象看得咱們不知所措呀，萬三回答：
「若是常人，咱們當然要一躍而出，就地擒之。噢，這絕對是肺腑之言。小的為大人憂心不已，三日來均是食不下嚥。多門大人亦是如此。誰都知道多門大人血氣方剛，與志方大人截然不同——噢，失禮了，總之，人皆知其氣性剛烈，是不是？眼見小的嚇得渾身發僵，多門大人立刻緊握刀柄，一把推開小的，朝門縫這麼一湊——」
萬三擺出了個窺探的姿勢。
「緊接著，多門大人旋即發出一聲悲鳴。唉，這也難怪，任誰瞧見那活像熊的妖怪——不不，若是隻熊，大人老早揮刀斬殺。多門大人哪會把熊給放在眼裡？」
「即便非熊，也應揮刀斬殺不是？」
「但若是貿然上前，只怕小的、大人、和多門大人均要死於非命，而首當其衝的正是大人。那畢竟不是凡世間的東西。」
「既能親眼瞧見，怎不是凡世間的東西？若非凡世之物，豈可能留下毛束？」
萬三表示，那妖物朝沉沉入睡的志方面前一蹲，伸長脖子將嘴湊向了志方的鼻頭——
「本官若是瞧見此景，想必當下便能判斷形勢危急。見一妖物將嘴湊向寢者，怎不擔心此人是不是要教妖物給吃了？」

「不不——看來絕不像是要將大人給吃了。毋寧說像在窺探……噢，看似在吸取大人的鼾息，但也像在確認大人是否熟睡——」

「但……」

「噢，大人所欲言，小的也不至於不知。但眼見情況如此，咱們這頭也得先靜觀其變。形勢雖危急，但稍有閃失，只怕要害大人丟了性命。那妖物的嘴都湊到大人鼻頭上了，若是教牠一口咬下，可就萬事休矣。」

這——的確不無道理。

「此外，小的也得為多門大人的名譽略事辯護。多門大人絕非心生膽怯，依然勇猛果敢，只見他像這般沉著待命，隨時準備拔刀上前。」

萬三隻手伸向腰際，擺出了個拔刀的姿勢。

「弓箭手藏身拉門之後，多門大人亦是刀出鞘口，小的不僅都親眼瞧見，也屏息靜候一躍而出的良機。」

萬三壓低身子，兩眼不住轉動。

「等著等著——感覺似乎等了良久，但這其實不過是情緒使然的錯覺。」

「何以見得？」

「事實上，小的一行瞧見那山地乳，不過是剎那間的事兒。事後詢問小的背後的兩名小廝，多門大人與小的擺出架勢的時間，不過是數到一、二、三的工夫。」

「的確是剎那間的事兒。不過這本官也不解，多門既已在窺探形勢……」

「是。」

「為何——不縱身而出？」

「不是不縱身而出，而是那妖物一眨眼便消失無蹤。只見多門大人迅速拉開拉門，想必是認為這氣勢將嚇得那妖物自大人身旁抽身。孰料……」

「業已不見其蹤？」

「沒錯。而大人亦在此時起身，高呼一聲『怎麼了』。」

志方起身時，房內的確是什麼也沒有。

「此時，緣側的拉門也關得好好兒的。聽聞大人一聲呼喊，庭院那頭的兩名捕方也自遮雨板破門而入，玄關與屋內的眾人也紛紛朝寢室趕來——後來的事兒，大人也都知道了。」

沒錯，後來發生了些什麼，志方的確都知道。

只見拔刀出鞘的多門目瞪口呆地站在自己眼前。趕到寢室的眾捕方似乎也是一臉茫然，個個一副不知所措的神情。

「如此說來，多門是打那時起——才被嚇破了膽的？」

不論志方如何詢問，多門均是隻字未答。

「畢竟一個妖物就打自己眼前消失無蹤。在此之前，多門大人可是勇猛如虎。但眼見那東西就這麼一溜煙地……」

——真教人無法釋懷。

到頭來，並沒擒到什麼兇手。

眾人就這麼捱到了天明，志方也依然活得好好的。

並沒有逮到什麼兇賊。反而是……

——冒出了個妖怪。

天才剛亮，又見大群看熱鬧的百姓湧赴現場，八丁堀再度為群眾所據。不久，與力和筆頭同心亦趕來確認志方是否無恙。志方現身眾人眼前時，甚至響起一陣歡呼。

不過……

完全不知該如何稟報。

此外……

黎明時分——亦即歡呼響起約四半刻後，還發現了五具身分不明的遺體。

溝渠水面上一具。路旁樹下一具。

橋下一具。澡堂旁小巷內一具。

大街正中央還有一具。

五名死者穿的行頭形形色色，看不出彼此間有任何關聯。一開始的判斷，是皆於同時間路倒身亡。

但有五人同時喪命，且個個相距一町（註30），豈不過於湊巧？

至於死因——亦是難以查明。五人身上均無刀傷。雖不乏頸骨或背脊斷裂者，但看來應非自

註30：古時距離單位。一町約為一百零九公尺。

屋頂摔落，教人猜不出如何死於骨折。於溝渠發現的遺體，看來亦非溺斃。

此外，每具遺體均沾有獸毛。

與志方寢室內殘留的毛束完全相同。

這——著實教人無法參透。

因此。

萬三便邀久瀨棠庵前來判明。似乎是過於擔憂志方的安危，萬三事前便曾向棠庵求教。想必是一返回澀谷，便趁志方上奉行所作事前報備時前去造訪，對其說明了全事原委。

當時棠庵如此回答：

——依老夫所見，應是名為山地乳之山怪所為。

這博學的老頭兒劈頭直斷道。

並表示唐國稱此妖為山魈或山精等等。

一如其名，此妖棲息山中，本國以山父、山爺、山親爺、山丈、山鬼等稱之，名稱因地而異。亦有一說，高齡成精之蝙蝠、鼯鼠先是化為野衾（註31），歷經一劫，復化為山怪。此妖物棲於深山，識讀人心，故又名悟妖。就這悟字判斷，這妖怪應當是懂得察知對方心中所想。

這——深山幽谷中，或許真有此類妖獸棲息。但此處並非窮鄉僻壤，亦非山中寒村，而是人聲嘈雜的江戶。萬三也曾點醒，江戶既無山，哪可能有什麼山怪？

志方這番話，卻換來棠庵這番回答：

——這山地乳，不時入侵人里，吸取人寢者之鼾息。遇襲者，必將於翌朝前斃命。

不過……

——遇襲時若為他人所目擊，則遇襲者將得以存命。

此外……

——不僅得以存命，據說還保證就此長命百歲。

久瀨棠庵一臉正經地總結道。

這番說法——

就這麼一字不漏地上了瓦版。

黑繪馬之真面目，乃深山妖物是也——

既非神，亦非佛。既非靈驗，亦非神威。並非如人之願，不過是妖怪假神佛之名取人之魂——瓦版如此刊載道。

此外。

對遇上山地乳該如何趨吉避凶，亦有詳載。即便遭人於黑繪馬上寫名亦不足畏，僅需委人徹夜戒備，便可免遭其妖法所害——意即可免於一死——已有數個瓦版如此煞有介事地詳述。

不僅如此。

還加註為山地乳所襲卻得以存命者，保證將長命百歲。

註31：相傳於山中得天地靈氣而成精之鼯鼠。

聽來——還真是因禍得福。

想必是這番輿論奏效使然，志方心想。

凡遭人寫名者均難逃一死——正是因此，這黑繪馬才蔚為流行。

但倘若可免一死，將是如何？

況且，避凶法門還甚是簡單。

黑繪馬之奪命期限為三日。僅消邀人徹夜戒備三日，便可除災解厄。

戒備者什麼也無須做，只消睜眼目擊便可。僅需如此，原本的死劫便能轉為福壽。

這比寫名還要簡單。

如此一來——

——便不會有人再寫。

寫了也是毫無意義。半信半疑者將因此失去興趣，信者則是更無可能付諸行動。

畢竟寫了，反將助宿敵長命百歲。

——總而言之。

這不過是胡謅。遭人寫名要命喪黃泉，被人瞧見卻能延年益壽；兩種說法同等無稽，不過是五十步笑百步。

還真是無稽之談。

但遺憾的是，志方本身雖作如是想，卻找不出任何證據。

志方保住了性命。

五名死者卻盡數喪命。

這究竟是怎麼回事？志方感嘆道。

「怎麼回事——敢問大人所指為何？」

「噢，那緣切堂，在本官寫了姓名後，哪還有人進出？不是差了地廻利平嚴加看管？」

「沒錯。入夜後的確是無人踏足。但在八丁堀的騷動結束後，戒備者便悉數撤回了。」

「那麼——繼本官後的那五人的姓名，是遭何人以何法寫上的？而遭人寫上姓名的五人，為何不是死在自個兒的棲身之處，而是悉數路死街頭？」

「這當然是因為沒能取得大人性命，那山地乳在回程途中便——」

「若那妖怪藉吸取鼾息取命，難道五名死者當時皆露宿街頭？且還於官舍周遭保持同等距離入睡？況且，倘若真是那妖怪所為，未依規矩而於晝間寫下名字的本官——何以仍遭此妖物所襲？」

這，只得請大人向山神求答了，萬三說道。

——無法釋懷。

志方兵吾也僅能眉頭一蹙。

【伍】

又在鬧什麼彆扭？削掛販子林藏說道。

不都順利交差了？文作也說道：

「至少截至目前——堪稱一切平順。倒是阿又，想不到你竟然想得出如此妙計，佩服佩服。」

一陣風自河岸吹拂而過。

天候依然帶股寒意。

這小伙子，近日特別偏愛這類裝神弄鬼的招式哩，林藏揶揄道。

哪有什麼偏愛不偏愛的，又市語帶不屑地回嘴道：

「這可沒多光采，不過是些騙娃兒的把戲罷了。」

「但不是解決得挺順利的？我說阿又呀，今回這樁，再算上前回的大蛤蟆、雷獸什麼的，你這腦袋可真是巧呀。原本我也以為這是哪門子蠢把戲，近日卻覺得只要使用得宜，裝神弄鬼一番也不賴。」

「少囉唆。」

還真是不懂得體恤人——又市心想。

每回的局，大抵都是趕鴨子上架。就連這回，若非志方兵吾先有動作，其實也出不了什麼手。換言之，等於是志方主動落入又市所布下的陷阱裡。

接獲棠庵通報後，又市立刻看破了志方的計謀——志方想必是打算藉寫下一己之名，使黑繪馬之邪術失效。

這招的確有效。

若志方逃過死劫，黑繪馬的傳言便將露出破綻。因這將證明死者並非死於什麼玄妙神威。

若運用得宜，還可能予這傳說致命一擊。

志方想必是料到，為保護此局，真兇必將前來取命。自己只消守株待兔便可。

若真有人前來取志方性命——屆時便可將其繩之以法。即便失手任其逃逸，只要來者為人，便可揭露此事實為常人所為。

不，若真有誰現身，來者必定是人。

畢竟——世間絕無鬼神。

這本就是再清楚不過的道理。

亦即。

似乎——即便什麼也不做，志方也能憑自己所布下的陷阱，揭穿這黑繪馬的騙局。

這當然辦得到。

不過——志方對此事背後的最大內幕，卻是一無所知。

志方兵吾完全不知稻荷坂祇右衛門這妖物的存在。

此外——

志方似乎也完全遺忘對手可能是道上高手。即便非神佛，身手不凡的高手依然是難以應付，使的若是罕見奇技，就更不消說了。

總而言之，志方的性命根本是危在旦夕。

來者或不至於有勇無謀地襲擊戒備森嚴的同心組官舍，然而，依然可能乘戒備撤除的當頭下毒手。既是高手，就連鑽過天羅地網暗中偷襲都不無可能。志方哪可能不危險？

不過，即便志方真的遇害，只要過了那三日期限，志方的計策便屬成功。即便沒能活過三日，只要能揭露真兇為常人，亦能收效。對戒備森嚴的八丁堀官舍發動襲擊，不論來者武藝如何高強，也難全身而退。即便真能順利遁逃，亦無從抹去下手痕跡。

總而言之——即便志方不幸喪命——這黑繪馬的騙局仍將無以為繼。乍看之下——即便閻魔屋一干人毫無作為，也能成就一文字狸的請託。

不過。

其中尚有一個問題。

倘若果真逮到真兇。

這真兇——將會是何方神聖？

膽敢襲擊擔任同心的志方，想必應是個高人——亦即鬼蜘蛛那夥。

不過，也可能另有其人。若是如此……

試圖取志方性命者——便是與此案毫無關係的無宿人、野非人。

被當成卒子使喚的，想必將是慘遭祇右衛門挾把柄要脅的賤民。

那麼，就是門外漢了。

與同心交手，門外漢豈有任何勝算？然而，這當然由不得自己回絕，只得毫無準備地前往八丁堀，進行這場毫無勝算的襲擊。

十之八九，註定要失敗。

不是慘死刀下，便是束手就擒。即便遭擒，也註定是死罪難逃。

不，先以門外漢發難，再由高手乘擒兇亂局施以致命一擊，未嘗不是個可行之計。

以門外漢興起風浪，再由高手下毒手——當然是不無可能。

反正這些個門外漢，不過是棄之不足惜的卒子。

待成功下了毒手，只消將罪責推予賤民，全事便告落幕——也可能是如此結果。

不僅可能，想必對方正是如此盤算。

事實上，這黑繪馬奇案中的死者，的確多數死於此類人等之手。

就擒後也將無從辯白。哪管如何坦白、如何陳情，伏法者畢竟是這些個卒子；既非祇右衛門，亦非鬼蜘蛛。

一但就擒，便萬事休矣。誠如文作所言，再如何解釋是出於被迫也於事無補。畢竟自己的確是真兇。

想必祇右衛門對此早有周全設想。毋寧說正是為了因應這種局面，這魔頭才決定迫使賤民代其下手。

著實令人髮指。

這豈是天理所能容？

此事教又市甚是激憤難平。絕不可任其繼續為非作歹，迫使更多人含冤、蒙罪——遑論令人喪命。

同理，又市也認為自己有義務助志方保全性命。

又市所知的志方兵吾，為人木訥卻一絲不苟，在官差中算得上是極為罕見的真誠。正因如此，才會布下如此不惜犧牲一己性命的局。再怎麼說，都不忍坐視此人命喪黃泉。

——沒錯。

單憑志方這計謀，便可瓦解黑繪馬的騙局。

話雖如此，最終仍可能有人受害，乃至喪命。

這絕不成。萬萬不可再有任何犧牲。

這下——又市非得想出個盡可能活用志方這計策，並能封鎖祇右衛門一切詭計的法子才成。為此。

又市與林藏取得聯繫，委其盡可能迅速、誇大地將流言給傳出去。並透過阿甲與瓦版屋商議，斥鉅款委其盡快付印，廣為流布。

首先，須讓大街小巷知悉志方兵吾不惜賭上一己性命，以證明黑繪馬一案不過是個騙局。於坊間大肆宣傳此事，應可助志方的計策坐收更大成效。

消息轉瞬間便傳了開來。

但這還不足夠。

若不煽動全江戶隨之起舞，依然難以成事。

湧入八丁堀看熱鬧的成群百姓，其實有半數是受閻魔屋所煽動的。刻意挑起宛如祭典般的嘈雜亂況，一則是為了保護志方，另一方面則是為了將無宿人、野非人隔離在外。

人多耳目多，可使行兇者更難下手。

人數暴增，官府的取締也只得更嚴厲，尤其無身分者，將更難以接近現場。

事實上，此類人等果真未曾接近。據負責煽動人群的文作陳述——現場的確曾有數名僅能茫然眺望騷動現場的賤民。這幾人與人群保有一定距離，個個都是臉色慘白。

雖不知他們奉的是什麼命，想必個個都為無法下手而滿心焦急。

不僅晝間難以接近，這些個門外漢也不具備乘夜潛行的技巧。

如此一來——

又市認為，便能迫使高人親自下手。

同樣負責挑起亂況的角助表示，文作的確深諳操弄人群之道。這靠朗讀祭文餬口的傢伙，生來就是箇中高手，輕而易舉便能使人群忽而嘈雜，忽而靜默。忽而湊近，忽而遠離。

同一時候。

將八丁堀的局委由文作代掌後，又市便動身造訪一個認識不久的朋友。

事到如今，也只能孤注一擲了。

我還真是參不透，文作說道：

「這……哪管是裝神弄鬼還是什麼的，只要運用得宜，我是不介意——但，阿又，你是如何認出那些個喬裝成常人的鬼蜘蛛的？唉，就當時的形勢而言，我也料到那些傢伙必將在最後期限的第三日正午，混入人群伺機下手。但若是喬裝成百姓或工匠什麼的……」

哪可能認得出——文作一臉納悶地說道。

沒錯。

又市前去造訪那位朋友，為的正是此事。

這朋友——

名曰御燈小右衛門。

小右衛門的身分，與又市這群閻魔屋的烏合之眾截然不同。

雙方棲息的世界可謂南轅北轍。這不同，並非諸如武士、百姓、莊稼漢、非人等身分的不同，而是處世之道截然不同。這小右衛門，極有可能和鬼蜘蛛那夥兒同是潛伏在暗處生息的不法之徒。

況且——

還是個舉足輕重的要角。

上回的立木藩一案中，教鬼蜘蛛給盯上的閻魔屋一夥之所以能保住性命——全是拜小右衛門之賜。

可不是走投無路才求其相助。不，雖然的確是走投無路，但雖亟欲尋人相助，也總不能求個素昧平生的。與不法之徒不應有任何往來——可是閻魔屋的鐵則。

當時，可是小右衛門主動向走投無路的又市伸出援手的。

看來小右衛門對又市似乎有所認識，又市對小右衛門卻是一無所知。為何主動出手相助，教又市完全想不明白。

只不過……

遇事相求，可隨時來找我——

道別時，小右衛門曾面帶笑容地如此說道。

此話本意當然是無從得知。對不法之徒的承諾，又市也沒天真到囫圇吞棗採信的地步。

知道小右衛門與又市曾有往來的，唯有阿甲一人。

當時阿甲也曾告誡又市，切勿主動與此人聯繫。

如此謹慎，也是理所當然。

當時只消一聲吆喝，小右衛門便召來了為數可觀的不法之徒。

不僅如此，小右衛門還通曉瞬時便可將米倉炸得灰飛煙滅的火藥術。來日若與此人為敵，又市一行人註定毫無勝算。

不過……

如今已無他法可想。

此次的對手，並非常人。

即將來襲者乃殺戮高手，背後——尚有個魔頭撐腰。

即便如此，又市仍不打算開口求助，不過是希望多探聽些信息罷了。

相傳小右衛門居於兩國一帶，亦曾聽聞其平日以傀儡師的身分作為偽裝。由於真找著了這面招牌，不出多久便覓得其住處。

屋外，立著一面寫有「傀儡師小右衛門」的木牌。

小右衛門也正好在屋內。

已沒多少閒情逸致噓寒問暖，又市單刀直入地說明來意。聽畢，小右衛門開懷大笑道：

——你還真是個怪人。

笑完一陣後，這滿面鬍鬚的巨漢以銳利的目光直視右市說道：

——門外漢還真是天不怕地不怕。

——依常理，你應該早沒命了才是。

小右衛門嗓音、神情俱嚴峻，彷彿教人以匕首抵住脖子似的。即便是兇徒的圈子，也講兇徒的道義——小右衛門說道：

——因此，我不能向你報上其姓名和住所。

——也不得幫你任何忙。

——任何消息均不得透露。

——不過。

——稻荷坂這傢伙……

是個遲早得解決掉的對手，小右衛門說道。

小右衛門都知情。

而且，也為此忿恨不已，至少又市感覺如此。

沉默了半晌，小右衛門才又把話給接了下去：

——稻荷坂這傢伙絲毫不講道義。
——為祇右衛門所設的局助陣的傢伙。
同樣不講道義，小右衛門說道：
忙是幫不了，但眼目倒是能借你。
「因為我有天狗的眼目，能看穿妖怪身上披的人皮。」
又市向一臉納悶的文作說道。
「天狗的眼目——？」
難道又要搬個妖怪出來？林藏語帶驚訝地問道。
「形容這敵手是妖怪的不就是你自己？咱們得對付的既然是妖怪，不祭出個妖怪何來勝算？詳情我是不得透露，總之，這眼目的確是奏效了——」
小右衛門點出敵手。
又市向同夥通報。
再由山崎和玉泉坊出手解決。
就這麼簡單。
敵手果然是鬼蜘蛛。
不出山崎所料，鬼蜘蛛果然有五人，看來沒有其他幫手。事後聽說，這夥兇徒凡事斤斤計較，幹起活來連娃兒也肯殺，就連同行對他們都敬而遠之。
此外，上回那樁事兒發生在下野，不難判斷鬼蜘蛛平時的勢力範圍，似乎是江戶之外。

看來應不至於為祇右衛門所束縛。

當然，更不可能是被迫為其幹活。若非是為了酬勞受雇，便是主動為虎作倀，總之應是出於自願。

——這夥人，可不好對付。

小右衛門警告道。

與之抗衡，又市的確是無能為力。

除了寄望山崎與玉泉坊的身手，別無他法。

這鬼蜘蛛，似乎是擅長乘夜襲擊的刺客。

習於乘夜色埋伏、或潛入對象家中，慢工出細活地布網盯哨，乘隙急襲。先拘捕獵物再行誅殺，似乎就是鬼蜘蛛慣用的技倆。

蜘蛛這形容，還真是貼切。

的確，就連角助與阿甲都是不出兩三下就遭擒，可見這夥兇徒的身手果真俐落。若是教他們給逮著，大抵都難逃一死——這早就是不爭的事實。

不過，這回形勢倒是顛倒了過來。

如今，布網盯哨的可是自己這頭。

看來鬼蜘蛛的確是打算趁賤民對八丁堀發動襲擊時，潛入官舍。原本的算計想必是——迅速地解決志方，再利用外應掀起又一陣騷動，以乘亂逃逸。

但這算計已遭又市布局破解。

賤民根本無從接近八丁堀。
此外，官方戒備人數也有所增加，巡視範圍擴展得更大。
如此一來。
鬼蜘蛛欲潛入八丁堀，唯有利用晝間的人山人海，方有契機。
不出所料，鬼蜘蛛果然現身。
又市隔離無宿人、野非人的計策果然奏效。
光天化日之下，在擁擠的人群中。
鬼蜘蛛一個接著一個。
遭蒙著面的山崎給個個擊破。
既然是靠行刺混飯吃的刺客，對殺人理應是習以為常。但再怎麼身手不凡的刺客，也從沒預想自己可能死在他人手裡，毫不自覺自己也可能遭人盯上。
——格殺勿論。
這回的確是毫無選擇。
一如山崎所言，不是人死，便是我亡——藏身小屋內監控一切時，又市的神經也甚是緊繃。
那一瞬間。
僅在人群中那一小角，山崎展現出騰騰殺氣。只見他緊貼敵軀，迅雷不及掩耳地將之撞向路旁死角，鬼蜘蛛便斷了氣。
思及至此，又市不由得起了一身雞皮疙瘩。

這山崎寅之助——的確是武藝高強。別說是一聲哀號，連個呼吸都來不及，兇徒便已魂歸西天。

事畢，再由巳之八與角助迅速藏起屍骸。

解決了三名後，對手方驚覺情況生變。

對手戒心一起，山崎便摘下臉上的面具。

這夥人見過山崎的長相。

這也在算計之內。畢竟半年前曾有衝突，對手應也料到損料屋將行報復。

山崎刻意暴露自己容貌，自人群中抽身。

剩下的兩名敵手立刻追了上去。

也不知——是否算得上是追上去。

事實上，鬼蜘蛛是給誘出來的。山崎逃進的小巷內——

早有玉泉坊鎮守其中。

至於玉泉坊是如何擺平兩名兇徒，又市就沒瞧見了。

反正既不想瞧見人行殺戮，亦不願瞧見人如何斷氣。

再者，無動坂的身手，又市也老早見識過。

兩人沒再現身。

就這麼死了。

想來著實催人作嘔。

雖說是惡徒，但這五人依又市所設的局，況且在又市眼前殞命。

不，老實說，是慘遭殺害。

不不，該說是在又市安排下慘遭殺害。

雖是假他人之手，但和自己親手殺人沒什麼不同。

滿手血腥的鬼蜘蛛，的確是為錢害命、不可饒恕的兇賊。但，即便如此……

——若非事出倉促……

結局想必不至於如此淒慘。即便鬼蜘蛛武藝多高強，生性多殘暴，應不乏其他法子因應才是。

山崎直言別想太多，這番規勸也的確不無道理，但又市總感覺有哪兒過意不去。即便遭人以天真貶之、以幼稚斥之，又市總認為該設計個不至於有任何人賠上性命的局才是。

——然而，人還是殺了。

在黑繪馬上寫下他人名字的傢伙，想必也和又市是同樣心情。雖未親手染血，但被害人仍是因一己的意志而死，心中當然不是滋味。除非能找出個噤口吞聲、將一切忘得一乾二淨的法子度日，否則註定終生折騰。別說是出於自責還是良心不安什麼的，折騰就是折騰。

若是常人，理應如此，又市心想。

——不過。

別忘了也有祇右衛門般的惡棍。

祇右衛門脅迫身分低賤者供其差遣，用畢便如螻蟻般一把捻死。無須玷污一己之手，便為圖不法之利奪走多條人命。
——絲毫不將人命當一回事。
因為他是個妖怪？
不。
正因如此，他才是個妖怪。
瞧你這神情，嚴肅得跟什麼似的，文作說道。
「這小夥子來到江戶後，都是這副德行。瞧你一臉心事重重的，難不成是給嚇傻了？」
林藏揶揄道。文作則是兩眼緊盯又市說道：
「姓林的，快別這麼說。京都與江戶情況迥異，行事當然是謹慎為要。否則，小命可要不保。」
可是擔心稻荷坂的事兒？文作低聲問道。
有什麼好擔心的？林藏高聲說道：
「咱們根本沒留下半點兒插手的證據。知道咱們長相的鬼蜘蛛，不全都命絕了？委託這樁差事的一文字狸，和你也沒半點兒關係。更何況這一文字屋仁藏可不是什麼泛泛之輩，哪可能漏半點兒口風？」
事情可沒這麼容易——又市心想。
「姓林的，你想得未免太天真了。」
「哼。阿又，別以為假正經有多了不起。管你心裡是悲是怒，命該絕時終究是死。我還寧願

笑著死哩。總而言之，若要說這椿差事有哪兒露了馬腳——」
還不就那身粗糙的行頭？林藏繼續嘲諷道：
「那東西究竟是熊還是山豬？難不成是猿猴？」
那是狒狒，又市回答：
「原本是長耳那臭老頭為岩見重太郎（註32）打狒狒的戲碼縫製的。這回不過是在臉上下點功夫，將之改成了山地乳。事出倉促，粗糙點兒也是無可奈何。你就甭再數落了好不好？」
話畢，又市擰起一把草，朝林藏擲去。
「我可數落什麼了？那行頭可是要比那些個紙糊玩具要高明多了。既有毛束，又有爪子。不過，用在戲臺上或許還能湊合——但一般人看了，可會以為是真的？」
想必只有傻子採信，林藏回擲一把草說道：
「我也不認為那同心把這當真。」
「志方大人質疑也無妨，反正此人本就不信神佛。正因他也不信那黑繪馬真有法力，我才設下了這麼個局。連黑繪馬都不信了，哪可能認為真有什麼山地乳？」
沒錯。那行頭——不過是為了收服對黑繪馬深信不疑——或至少半信半疑的多數人等。
原來不過是個餘興？林藏回道：

註32：即豐臣秀吉、秀賴門下之武將薄田兼相。曾以岩見重太郎之名討伐山賊，民間亦流傳其曾斬殺不少妖魔鬼怪。於大坂夏之陣時戰死。

「將鬼蜘蛛給擺平，不就萬事太平了？刺客不在了，那官差大人也不會在三日內喪命，證明那黑繪馬的法力不過是個騙局。可說，功德圓滿。」

這……

「這可不夠。」

「不夠？我可沒看出有哪兒不夠。」

「你這腦袋還真不靈光。這下全天下都知道那黑繪馬不過是個騙局，你想結果會怎麼著？」

「不就完滿落幕了？」

「落幕？才剛開始哩。」

「什麼才剛開始？」

「你想想，若根本沒什麼神佛法力，人不就是凡人殺的？如此一來，便非得揪出真兇不可。既有四十人遇害，總不能放任真兇逍遙法外——否則奉行的腦袋，只怕也要不保。」

「奉行的死活與咱們何干？」

「哪可能無干？你這賣吉祥貨的腦袋還真是簡單呀。人頭都要落地了，奉行哪可能不吭聲？為挽回奉行所的威信，總得大舉查緝真兇。截至今日，黑繪馬一案之所以沒被詳加調查，乃因原本被視為迷信。即便寫名祈願者主動投案，也無從將之擒捕。但一旦證明是常人犯案，官府便得緝捕真兇了。」

「話是如此沒錯。」

「當然沒錯。那麼，真兇會是些什麼人？鬼蜘蛛——全教咱們給送上了西天。如此一來……

……」

真兇就成了供祇右衛門差遣的賤民。是不是？文作答道：

「犯案者既是門外漢，雖距案發已有一段時日，只要稍事調查，總查得出些蛛絲馬跡。只要有一人伏法，便不難接連揪出其他共犯。若犯案的是無身分者，想必也有不少人樂於密告——或許就連毫不相干的罪責，也要給賴到他們頭上。如此一來，不就形同針對非人與無宿人的大舉迫害？」

「噢。」

這下林藏終於乖乖閉上了嘴。

「稻荷坂的盤算，便是一有閃失，就供出這些個卒子，乘機圖個全身而退。或許為了平息奉行所的怒氣，還打算刻意供出真兇哩。這些卒子一旦落入官府手中，可就是百口莫辯了。」

畢竟，人真是自己殺的。

這不等同於教他們白白送死？

「因此，咱們非得讓人以為真有法力神威不可。得讓全天下以為這些殺戮非人類所為，根本沒什麼真兇才成。」

對方若是祭出神佛。

不祭出個妖怪何來勝算？

世間雖無鬼神——

但非得裝神弄鬼——方得圓滿收拾。

山地乳可是逮不著的，文作笑道。

「山地乳？呿。」

林藏粗魯地攤直雙腿說道：

「這我正想問哩。」

這山地乳，究竟是什麼玩意兒？林藏一臉不悅地問道。

「何必在乎？倒是這山地乳，可是文作這臭老頭兒想出的點子。」

「山地乳是老夫家鄉的妖物。反正那祠堂祭祀的是山神，奪命的不就是山中的老神仙什麼的了——？」

沒錯。就憑文作這一句話，又市便完成了這回的布局。

那山地乳，是長耳扮的。

這回的局，其實甚是簡單。

首先，於庭院中戒備的兩名捕方，正是又市與仲藏。

由於圍觀人潮湧現，亟需遣人至屋外維持秩序早是顯而易見。何況官舍本有不分晝夜的嚴密哨戒，不難想見人手將嚴重不足。

因此，又市一行人事前便略事張羅。

負責擒凶的捕方——依理應為與力同心。但町方緝凶時，多委由萬三這類岡引或小廝負責便已足夠。由於幾乎遇不上須大舉動員的大規模緝捕，奉行所也不是常時坐擁大批小廝，因而這類小廝，多半是遇事才臨時招募的雇員。

將鬼蜘蛛消滅殆盡後，又市與仲藏立刻變裝成捕方潛入官舍。潛入後，便以又市最擅長的舌燦蓮花，取代了原本於庭院內戒備的捕方。

仲藏所造的狒狒戲服並非紙紮的，而是在布料上貼以毛皮，可疊成小小一塊。即便如此，藏匿懷中還是稍嫌顯眼。幸好仲藏本就生得一副擎天巨軀，看來不至於太不自然。

時間一到，埋伏庭院中的兩人便悄悄卸下遮雨板，潛入官舍。反正負責戒備者正是自己，潛入也耗不上多少功夫。一抵達緣側，仲藏便迅速換上了山地乳的戲服。先將卸下的遮雨板擱在一旁，再拉開拉門進入寢室。在負責戒備的同心與萬三一行人眼前佯裝吸取志方的寢息後，立刻走回緣側，闔上拉門。

並迅速地褪下戲服。

當聽見醒來的志方一喊——

仲藏與止將庭院內遮雨板裝回原位的又市便佯裝踢開遮雨板破門而入，並將拉門給拉開。

不過是一場短短的小戲法。

既然是負責戒備的兩人自個兒扮的戲，便不可能有任何外人窺見真相。只要宣稱一切均無異狀，這妖怪便形同在屋中倏然現身，在屋中倏然消失。

根本是騙娃兒的把戲，林藏嘲諷道。

又市何嘗不是同感。

「正是為了以騙娃兒的把戲唬弄成人，才得扮妖怪裝神弄鬼一番呀。只有娃兒相信有妖怪，但這招若沒騙過成人，只怕要小命不保。一被察覺是人扮的，長耳可就要被當場砍死了。」

「哪有什麼好怕的？長耳那臭老頭無須打扮，就是個妖怪了。」
林藏揶揄道。
「不過，那愛宕萬三不是直吹噓妖怪有足足八尺高？那臭老頭個頭真有這麼大？」
「要扮戲，當然得刻意扮得大些。」
相傳長耳出身於梨園（註33）。
「燈火也起了點作用。只要跨在燈籠上，影子便能大得直達天花板。此外，也能藉些動作讓身影看來更巨大些。雖然我僅隔著遮雨板朝拉門的門縫窺探，但長耳把戲給演得——還真是鬼氣逼人。尤其那身扮相如此駭人，看在被嚇著的人眼裡更是益發逼真。畢竟房內一片黝暗，露臉也就那麼一眨眼功夫——不出多久便像陣煙似的，倏地消失得無影無蹤。至少那姓多門的同心是信以為真了。」
接下來，就輪到棠庵上場了。
一如往常，棠庵還是沒說半句謊言。
僅將流傳於諸國的山怪故事作一番詳述。
其中一些傳說還真是貼切呀，文作語帶佩服地感歎道：
「吸人寢息、遭吸者死、遇人目擊則長命百歲，這些都是有依有據的吧？那位先生見多識廣，可真幫了咱們大忙哩。」
「沒錯，是幫了大忙。」
還真是托他的福。

緣切堂黑繪馬的祈願奪命，就在他一番言語下，成了山怪闖入人里肆虐的結果。

並非神佛，而是妖怪。

至少是給了個說得通的解釋。這就成了。

「妖怪這種東西，林藏，和神明不同，並不為人所膜拜。模樣雖然駭人，其實沒什麼好怕，因其可加以驅之、滅之。那祇右衛門——絕不是什麼妖怪。真正的妖怪……」

是該像咱們這麼利用的，又市說道。

「有道理。總之，碰巧這回的兇手是餐風露宿者、無身分者、或山民。這些人本就祭祀山神。如此這般——算是有個完滿的收拾了。」

雖仍稍嫌牽強。

「那座祠堂，據說要給遷移到鄰近的寺廟內了。大家似乎是認為，正因長年閒置，才會發生這種怪事。如此一來，這山地乳便無法再度為惡。畢竟一納入寺社奉行的管轄之下，外人便不得再設立黑繪馬什麼的了。」

不過。

唉，往後棘手的事兒還多著呢，文作說道：

「祇右衛門依然逍遙法外。雖已將鬼蜘蛛鏟除殆盡，但依然沒抓著敵手的尾巴。噢，誠如林藏所言，截至目前——咱們也還沒露出尾巴，但阿又的憂慮，也不是毫無道理。或許論扮戲，對

註33：泛指戲班子。亦指歌舞伎演員的圈子。

手想必比咱們更高明，這場戲，或許早教對方看出了馬腳。總而言之，今後凡事謹慎為要。」

這陣子就先避避風頭，文作說道：

「我已告知阿甲夫人，大坂那隻老狐狸也不是省油的燈，照子隨時都放亮著。今後若有任何需要，咱們立刻趕來幫忙。」

「若是殺戮，可就免了。」

我也同意，林藏說道：

「我可不想丟了這條小命。人間的樂子還多著哩。」

這就會佳人去，林藏豎起小指說道。

接著便起身拍拍身上的枯草，吩咐文作代自己向那隻老狐狸問好，削掛販子林藏便快步跑上土堤，消失得無影無蹤。

「他找著姑娘了？」

「沒錯。那傻子和一個曾當過竊賊——名叫阿睦的母夜叉勾搭上了。真不知那婆娘有哪兒好——」

又市還真是不解。

「那傢伙還真是色迷心竅。」

「呵呵，這就是林藏可愛之處呀。」

「在京都，不也是敗在姑娘手上？」

「為了助這敗在姑娘手上的傢伙脫身，鬧得連自個兒都暴露身分，無法在大坂混下去的大好人，不正是你？」

而這也正是你的可愛之處呀，又作笑道：

「想不到這麼個好人流落到江戶，竟然成了個靠妖怪裝神弄鬼的戲子。」

少給我囉唆——又市嘀咕道。

舊鼠

遠昔大和志貴曾有一鼠，
其毛有赤黑白三色，
常捕貓而食。
華夷考中亦載有一貓王，
可嚙鼠數十匹。
果然不分貓鼠，
凡成精皆可畏也。
（後略）

繪本百物語・桃山人夜化卷第貳／第拾陸

【壹】

御行！御行！

遠方傳來陣陣孩童的呼喊。秋季分明已告尾聲，卻見一男子快步而行，一身單薄白單衣隨風飄逸。五六孩童不住呼喊，緊隨其後。隨著陣陣響亮鈴聲，漸漸遠離。

看來可真快活，又市說道：

「那傢伙是什麼人？穿得如此單薄，難道不怕受寒？」

那人是個御行，久瀨棠庵答道。

「御行？這字眼聽來可真荒唐。且那些小鬼頭為何在那兒直嚷嚷？難不成那傢伙是個賣糖的？」

「是個賣紙札的。」

「賣紙札的？可是賭場的札？」

「不不，御行所販售者非歌留多（註1），而是護符，靠挨家挨戶兜售辟邪紙符維生，亦可說是祈願和尚。」

還真是吵人的和尚呀，又市說道。雖沒仔細打量，但聽棠庵這麼一說，這才想起似乎沒瞧見

註1：日本傳統紙牌遊戲所用的牌。牌上印有和歌。競技者用的牌僅印下句，須按讀牌者所讀的上句，尋找對應之紙牌。

他結有髮髻。或許是腦門用什麼給裹住了吧。

「不過——怎麼有一夥小鬼頭追在這賣辟邪紙札的傢伙後頭？難道他作弄了這些小鬼頭還是什麼的？」

棠庵以女人般尖銳的嗓音大笑道：

「御行本應任讓孩童追趕。給追急了，就朝孩童們拋紙札，故總能引來想討紙札的孩童緊隨其後。」

「小鬼頭哪希罕什麼紙札？紙札上頭印的不是權現（註2）、荒神（註3），就是防祝融、消災厄什麼的，看了就教人心煩，哪會有人想討？」

不不，棠庵再度揮手否定道：

「孩童想討的，乃印有圖畫之紙札。其上所繪大抵是些天神、妖怪、與滑稽戲繪一類。」

「妖怪？」

「沒錯，妖怪。諸如見越入道、轆轤首、一目小僧等等。」

「噢。」

雙六也是印有妖怪者最受歡迎。無關流行與否，凡屬此類，大抵都不愁碰不著買家。不過又市也沒多認真營商，這感觸其實有點兒模糊就是。

「難道是強逼小鬼頭們買這些個妖怪紙札？這不是形同騙娃兒的錢？」

小娃兒哪有什麼錢？年邁的本草學者笑著回道：

「那是為了招徠客人。一聽見娃兒們大呼小叫，人人便知今年御行又再度造訪，可上前換張新札什麼的。區區幾個子兒，便可購得一紙色彩鮮豔之辟邪護符，御行便是靠此手法營生。售出護符時，還會唱一句文言咒語——」

棠庵以右手結了個印，湊向鼻頭繼續說道：

「——御行奉為。因此，人方以御行稱之。」

這生意做得可真是拖泥帶水呀，又市在緣台（註4）坐正身子說道：

「還不如強逼人買下乾脆。與其哄騙小鬼頭，自個兒邊走邊喊護符、護符的，不就得了？況且穿得如此單薄，走在路上難道不怕受寒？」

話說得倒有理，這御行似乎來早了，棠庵蹭了蹭光滑無鬚的下巴說道：

「天候未寒，距年末尚有一段時日。眼下仍是秋日哩。」

「當然仍是秋日。霜月才剛到，師走（註5）還早著呢。」

「通常得等到天將入冬，御行才會現身。」

「天將入冬還穿得如此單薄？幹這行的都是傻子麼？」

「如今，御行已十分少見，或許也不再講究這習俗。噢——將軍。」

棠庵說著，將指頭伸向棋子兒。且慢且慢，又市制止道：

註2：日本用於神明之稱號，指佛教神佛為普渡眾生，而假藉日本神明的姿勢現身之意。

註3：為人帶來災禍或不幸的邪神。

註4：放置於庭院內，供休憩或乘涼用的細長座椅。多為木、竹製。

註5：即年關。

「不是輪到我了？」

「不，輪到老夫。先生方才以步取金，騰出了角道——」

「噢。」

對御行的好奇，教又市分了心。

「因此老夫得以將先生一軍。要不要讓個一手？」

「算了，我認輸就是，反正也不稀罕那麼點錢。可還真是不甘心哪，教那御行和尚給害得一場也沒贏。唉，只怪自己棋藝不精。」

又市已連輸了五場棋。

「老頭兒，我和姓林的交手時可厲害著，但為何總是贏不了你？」

「乃因先生生性虎頭蛇尾使然。雖懂得洞察先機，亦懂得運籌帷幄，但一到最後關頭，總是少了膽識。」

我？少了膽識？又市將棋子拋回盒裡說道：

「我哪可能少了膽識？」

「或許是老夫這形容欠妥。不該說少了膽識，而是少了氣勢。先生沒打算贏，沒打算用盡千方百計、不擇手段地贏，是客套，是敦厚抑或是逞強，先生的心，老夫無從猜透。倘若方才先生向老夫解釋都是那御行害先生分心、下錯了棋——老夫也可退個一步，不將先生的軍。若先生改將隔鄰的步朝前一移，老夫可就要無計可施了。」

原本又市的確有如此盤算。

「棋局掌握得既快且深，收尾卻輕忽草率——」

小心這性子哪天可能教先生小命不保，棠庵說道。

呿，又市不屑地應了一聲。

今日打一大清早下棋至今。昨日也是如此。

絲毫提不起勁幹任何活兒。雖然損料差事的酬勞得以供自己好一陣子衣食無虞，但也不是因衣食無虞而懶得幹活，純粹是提不起勁兒。但雖什麼活兒也沒幹，一抹不安卻總在又市心中揮之不去。

春日裡那場山地乳的局賺了百兩。過了夏日，又賺得五十兩。然手頭雖寬裕卻找不到地方花，掙得的銀兩都原封不動地存了下來。打從在閻魔屋當幫手算起，至今已存了近二百兩。區區一介雙六販子，一輩子也賺不到如此巨款，又市已形同掙得了好幾輩子的份兒。

掙得這麼多，又有何用？——又市喃喃自語道。

瞧先生說得可真豁達，老人神情古怪地望向又市說道。

「老頭兒，你掙的不也和我一樣多？瞧你一副老骨頭乾癟癟的，錢能花哪兒去？」

「用之於蒐購書卷。此外，藥材亦是價格不斐，若無銀兩，便無從調製良藥。」

「原來老頭兒——錢是這麼花的。」

棠庵名目上是個本草學者，但亦深諳醫術藥理，不僅常為人診治，對調藥之術更是精通。據說棠庵調的藥，要比大夫開的藥更具療效。

不過，這好心老頭絕非行醫斂財的密醫，看診其實形同施捨。其診治者皆為請不起大夫的貧

民，且棠庵幾乎是分文不收。

開立處方，調製良藥，再無償地施予貧民。

托本年收入甚豐之福，棠庵說道：

「老夫方得以治癒幾名罹患疑難雜症之病患。畢竟南蠻與和蘭陀（註6）之藥材，即便能入手，亦屬不法。無盤商經手之藥材，價格亦屬不斐。話雖如此，吾等得以累積如此鉅額之酬勞——實則意味兇災厄事是何等頻繁。」

沒錯。

這些酬勞，皆是代人善後災厄的損料。

又市心中的不安，即源於此。

「去年生意的確沒這麼好。」

「長年來——都沒這麼好。往昔的酬勞，都不過幾個子兒。即便是代阿甲夫人行事，酬勞也多為一分二分、五文十文，若有個一兩，便堪稱可觀。再者，老夫所從事者——」

棠庵朝額頭上戳個兩下說道：

「——多為動腦的差事。既毋須如仲藏先生四處奔走，亦不似山崎先生得出生入死。僅貢獻一己所知，實不值多少銀兩。故老夫對如此微薄收入，亦是甘之如飴。然而……」

「今年卻多了點兒？」

又市總感覺社稷並不安寧。

的確沒出什麼大事兒。地震、歉收，災厄雖源源不絕，然天下尚堪稱太平。不過，犯罪的確是與日俱增。入屋行竊、當街搶奪、綁票勒索、攔路斬殺日益頻繁，就連自身番（註7）也被迫雇用臨時的夜回（註8）以自保。

蒙受損失者，亦是為數甚眾。

而在這些損失的背後，又市都瞥見了一個人的影子。

稻荷坂祇右衛門——

一個被喚作妖怪的魔頭。

打從在春日裡黑繪馬事件中知悉此人的存在後，又市不僅在許多場合中聽到這名號，也親眼見識到許多弱者對這魔頭是何其畏懼。切勿與其有任何瓜葛，已是眾人一致的見解。即使被迫與其交手，閻魔屋一夥人面對祇右衛門時也是極其慎重，不僅得極力避免露臉，甚至露出一丁點兒狐狸尾巴也不成。

——長此以往可不成。

又市總認為僅能如此應對，實在過於含糊。

偷天換日、美人色誘、設局矇騙、順手牽羊、喬裝行竊、乃至醉漢互毆——再微不足道的小事，在又市眼中皆似有蹊蹺。就又市看來——一切惡事背後，似乎均可窺見祇右衛門隱身其中。

註6：南蠻指自印度或東南亞來航貿易的西班牙、葡萄牙等國，和蘭陀則指荷蘭，又作和蘭、阿蘭陀。

註7：江戶、大坂等大都市中，設於各町內的民間警備單位。原本多由地主管理，後逐漸由百姓掌管。

註8：負責夜間巡邏警戒防範火災者。

同夥林藏，總是嘲諷又市過度多疑。

林藏認為，一個連奉行所、火盜改均無法擒拿的大魔頭，豈可能在意這等蠅頭小利，這看法的確不無道理。事實上，南北兩町奉行所及火付盜賊改方——雖說是逐漸一點一滴地——對祇右衛門的傳言已有所聽聞，似乎自今夏過後便已開始著手查辦。又市曾耳聞，官府已將祇右衛門這藐視國法的萬惡之首視為盜賊頭目，或密謀叛亂、顛覆幕府的謀反兇徒。

又市深知實情並非如此。

祇右衛門並無分毫顛覆天下之意，反而是改朝換代更教他困擾。這傢伙最擅長的——便是利用現今天下之缺陷賺取甜頭。對祇右衛門而言，今之國法反而最適合藏身。

正因如此，祇右衛門的蹤跡才會如此難以掌握。

之所以無從擒拿，既非因其位高權重，亦非因其黨羽眾多，實因其行蹤至難掌握。

因此——

才教又市認為就連醉漢相爭，似乎也與其有所關聯。

日前——谷中之岡場所一家大吳服商之繼任者，與一酒後爛醉的無宿人起了爭執而遭毆打，因碰巧傷及要害當場不治。事發後，兇手當場就逮，並旋遭斬處。不過……

繼任者一死，吳服商一家便開始為家業爭奪不休。不巧的是——吳服屋之店東，此時又病重危篤。一場糾紛過後，終於決定由店東之弟繼承家業，前繼任者之後妻與其子，則在遭莫須有的誹謗後，被逐出家門。

這回的差事，便是代其彌補損失。

雖無意爭取家產，然而一個子兒也沒得著又慘遭放逐，悽惻堪憐，莫此為甚。此後妻之子，乃前繼任者所親生，依理，本該由這孩兒繼承家業才是。

眼見如此，林藏便設局自店家盜取五百兩，交予此後妻。

有了這筆鉅款，母子倆應可生活無虞。

損料為全額之一成共五十兩。由於多少幫了點忙，又市也分得了二兩。

眾人認為這樁差事——與祇右衛門毫不相干，看來也的確是如此。然而……

果真毫無關係？這難道不是為奪取家業而精心策劃的戲碼？眼見繼任者死亡時機如此湊巧，又市猜測這應非偶然。

繼任者死於一無宿人之手。

兇手於事發後當場就逮，毫未抗辯便唯唯諾諾遭正法斬處。既已有了交代，眾人對此也不以為意——

然此無宿人仍有一妻。又市前去探訪時，其所寄宿之長屋竟已空無一人。常人想必以為，其夫既犯下殺人大罪，此妻應是難耐眾人指點，乘夜遁逃。

又市原本也是如此推論。

不過，這對無宿人夫妻似乎在谷中一事發生前，便已遷出長屋。

況且，隔鄰之妻亦表示，無宿人之妻近日將遷離江戶。

豈可能輕易遷離？若是如又市、林藏般的不法之徒，或許另當別論，但區區一介無宿人，又帶著娃兒，哪可能隨心所欲地跨越朱引？若是仍潛身江戶某處，尚不難理解，但絕無可能輕易遷至外地謀生。
除非是——身懷相當程度的盤纏，又有人引領。
然此類人等，何來盤纏？
據傳這家子積欠的房租已達年餘，過的想必是難能飽餐的日子。該無宿人不僅無業，又壞了身子，豈有可能豪飲至爛醉？何況也不可能有上岡場所的閒錢，哪可能與大商家的少東起爭執？
該不會是，以保證妻小生活無虞為代價——
出賣了自己這條命吧？
據傳，這兇手伏法時甚是順從。圍觀者議論紛紛，或許是爭執時雖曾起勃然怒火，然畢竟犯下殺人重罪，嚇得他無膽造次。然又市聽在耳裡，卻不作如是想，怎麼看都像是早已有此覺悟。
少東實乃遭人設計謀害——
又市如此判斷。
但繼承家業的店東之弟與兇手之間，卻找不出任何牽連。不僅如此，兇手與少東之間，亦不見任何關聯。依常理——即便有人以犯後伏法為前提，也不至於傻到殺害素昧平生者。這回的兇手與吳服商毫無關係，且犯行後立刻遭到官府治罪。由此二點看來——谷中一案與爭奪家業應是無關。
不過。
若有祇右衛門介入，情況可就不同了。
這兇手，會不會是受祇右衛門指使，被迫犯下殺人重罪？

祇右衛門這魔頭最擅長的把戲，就是利用無身分、不受社稷庇護者犯案，且用完即棄。以赤貧的無宿人充當卒子謀財害命，對其而言根本是家常便飯。

稻荷坂祇右衛門視無宿人、野非人如道具，命其殺害他人並順從償命——應非難事。

若是如此——

閻魔屋這回又與祇右衛門狹路相逢了。不，即便是其他差事，其實也不乏疑點。不分大事小事，只要有任何內幕，祇右衛門便可能悄然蟄伏其間。

總之，其蹤至難察覺。

也正是因此，又市才會在這不平靜的世間，無時無刻不懷疑似有這麼個妖怪藏身其中。這教又市甚感不安。

先生可是厭煩了？棠庵問道。

「厭煩——為何事厭煩？」

「難道不感覺損料差事變得日益沉重？」

「老頭兒為何這麼說？我不過是——」

「從先生的處事之道便不難看出，先生不是卒子，而是棋手。」

「棋手——？」

沒錯，老人將棋盤挪開緣台，繼續說道：

「先生莫認為老夫是老王賣瓜，但老夫的確是頭腦明晰。然雖頭腦明晰，仍不過是個卒子。仲藏先生、山崎先生亦是如此。仲藏先生乃一手藝精湛之工匠，山崎先生則不僅是個武藝高強的俠客，還度量寬宏、處世圓融。然此二人，亦不擅長指揮調度。至於先生，雖一無所長，卻是個長於指揮調度的棋手。」

「一無所長？這話說得可真難聽。」

「難道不是一無所長？手無縛雞之力，腦無八斗之才，手既不靈巧，身也不敏捷，跑起來還沒有巳之八先生快。」

話是沒錯——又市回答。這的確是事實。

「然而，先生雖無才學，卻有智慧。又市先生，世間最聰慧者，便是懂得辨識孰最聰慧，最高強者，便是懂得辨識孰最高強。孰知如何不戰而勝者必能不敗，既不以戰論勝敗，又如何能敗？」

「那麼，老頭子，你自己又是如何？」

老夫早已老朽如枯木，棠庵回道。

「老朽如枯木是看得出來。但你不也是不以戰論勝敗？」

「老夫的確懂得避而不戰，但僅救得了自己。」

「僅救得了自己？」

「老夫不與人起爭執。但——已無餘力消弭他人之爭。」

阿甲夫人之所以邀來先生，正是為此——

話畢，堂庵面露一抹微笑。

「夫人還嫌我天真哩。」

「若非天真，哪照顧得了人？總之，先生的負擔，較僅堪充任卒子的吾等沉重得多。」

「所以才說沉重麼——」

又市抬起頭，仰望遼闊天際。

原本想說些什麼，但只見棠庵哎喲哎喲地喊著，以罕見的敏捷動作站起身來。這自稱盡可能避免行動，以避免消耗體力導致空腹的老人，平時的動作總是十分緩慢。

少爺，這不是少爺麼？棠庵扯著嗓門不住喊道。

這放聲大喊，也是同樣罕見。

又市隨棠庵的視線望去，看見一名年約十七八，相貌古怪的小伙子有氣無力地朝這頭跑來。從那怪異的姿態看來，平日應是不習慣快跑。只見這小伙子在大街上停下腳步，環視四下，似乎沒聽出喊聲打哪兒傳來。

少爺怎麼了？同樣不習慣步行的棠庵再次喊道，以同樣古怪的姿勢朝他走去。這下小伙子方才發現是誰叫住了自己。看來的確是個遲鈍的慢郎中。

「噢？原來是棠庵先生。」

小伙子應了一聲，回過頭來。只見他一張臉生得稚氣未脫，原本以為約有十七八歲，這下看來或許更為年少。他身披黑色小袖，腳穿裁著袴，腦門上則結著總髮。

「初次瞧見少爺快步奔走，亟欲一探究竟，不禁叫住了少爺。若少爺有要事在身，老夫在此致歉——」

棠庵滔滔不絕地說著，只見這小伙子跑向老人身旁，詢問是否曾見一御行打此處走過。

「確有一御行走過。」

「走向哪一頭了？」

看來這小伙子正在找那剛走過的御行。只見棠庵向他問了些什麼，小伙子急促地回了一句，接著便朝棠庵所指的方向跑去。一臉驚訝地望著他的背影遠去後，這老朽如枯木的老頭兒才以一如往常的緩慢腳步走回緣台。

「這小伙子是何許人？」

「乃京橋一蠟燭盤商之三代少東。」

「是個商人？可瞧那身打扮，活像個大夫或卜卦師——看來不似什麼正經人。」

的確不是個正經人，棠庵開懷笑道：

「是個古怪的小伙子。那蠟燭盤商之前店東，乃一帶點兒書卷氣的好學之士，藏書可謂汗牛充棟。家中建有一小屋，屋內滿是和書漢籍。老夫與此前店東頗為熟稔，不時為借閱書卷造訪其邸。」

比你藏得還多？又市問道。多個好幾倍，棠庵回答。

「聽來可真驚人。」

棠庵的居處，都已教藏書給淹沒了。

「而這三代少東，對營商毫無興趣，只愛閱覽其祖父之藏書。每回前去造訪，店東皆委託老夫代為訓斥，但老夫自己都是這副德行，何來資格說服這小伙子？」

「的確沒資格。」

你們倆根本是一丘之貉，又市說道。確是一丘之貉，棠庵回道：

「故老夫之規勸，自然是註定無效。唉，這小伙子生性青澀，不嗜吃喝嫖賭，說正直的確是正直，但若任其繼承家業，生駒屋勢將關門大吉。」

「果然是富不過三代。聽來——這傢伙可真是個名副其實的敗家子。」

「確是個敗家子。再怎麼看，也絕非是塊經商的料兒。且還像個不解人情的娃兒，竟想向方才路過的御行討紙札。」

討護符麼？又市問道。是討妖怪紙札，棠庵回答。

「妖怪紙札？可是娃兒們喜歡的那種？」

「沒錯。正是那些個印有妖怪圖樣的紙札。唉，這小伙子，的確如非人的妖怪般不解人情。據說那紙札上頭印有罕見的畫，似乎是連黃表紙（註9）也難見著的妖怪。少東表示自己已蒐得五枚，亟欲蒐盡所有種類。」

「什麼？」

又市驚嘆道：

「竟想討這種東西？又不是五六歲的娃兒。」

「的確令人驚訝。少東表示，手中已蒐得的繪札計有，噢，茄子婆、六道踊、靄船、一文字

註9：一種自江戶中期開始流行的繪本，採插畫、小說交雜的形式，內容多為以誇張的幽默諷刺世事俗事。後發展成「合卷」，傳承至明治初期。

狸、無動寺谷之妖（註10）——」

「什麼？」

這些豈不是——？

比叡山七不可思議，是不是？棠庵說道：

「老夫亦告知少東，這些乃比叡山七不可思議。少東聞言，表示依此看來尚有其他二枚，便於告辭後飛也似的跑了去。」

倒是——棠庵兩眼直視著又市問道：

「曾於京都照顧過先生的恩人——似乎也叫一文字狸？」

「沒錯。我的頭兒正是一文字狸。同夥中既有茄子婆，也有六道踊，而林藏的名號便是靄船。上回前來江戶的玉泉坊，便是以無動寺谷之妖取的名。那化身成妖的和尚，就叫玉泉坊。」

原來先生在京都的同黨，盡是叡山妖物呀，棠庵讚嘆道。

一文字屋仁藏，是統領京都不法之徒的大頭目。不知本是有意無意，也不知是刻意召集、還是大夥兒自個兒湊過來的，如此說來，大夥的確個個是叡山妖物。

「總之，若那御行所持繪札真印有比叡山七不可思議，那麼未蒐得的，就只剩東塔敲鐘的一眼一腳法師，及灑水淨身的女亡者了。噢——」

不不，棠庵蹭著下巴繼續說道：

「還少了橫川之龍。無動寺谷之妖——並不在比叡山七不可思議之列。」

「是麼？」

「至少老夫是如此認為。無動寺谷之妖並非怪談，而是往昔傳說，敘述的乃是遠昔當地曾有妖物出沒。噢，如此說來，橫川之龍亦屬昔日傳說，其餘的方為至今依然出沒的妖物，因此，才以不可思議稱之。」

如此說來。

那些紙札上印的並非這七不可思議。難不成……

「那御行——」

又市起身說道：

「老頭兒，你方才說，那御行——來得太早了？」

「沒錯。至少早了半個月。依規矩，御行應於入冬過後現身。不過，可有哪裡可疑——？」

倘若紙札上印的並非這七不可思議——

那麼繪札所指，不就是一文字狸徒黨這一夥兒了？

若是如此——在江戶並無幾人知曉這謎底，除了又市與林藏，幾可說已無他人。那御行……

——難道是個信差？

會是大坂差來的信差麼？一個一文字屋仁藏為了向又市一夥兒告知些什麼，而遣來的使者？

倘若真是如此，此事似乎不宜直接同閻魔屋商談。

若真是如此——

註10：京都比叡山相傳有七大不可思議之事，此處所列皆屬其中。

——難道又是一樁與祇右衛門有關的差事？

除此之外，別無可能。自春日裡那樁差事至今，一文字狸想必依然在思索擊敗祇右衛門的對策。仁藏心思謹慎縝密，即便差遣手下暗地裡監視祇右衛門的一舉一動，亦不足為奇。若真是如此……

或許已掌握到了什麼。

至於會是什麼——

想必——也與閻魔屋一夥兒有關。但欲通報——

——又基於某個理由，而無法接近閻魔屋。

「先生在思索什麼？」

「噢？這——」

應是祇右衛門的事兒吧？棠庵低聲說道。

又市並未回答，僅是默默不語。

棠庵再度坐回緣台，遠眺大街，接著唐突地說出了這麼一句：

「相傳，世間有一貓王。」

「那是什麼東西？」

「即貓中之王。噢，先生只消當個故事聽聽便可。據傳，此貓王棲息於肥後阿蘇一帶一座名曰根子岳之山中。其樣貌眾說紛紜，有云其軀碩大如鹿，亦有云其尾長達八尺。」

「貓哪能生得如此巨大？」

「反正，這僅是個傳說。該地之貓——噢，亦有一云稱該國之貓，總之，為討此貓王歡心而登此山之貓，可謂絡繹不絕。貓之所以登此山，乃因達一定年齡，便須上山事奉貓王，亦有云乃為上山修行，以期修成貓精。尚有云——不僅止於貓，鼠亦在朝拜者之列。」

「鼠？難道不怕被吃了？」

「正是為被吃而去的。」

「自願去送死？」

「沒錯。據傳，每日均有大批鼠群前赴——並死於此貓王棲息之處。曾有書卷記載，群鼠自願赴死，屍骸堆積如山。聽來，群鼠甚是愚蠢。即便是天敵之王，亦無須自願赴死。是不是？」

那還用說，又市回道。

「若是為此貓王所襲而放棄求生，尚且不難理解。眼見對手為天敵之王，敵我之力如此懸殊，當然僅存認命受死一途——這江戶人應是不難體會。然自願赴死，便是難以理解了。」

「當然是難以理解。但我就連你腦袋裡想些什麼也難以理解。這究竟是個什麼比喻？」

「老夫一聽到祇右衛門的事兒，便想起這貓王之說。」

棠庵說道：

「雖不知這祇右衛門究竟是如何神通廣大，但總感覺——弱者們也有如朝貢一般，自願前去受死。」

「哪是自願的？他們可是被迫供他差遣的。」

真是如此？棠庵面帶不安地質疑道。

「難道不是？」

「威脅、暴力尚不足以束縛人。若不賞點兒甜頭，人心終將背離。依老夫所見——供祇右衛門差遣的弱者，似有某方面希冀祇右衛門的幫助。若非如此，應無可能心甘情願任其擺布到如此地步。莫忘有些時候，祇右衛門甚至強逼這些人去送死。」

「真是如此？不就是給逼得走投無路罷了？別忘了這些人……」

盡是弱者，棠庵把又市的話接下去說道：

沒錯，盡是既無立場、亦無身分，更身無分文的弱者。

「貓強，鼠弱。但俗話有云，窮鼠亦可噬貓。若是給逼上絕路，鼠也可能反噬。即便是貓，遭這麼一咬也得負傷。先生說是不是？」

「聽不出有哪兒不對。」

「然而，即使給逼上了絕路，這些人卻無一反噬。再怎麼看——祇右衛門這隻貓，對鼠輩反噬似乎早有防範。至於眾鼠輩，似乎也出於某種理由無法反噬。」

「什麼理由？」

「這……」

就不得而知了，棠庵蹭了蹭下巴答道。

鼠增長極快，沉默了半晌，棠庵才又開口說道：

「即便每日均有為數甚眾的群鼠上山，自願獻身供貓王吞食——尚有眾多同類於野地村里間繁衍生息，其數不至減少。不過，倘若貓王一聲令下，命全國貓群大舉前往野地村里獵捕鼠輩

——結果會是如何？」

「會是如何？」

「鼠輩或許因此滅種。故此，老夫方才所提的故事——或許是個為保護全體鼠輩之安泰，須犧牲部分同類之寓言。若不如此解釋，道理便說不通。因有鼠自願犧牲，野地村里間的同類方能永保存命——或許對登山赴死的群鼠而言是個損失，但對鼠輩全體而言——」

「可就是個賺頭了？」

棠庵點了點頭。

「想必就是如此。」

「自願獻身的鼠——」

僅有遭噬一途。

「這——哪是什麼賺頭？」

又市說道：

「或許正如老頭兒所言，世間確有此類須有部分犧牲，方能損得兩平之事。然以一丁點兒零頭小利便要取人性命，可就超出限度了。為討好輪誠而奉上貢品尚能理解，然送上性命可得不到任何好處。即便丟的是他人的命，凡有人送命，便是損失。」

此外——又市兩眼直視棠庵說道：

「貓的確強過鼠。然這並不表示貓優於鼠。」

沒錯，棠庵朝緣台一拍，說道：

「貓強過鼠卻不優於鼠，此乃真理是也。先生的過人之處——便是懂得發掘此類道理。」

「此言何意？」

既有貓王，亦有鼠王，老人一臉嚴肅地說道：

「年久成精之鼠，亦能噬貓。既有危害人間之妖鼠，亦有襲貓噬食之鼠精。」

「看來鼠並不輸貓？」

「亦非如此。不過是，雖為鼠，亦無道理須虔敬待貓。世間並無此鐵則。然鼠輩卻忘了這個道理。若群鼠須向貓王輸誠，群貓亦應向鼠王輸誠。鼠輩一旦想通雙方應對等相待——」

便無須唯唯諾諾赴死。

「意即——既然自己人給吃了，就該吃回去？」

沒錯，棠庵再度頷首說道：

「誠如先生所言，拋棄性命，本就是一無所得。持續供貓王噬食，自是永無止盡之損失。但若遭噬便要反噬，便淪為兩相殘殺，對雙方更是有害無利。」

的確有理。

倒是，又市先生，棠庵一臉嚴肅地說道：

「這舊鼠——並不僅是捕貓食之的強大鼠輩，有時，亦哺育幼貓。」

「鼠會哺育幼貓？」

「以乳育五貓——相傳芭蕉（註11）之弟子曾良曾於出羽聽聞此事。據傳芭蕉聞言後，又以亦有貓哺育鼠輩之事回之。年久成精不僅力增，亦能長智。故有時也可能相互哺育天敵之裔。由此可見，強者噬弱並非恆常。」

「意即——噬或遭噬，均有因可循——是不是？」

「沒錯。無宿人、野非人之所以不反噬，必是有因。或許代表，祇右衛門已備有計策因應此類反噬。只需揭穿其計，解消此因——鼠亦有可能噬貓。不，該說必將反噬。但至於這是否為解決之策，老夫認為，即便貓王與舊鼠相噬，亦是無濟於事。不，甚至可能導致不僅是貓，鼠亦將盡數滅絕。最使老夫憂慮者即此境況也。故此，被譏為天真的先生，或許能——」

少抬舉我，又市說道。

也是，棠庵笑道：

「總而言之，貓鼠之關係無從改變。無論如何，貓仍將捕鼠為食。不過，這並不表示貓尊鼠卑，兩者不過是以此尊卑之序共存。若因厭貓而將貓滅絕，亦無濟於事。貓雖捕鼠，行之過當仍將遭反噬——此為最佳平衡。誠如先生所言，損得均衡，確有達成之可能。」

惜目前之均衡，或許有失公允，棠庵繼續說道：

「貓王坐鎮山中，目光炯炯，故即便窮鼠亦無膽噬貓。不僅如此，還為討貓王歡心而群集上山，接連喪命。不過……」

棠庵先是左右環視一番，接著才繼續說道：

「老夫並不認為，貓王真的存在。」

註11：松尾芭蕉（西元一六四四～一六九四年），為日本江戶時代前期的一位俳句詩人，被譽為日本「俳聖」。

「並不存在？」

不都說此事當個故事聽聽無妨？老人說道：

「又市先生。我國既無山貓，亦無猛虎，並無堪稱大貓之獸類棲息。貓即便是年久成精，亦無可能有多巨大。不論是阿蘇抑或出羽，均無巨貓存在。」

「的確如此，但——」

——這老頭兒究竟想說些什麼？

「不過，鼠輩完全無從確認其是否存在。而雖未查證，既聽聞其存在之說，便心生畏懼，方自願上山赴死。誠如先生所言，這的確是白白犧牲，但似乎有著某些非如此不可的理由，故也無從杜絕。只是不論此說是虛是實，世間應無貓王，即便存在，亦不過是隻貓而已。若能將這點告知群鼠——至少便無須再有同類白白犧牲。先生說是不是？」

「話是沒錯——」

「況且，亦應告知鼠亦能噬貓。即便不常發生，雙方本就有如此均衡。此話可對？」

一點也沒錯。

「然而——這該怎麼做？該如何才能……？」

鼠輩心生畏懼，乃因無從窺得貓王真貌使然，棠庵說道：

「只消循線查出鼠輩無從反噬之因——或許便能使貓王原形畢露。」

讓祇右衛門原形畢露——

「老夫認為——倘能揭露其真貌，便可以計制之。」

「真貌——」

「先生平日常言——凡事均可能毋須犧牲人命，便得以收拾。天真反而是好事兒。唯有天真之人，方能不計強弱、尊卑，亦知身分、立場、血緣什麼的……」

盡是狗屁，棠庵罕見地口吐粗言總結道。

「有道理。」

老夫竟說了粗話，老翁說道：

「真是有失士大夫身段。慚愧呀，慚愧。」

我這就告辭了，又市望向低頭的棠庵，唐突地說道。

「先生上哪去？」

「我也想向那御行討幾張妖怪紙札。」

噢，棠庵驚訝地抬起頭來，一張皺紋滿布的臉為之扭曲。

「老頭子，林藏若是來了——可否代我轉告那御行的妖怪紙札一事？此外，若有事上閻魔屋，務必警告大總管留心自身安危。」

老夫會代為轉達，棠庵回道。

這是又市聽到久瀨棠庵所說的最後一句話。

【貳】

原來你人在這兒呀，又市，自橋樑間探出頭來的削掛販子林藏說道。

你又上哪去了？又市反問道。林藏以敏捷身手跨過欄杆，手抓橋緣躍至橋下，迅速走向又市所藏身的破舟。

「不過是四處走走。」

「四處走走？瞧你這是在賣什麼關子？可去找過棠庵那老頭子？」

「找過。還不是為了找你。不過——他人不在。」

「什麼？那老頭子不在？」

「沒錯。見他門也沒關，窗也沒闔，我便進屋內等候半刻，但見他遲遲不歸，我也就待不住了——」

難道老頭子他——

去過閻魔屋麼？又市問道。沒去，林藏旋即回答：

「應該說，去不得。」

「去不得——？」

又市——林藏低聲說道：

「看來果然教你給料中了。」

「料中了什麼？」

林藏別開頭，手佇著布滿青苔的石牆回道：

「就是上回吳服屋那件事兒。看來那果然不是樁普通的爭執。總感覺——我似乎教人給跟蹤了。」

「什麼？你這混帳東西。」

甭操心，已教我給甩開了，林藏抬起頭，改以急促的口吻說道：

「但千萬別走進閻魔屋。看來——情況有些不對勁。」

「不對勁？你這傢伙，叫人別接近，自己卻去了？」

「我僅躲在遠處窺探。那兒檯面上的生意頗為興隆，今兒個卻連一個客人也沒有。你不覺得不對勁？」

的確不對勁。

辰五郎與阿縞也都不見人影，林藏繼續說道：

「看得我直覺苗頭不對，所以即使都到了淺草，也沒去拜訪長耳那老傢伙，就連烏見大爺也聯繫不上，這下只得試著找你——你又是如何？該不會也是嗅到苗頭不對，才且躲且逃吧？」

「我在找一個御行。」

那是什麼東西——林藏驚訝地回過頭來問道。看來他也沒聽說過這門行業。

可說是一種四處遊蕩的和尚罷，又市答道。

「原來是乞丐。你找這種人做什麼？」

「雖無證據，但這御行——似乎是大坂那隻老狐狸差來找咱們的。」
老狐狸？林藏瞠目驚呼：
「仁藏老大找咱們做什麼？」
我哪知道？又市粗魯地回答道：
「但那御行怎麼也找不著，也不知究竟是遊蕩到哪兒去了。原本還納悶那老狐狸直接找咱們不就得了，何必繞這麼大圈子——但見如今這情況，想必也是逼不得已吧。」
由此可見，形勢的確不妙。
看來是和祇右衛門有關，林藏喃喃說道。
「這還無從判明。」
「否則那隻老狐狸哪會有所行動？正因如此……」
話及至此，林藏又閉上了嘴。
「我曾叫棠庵那老頭子上閻魔屋一趟，或許是到那兒去了——」
不對。若是門也沒關，窗也沒闔，想必他已——
看來辰五郎與阿縞已慘遭不測，又市說道。
「慘遭不測——難、難道是教誰給殺了？」
「不無可能。」
喂，阿又——林藏突然朝又市肩頭猛然一抓。
「你這是做什麼？」

「真的麼？真的教人給殺了？喂，這是怎麼回事？難道有誰把大夥兒都給殺了？」

我哪知道？又市怒喊，使勁甩開了林藏的手。

「你這是在慌個什麼勁兒？早就該知道這對手有多不好惹。是誰老在嘲笑我想太多、膽子太小、又蠢又笨來著？喂，姓林的，上回那樁差事可是你籌劃的，當時信誓旦旦地保證無須憂心的又是誰來著？不就是你自己麼？同夥是不是遭到了什麼不測，我還想向你打聽哩。」

好好，我知錯了，林藏怒喊道：

「正因知錯了——這下才著急呀。」

「焦急？如今後悔也於事無補，該想想如何因應才成。」

這我當然知道。林藏氣得再次別過身去。

破舟在水上晃了一晃。

「我說阿又呀。」

「又怎了？你不大對勁哩，林藏。」

「阿睦她——」

阿睦她也不見蹤影哩。林藏喃喃說道。

「阿睦也不見蹤影？」

又市驚呼道：

「喂，都這種時候了，你還給我兒女情長？難不成你們小倆口吵架了？」

哪有什麼架好吵？林藏有氣無力地回答道。

「怎麼了？或許那醜巴怪大概又喝醉了，大白天就睡得毫無知覺。反正這下太陽都要下山，想必她也差不多要出來露個臉了。」

「絕無可能。在長屋也沒找著她，所有她可能現身的地方，我都找過一回了。」

「那麼，或許是躲哪兒逍遙去了。說不定是色誘了哪個大爺員外，或是撿到了大筆銀兩——」

不對，林藏低聲打斷了又市的胡言亂語。

「傻子，是哪兒不對了？你這傢伙——究竟是哪根筋不對頭了？阿睦和咱們的差事八竿子打不著，和閻魔屋也毫無關係，就連閻魔屋的布簾都沒鑽進去過哩。」

不對，林藏再次否定道：

「我曾邀阿睦參與過——吳服屋那回的局。」

「邀她參與過——？」

「當、當然沒向她告知原因。那姑娘對咱們的目的渾然不知，就連損料屋的事兒也沒讓她知道，當然也不知自己扮的是什麼樣的角色。因此我才……」

你這傻子，又市厲聲怒斥道：

「可知道你幹了什麼傻事？」

「我不過是——生怕自己隻身進入吳服屋過於突兀，以為找個女人家作伴較不引人側目，才邀她一同進了店裡。」

「阿睦就這麼露了臉？」

沒錯。話畢，林藏喪氣地垂下了頭，朝舟上一蹲。

破舟再次晃動。

又市望向船頭。

只見黝暗的水面也隨之晃動。

「阿睦她——」

或許也同樣慘遭不測，林藏以微弱到幾乎聽不見的嗓音說道。

不都說還不知道了？又市益發耐不住性子地怒斥道。

「又市呀，我又犯了同樣的錯。對不？」

「給我閉嘴。少給我嘮嘮叨叨的。」

對麼？又市，林藏高聲喊道：

「我是不是又害死了一個自己鍾意的姑娘？是不是呀，又市？」

「別再嚷嚷了好不好？」

又市將腐朽的纜繩一把拋入河中。

拋得雖帶勁，卻沒在水上濺起多大聲響。只見纜繩迅速沒入水中。

「我可是真心的。」

林藏開始喃喃自語：

「唉——起初是沒多認真，也沒什麼打算。但阿又呀，或許鈍得像顆石頭的你從未察覺，其實阿睦她——」

對你可是一片痴心哪。

——這是哪壺不開提哪壺？

「唉。雖然你開口閉口罵人家醜巴怪、母夜叉，阿睦她可是個癡情的姑娘呀。不過是傻了點兒罷了。阿又，她對你真是一片痴心哪。」

河面泛起一陣粼粼波光。

明月自暗雲間露出臉來，但旋即又為烏雲所吞噬。

「至於我——說實在是沒多認真。不過那姑娘眼裡僅容得下你一個。之所以願意和我作伴，也僅是看在你我是朋友的份上。這我一直很清楚，不過，原本也沒多在意。孰料不知不覺間，竟開始不服氣了起來。唉，說老實話……」

我是喜歡上她了。

真心喜歡上她了，林藏再次說道。

「又一個自己真心喜歡上的姑娘——就這麼，就這麼教我給害死了。我這個混帳，竟然又重蹈覆轍……」

「林藏。」

又市取下包覆頭上的包巾說道：

「你——就別再窮嚷嚷了。阿睦對我是什麼感覺——其實我自己也清楚。」

「什麼？」

林藏自後頭狠狠瞪向又市。

「我一直都很清楚。你都和我合夥幹活幾年了？豈可能不知道我是靠度量他人心思耍嘴皮子餬口的？哪可能傻到看不出一個姑娘對自己動情？」

「明、明知如此，你卻……」

你這狼心狗肺的混帳東西，林藏咬牙切齒地罵道。

「林藏，男歡女愛這等事兒，你哪來資格同我說教？」

又市朝進水的底板使勁一踩，兩眼直瞪著林藏說道：

「給我聽好。雖不知你是抱著什麼樣的心境在江湖上廝混，但總想想咱們是什麼。咱們是無宿人，既無保人，亦無戶口，更何況你我還是惡名昭彰的不法之徒。稍有閃失，腦袋就得在落地後被擱個三尺高。咱們不就是這種貨色？而這下──瞧你這副德行，難不成還打算討老婆、生孩子，扮個正經百姓過生活？」

「無宿人、非人又如何？不也有些有妻小？」

「當然有。若你也找個無宿人共結連理，我可沒打算干涉。但──」

又市朝林藏緩緩轉過身來。

「你可知道阿睦是什麼出身？」

「出──出身？」

「雖然她逃離老家，吊兒郎當地在江戶靠偷拐搶騙混日子──但她原本可是川越一個大戶人家的千金哩。不，別說原本，即便現在仍是個大千金，可不是個下三濫的無宿人。她有保人，名字也載於戶口帳上。只要願意返鄉，隨時都能過起衣食無缺的好日子。只消嫁作人婦，耕點兒田

再生個娃兒——輕輕鬆鬆便可安穩度日。」

這下你清楚了沒有？又市先是狠狠逼問，接著又繼續說道：

「林藏，管你是色迷心竅還是怎的，可別以為自己有資格高攀人家。迷戀人家，成天巴著人家不放，你這是教她如何是好？難道以為如此就能和人家長相廝守？」

難不成以為自己能讓人家過上好日子——？

林藏用手撐著額頭。

「我沒辦法。我死都辦不到？瞧我現在這副慘相——窩在橋下的破舟上，接下來是生是死都難料。當初就是料到會落到這等下場才會……」

才會——

阿又，你可真是窩囊，林藏怒斥道。

「這些——難道還不成理由？」

你這不是逞強、在裝模作樣麼？林藏咒罵道：

「你也裝得太過頭了。這不是窩囊是什麼？迷戀人家哪還需要什麼理由？不論你怎麼說，阿睦對你這個雙六販子——」

完全是一片痴心哪。

話畢，林藏垂下了視線。

「正如同我對她。」

唉，對不住。林藏先是低聲道了個歉。

接著又面帶失落地鼓著面頰笑了起來：

「瞧我都給忘了。同你混了好些年，竟然忘了你生性就好逞強。」

「我哪兒逞強了？」

「也罷。或許阿睦她──一直清楚你是如何設想的。而瞧瞧我，根本是個滑稽的丑角，任誰見了，只怕都要笑掉大牙。」

甭顧忌，嘲笑我吧，林藏說道。

幾乎已要泣不成聲。

「這回──又欠了你一個人情。」

「我可沒賞你什麼人情。」

「還得算上在京都時欠了你的。」

「我沒打算討舊債。」

「這回──我又出了個大岔子。」

我竟然將阿睦給害死了──林藏說道。

「也還不知她究竟是生是死，別淨說些喪氣話成不成？」

「不，阿睦她想必已經……」

給我閉嘴，又市怒斥道：

「為一個尚未確認的臆測哭天喊地的，你丟不丟人？若她沒事兒，就無須在這兒乾著急。若真遭不測，就更沒必要窮嚷嚷了。任你再怎麼急，也不能讓死人復生。」

「這——這我自個兒也清楚。但……」
這畢竟是我犯的過，話畢，林藏垂下了頭。
「沒錯，林藏，是你犯的過。你是個傻子，全天下最傻的傻子。若是套用你罵人的口吻——該罵你蠢得像條豬。」
聞言，林藏一聲也沒吭。
「喂，林藏——盡快離開江戶。」
「你、你說什麼？阿睦她還……」
「阿睦的事兒就交給我。」
又市一把揪起林藏的衣襟說道：
「人若還活著，我就救她。若是死了——可就什麼也做不成了。總之，無論她是生是死，都給我死了這條心，且立刻頭也不回地給我離開江戶，回京都去。」
「你、你這是在說什麼？又市，這未免——」
「別再嚷嚷，快給我走。就你說的聽來，閻魔屋想必也撐不了多久了。這下就連長耳和烏見大爺都是生死未卜，篤定還活著的，就只剩下咱們倆了。」
「沒、沒錯。正是因此，你隻身在此哪使得上什麼力？更何況阿、阿睦她……」
都叫你給我死心了，話畢，又市將林藏一把拋開。
破舟劇烈搖晃，濺得林藏一臉水花。
「不都說過若還活著我就救她？救著了自然會助她脫身。不過，倘若阿睦真的死了，你的確

是難辭其咎。但林藏，你也甭再口口聲聲堅持收拾自己留下的爛攤子，如今已不是逞英雄的時候了。給我聽好，倘若阿睦真的死了——就給我好好懺悔一番。若你的確對她鍾情，就給我後悔一輩子。這都是你應得的報應。就連我……」

——就連我，又何嘗不難過？

霎時間，一陣微微的脂粉味自又市鼻頭掠過。

當然，這不過是個錯覺。橋下僅有陣陣溼冷的河風吹拂而過。

知道了，林藏先是蹙眉沉默了半晌，接著才開口說道：

「但、但是，又市，你接下來——有何打算？」

「當然是對付祇右衛門。這可不是報復，也不是損料差事，我對私人恩怨可沒半點兒希罕。這是我自己的差事，是我這小股潛——」

——小股潛。

第一個如此稱呼又市的，就是阿睦。

是我小股潛又市的第一樁差事，又市說道。

「但，又市——難道你已有什麼盤算？」

「這你無須過問。給我聽好，無論如何，你都給我好好活下去。若將小命給丟了，我可不饒你，就算你被打入十八層地獄，我也要追去同你算帳。平安抵達京都後，告訴一文字屋仁藏，稻荷坂祇右衛門就交給我又市來收拾。頭兒從前已支付過我太多酬勞，我這小股潛這回就不收分毫——倒是……」

若我有個什麼三長兩短，往後就有勞頭兒收拾了——

「記住了沒有？」

「三長兩短？又市，你……」

「當然不會有什麼三長兩短，這條爛命我還想好好留著。去吧，快給我上路。」

還不快滾？又市朝底板使勁一踏。

半浮半沉地倚在岩石邊的小舟劇烈晃動，將又市濺得渾身溼透。

同樣被濺得溼漉漉的林藏緩緩起身。

「又市。」

「別再給我嘮嘮叨叨的。咱們江戶人可沒什麼好性子。」

「什麼江戶人？你根本是武州人。」

話畢，林藏跳上土堤，一溜煙地爬向石牆上。

月光在他身後探出了頭，林藏霎時被映照成一抹黑影。

又市抬起頭來。

逃離京都時，也是在如此夜晚。當時你背後挨了一刀，你那姑娘給人從肩劈到了腰。姑娘都斷氣了，你卻仍死命揹著她——

那夜，我可辛苦了。

你雖說我是個好逞強的窩囊廢。

但我可從沒在你眼前落過一滴淚。

而你，卻每回都哭得稀哩嘩啦的。你說自己丟不丟人？

——林藏，是不是？

「你也給我好好活下去。」

拋下這短短一句，靄船林藏便轉過身子，飛也似地奔上橋頭。

就這麼頭也不回地逃離了江戶。

【參】

當天，南町奉行所定町迴同心志方兵吾甚是忙碌。

平日，志方對町方同心這職銜與職務並無任何不滿，但當日可就厭惡難耐了。不僅案發處擁擠不堪，還得被迫仔細端詳這種東西——教他巴不得賣了自己的同心身分。

志方站在麴町自身番屋的白砂上。

身旁站著岡引愛宕萬三、下引龜吉與千太、小廝、以及番屋的大家、店番（註12）和番太（註13）。木門外則擠滿了看熱鬧的人群。

全都是為了——一睹這種東西。

註12：為番屋之長大家的下屬。通常番屋採五人編制，大家下有二店番，其下又有兩名雇員。

註13：江戶時代負責維持城內治安之低階夜警。主要工作為取締及逮捕遊民、監獄或刑場雜務、與協助處刑等。

任何事都比不過爭相目睹這種東西更為不敬。不，該說任何想看這種東西的人，本身的人格就教人起疑。難道世風業已敗壞到如此地步？

思及至此，志方再也按捺不住滿腔怒火，喝令龜吉與小廝即刻將看熱鬧的人群盡數驅離。此景當然教人動怒。不發頓脾氣怎麼成？

緊接著，又差了個信使趕赴奉行所求援。此事絕非志方一人所能處置。

抬頭仰望。

一如多數自身番屋，此處亦建有望樓。

然而，望樓四方——

卻掛有四具死屍。

死屍俱已發黑，雙腳遭人以粗繩捆綁，自望樓四角倒懸而下。

死狀之淒慘，實難名狀。

「是今晨發現的。」

萬三說道。

「今晨——？這可就離奇了。自身番屋四時皆有人留守，不分晝夜，當時番太理應在場，亦有遣人巡守。如此看來，昨夜似有怠忽職守之嫌。」

絕無此事，大家回道：

「昨夜巡守亦一如往常，絲毫未有懈怠。」

「若是如此，何以無人及時發現？有人攀上房頂，本當有所警覺。何況不僅是攀上，還懸掛了死屍。且不僅是一具，竟多達四具。若有人留守屋內，豈有毫末察覺之理？大家瞧瞧，死屍並非懸於人跡罕至之深山野地，而是番所望樓之下。勿忘此處乃自身番屋，乃是為維護町內治安而設。」

是，大家短促應了一聲，旋即又低頭跪下了身子。

「怎了？難不成真有懈怠？」

「絕、絕無此事。昨夜，不，直至今晨，皆有捕快留守此處，亦有人巡視屋外。孰料……這……唉，竟然——」

竟然無人察覺——大家再度下跪致歉。

「倒是。」

萬三開口打岔道：

「深夜——約丑時三刻（註14）時，曾有人於此處木門外互毆。是不是？」

是，番太誠惶誠恐地回答道。

「由於實在過於嘈雜，大夥兒便外出察看。只見四五名一身髒汙的醉漢正打得不可開交。雖說不過是互毆，但如此深夜，總不能任其滋事擾民。依常規——應將其強押至板間盤問，但礙於人數眾多亂了手腳，就這麼教他們給逃了。是不是？」

番太再次畏縮地繃緊身子。

註14：丑刻相當於今之凌晨一點至三點。丑三刻指丑刻進行至四分之三時，即約今之凌晨兩點半。

「只能眼睜睜看著那夥人作鳥獸散。畢竟，總不能為了追捕傾巢而出，放任番所無人看守。那麼，想必就是……」

死屍就是那段時間給掛上的？志方問道。是，眾人異口同聲回答。

「也僅能如此推測。誠如大人所言，若人都在屋內，豈可能沒察覺？」

「但——」

這可不是樁簡單的差事。

「唉。只能說——教人給乘虛而入了。孰能料到，有人膽敢將死屍掛在番所的屋頂上？大人辦案心切，小的不是不能理解，或許聽來像是狡辯——但大人千萬別再責怪大夥兒了。」

「住嘴。萬三，這可是對官府最惡意的騷、騷擾，不，已形同謀、謀反，簡直就是踐踏王法。」

這小的也清楚，萬三誠惶誠恐地回道：

「若不儘快逮捕真兇，勢將有損奉行所顏面。不，較這更是嚴重。此等惡行——萬萬不可寬貸。」

就連小的也給激得滿腔怒火哩，萬三語帶忿恨、咬牙切齒地說道。

「嗯——」

眼見萬三這副神情，志方多少冷靜了下來。

任誰見了，都要認為如此暴行不可饒恕。

可查證過這四人的身分了？志方問道：

「查過。右乃新富町長吉長屋的鳶職（註15）辰五郎，其後乃根津片町之當舖濱田屋之僕傭阿縞，左乃根岸町損料商號閻魔屋之小廝巳之八。正中央的，則是受雇於這條小巷彎過去那頭一家名曰伊勢屋之小館子的阿睦。這姑娘——小的也認得。」

「你認得——？」

「是。」

志方心中一陣沉痛。

原本不過是無名死屍，聽到名字，才想起這幾人原本也是血肉之軀。

「這阿睦，據說不久前還在深川一帶幹扒手。原為川越農家之女，因町內有親戚為其擔保，方得於此寄居——不知是去年還是前年，也不知契機為何，突然與原本的狐群狗黨斷了往來，就此金盆洗手，認真幹活。雖說不上體態有多標緻——但也是個人見人愛的可人兒。」

「夠了。」

再聽下去，心中只會更難捱。

「這四人有何關聯？」

毫無關聯，萬三立刻答道。

「毫無關聯——？」

「是。或許是未經查證——但再怎麼想，也應是毫無關聯。不僅年齡各不相同，行業也毫不

註15：以高處作業維生的建築工人，火災時協助拆除房屋以防延燒。亦不時受邀於節慶祭典中表演特技，以娛觀客。

相干。」

鳶職、當舖、損料屋，就行業來看，四人生前也應無往來。

「可有家人？」

「辰五郎從未成家，又是個打零工的鳶職。」

「打零工的——鳶職？不是町火消的人伕？」

「並不是——雖不知其打火時都幹些什麼樣的活兒，但僅限於人手不足時充當人伕，且遊走於眾組之間，並不隸屬於特定頭目。至於阿縞，雖年已二十有八，仍是小姑獨處，雙親早已亡故。當舖老闆已是個高齡八十的老頭兒，店內大小事實際上均由阿縞代為打理。巳之八乃飛驒出身，似乎是赴閻魔屋習商的學徒。」

「似乎——難道無從確定？」

「是的。目前雖能確認身分，但尚未與商家之任何人詳談。畢竟事發至今僅一刻半。」

有道理。

或許，目前能判別身分，已屬佳績。

雖不願卒睹，志方仍抬頭仰望。

只見這名曰阿睦的姑娘正掛在上頭。

不，如今甚至難以看出，這具屍首生前是個姑娘。

「著實令人髮指。」

「的確是——天理難容。」

是否該將屍首卸下？萬三問道。
雖然巴不得盡快將之卸下——
「得再稍後一陣。死後仍遭曝屍受辱縱然堪憐——然而或許仍得供其他同儕詳加查驗。如此殘虐不仁之惡行——必得以王法制之。想必不出多久，便將有同儕前來。」
志方雖這麼說，但依然不敢進入番屋。
畢竟上有屍首，誰願在其下啜茶？
果不其然，旋即有持大刀之小廝隨行的與力一騎、筆頭同心笹野、以及多門與鈴木兩名同心趕至現場。幸好已事先將看熱鬧的人群全數驅離，眾人得以謹慎卸下屍首，進行一場破天荒的自身番屋內查驗。
四具屍首被並置於番屋板間內。
看來，四人乃遭凌虐致死。
雖不見刀傷，但每具屍首上均清晰可見施暴痕跡。
志方再也按捺不住，逕自步出了番屋。與這夥同心湊在一起，也辦不了事兒。
萬三緊追其後喊道：
「請大人留步。」
接著便一臉罕見的凝重神情，邀志方走向屋後的柳樹下。
「怎麼了？難道——還有什麼機密可稟報？」
「是的。大人可知——二三日前，多處均曾發現屍首？」

「不可胡言。」

「不——此話保證屬實。光是小的親耳聽見的，便有五件。據說死者均為無宿人或野非人之流——雖知人命無貴賤之分，但似乎正因死者身分低賤，未受任何重視。」

豈有此理？志方說道：

「不論身分為何，兇案畢竟是兇案，城內出現屍首，豈有放任不管之理？」

「大人，大義名分可不是處處管用。」

萬三打斷志方的話說道：

「大人為人處事光明正大，小的比誰都要清楚。深知大人為信為義，甚至不惜赴湯蹈火。大人生性本是如此，小的此言絕非奉承。正是為此，小的即便力有未逮，亦深以輔佐大人為榮。故大人此番義憤，小的亦甚是贊同。不過，大人，世道並非如此。一如武士與百姓有別，身分亦是高低有別。大人說是不是？」

這——的確是如此。

「無須計較哪類人等較有權勢。同為武士，大名與隨處可見的御家人本是天差地別，而浪人就連衣食溫飽亦屬難求。而同是莊稼漢，富農坐擁萬貫家財，無農地的貧農可就苦了。商人亦是如此。可見行行業業各有高低貴賤，高者藐視低者，低者仇視高者，世間眾生就是如此度日的。市井百姓亦是同樣道理。每個行業均有自己的規矩。甚至——就連長吏猿飼抑或非人，亦有自己的規矩得守。」

「此類人等亦有高低之別——？但……」

「確有高低之別。或許常見其混雜於城內，看似無任何分別，然實有貴賤之分，亦有行規得依循。小的和大人受町方管轄，彼等則受彈左衛門大人、車老大（註16）、或加賀美太夫等。認為其無別，實形同藐視。原本並無藐視或受藐視之理。故此——小的認為，以其亦有貴賤之分視之，較為妥當。」

「但——」

大人想說的是，凡人均應一視同仁，是不是？萬三說道：

「沒錯，既生為人，本應無貴賤之分。但大人可要想想，咱們百姓並無切腹之責。武士蒙羞須切腹以明志，然小的這等百姓並不須為此自戕。由此可證——武士與百姓的確有別。制裁小的之法，不同於制裁大人之法。即便人名為惡，町方的大人亦不得將之繩之以法。大人能逮捕的，僅限於咱們百姓，同目付大人（註17）不得逮捕莊稼漢是同樣道理。」

「你言下之意是？」

「小的所指，乃不論大人如何公正，都無從改變世間規矩。總之，非人這稱呼本就不妥，雖稱非人，畢竟也是常人，只是並非百姓罷了。當然，長吏及猿飼也和咱們同樣是人，唯一差異，不過是少了百姓的身分。這本非蔑稱，不過是活在不同的規矩裡罷了。這回的兇案——乃發生於城內。」

註16：指車善七，為江戶時代負責管理淺草一帶非人的頭日，採世襲制。
註17：幕府派駐於大名、名門、或朝廷中，負責監視是否有謀反意圖的官員。

「噢。即便是長吏非人之犯行，若事發於城內，便屬町奉行所轄下。」

「是，這小的也清楚。除非是武士，凡於城內犯罪者，均得由奉行大人裁決。不過，這些長吏非人——並非兇手，而是遇害死者。」

志方一時答不上話來。

「人既已死，身分、名號便無從判明，亦不知該依何種規矩處置。姓名未載於戶口帳上者，便非百姓。同理，姓名未載於非人帳上者，便非非人。若江戶城內的四大非人頭目均稱不識，死者便是連非人也不是。大人說是不是？」

沒錯——的確是如此。

「除非世生巨變，使天下規矩悉遭撤廢，否則……」

「萬三。」

是，萬三誠惶誠恐地繼續說道：

「說這些聳聽危言，還請大人見諒。不過，除非天下真起巨變，否則只有無宿野非人為取締對象，抱非人（註18）則無被捕之虞。野非人見之必捕，遭捕後不是登錄為抱非人，便是遣送寄場（註19）或金山（註20）。這回遇害的——便是此類人等。」

「意即，對此類人等，無法作公平裁決？」

別說是裁決，萬三說道：

「小的認為——就連調查本身都有困難。不過，大人，小的倒是認為，本案——與那些個無宿人之死似有關聯。」

「什麼？」

「昨夜……」

萬三指向番屋木門說道：

「在木門外滋事者——絕非尋常百姓。」

「何以見得？」

雖說，身齷齪。

「何以見得非尋常百姓？單憑衣著尚不足為證，總得有些證明身分之——」

「大人，咱們當差，絕非僅跟在大人後頭四處遊蕩。勿忘所謂自身番，乃百姓為維持轄區內治安編制而成，番屋內亦保有戶口帳冊。轄區內之大小事，上至大家下至番太，均略有知悉。」

「這本官也知道。」

「是的，小的也無須於大人面前班門弄斧。番太曾言，滋事者均非熟面孔，且悉數未結髮髻——這大人可記得？」

「未結髮髻——」

「代表其均屬不結髮髻之身分。」

註18：指接受登記，並為非人頭所管理之合法非人。

註19：人足寄場之簡稱，為一七九〇年設於江戶石川島之遊民、輕度罪犯收容所。

註20：位於今新瀉縣佐渡島之金山。江戶時代後期曾有一千八百名遊民與罪犯被引渡至此強制勞動，主要負責排放低於海平面之礦坑內的大量積水。

「意即——兇手乃是非人？」

當然——萬三說道：

「況且，還非普通非人，而是野非人。」

「且慢。若非非人，應不至於未結髮髻。若尚未依非人制道（註21）遭捕，彼等便如你所言，應是毫無身分，既非百姓，亦非非人，僅能以無宿人視之。分劃並非如此清楚。」

是的，萬三彎低身子說道：

「故此，應是逃離小屋（註22）——亦即拋棄抱非人身分之逸非人（註23）。」

「逸非人？——真有此等身分？」

「想必是有。想必大人亦知悉，番屋亦時有非人身分者出入。捕快人伕不多由非人充任？若是抱非人，身分應不至於難以查明。」

的確是如此。

「不過，大人，小的方才亦曾言及，野非人若遭發現，便得就逮，絕無可能逍遙法外。逸非人則更是如此，一旦遭逮，便得受罰。更何況——這夥人還於深夜吵鬧滋事，況且還是於自身番門前。」

「難道——是調虎離山之計？這——」

志方抬頭望向望樓。

沒錯，萬三回道：

「這夥人佯裝滋事，將番太誘出番屋，其他同夥再乘隙將死屍掛上望樓，這應是毋庸置疑。」

佯裝吵鬧，不過是為懸掛死屍而施的障眼法。不過——這夥逸非人如此鋌而走險，所為何事？」

「所為何事……」

「難道是刻意犯上——意圖謀反？」

「不——」

雖曾言此舉已形同謀反，但志方自己亦不作此想。

「雖不知垂掛死屍者是否為野非人，但對彼等而言，於自身番前佯裝滋事較掛屍更是危險。即便如此——這夥人仍願鋌而走險。」

難道有祇右衛門在其後發號施令？萬三說道：

「若是奉祇右衛門之令——彼等當然不敢不從。」

「這——」

難不成……

真是這操弄無宿人的大魔頭？

「此說——不過是流言蜚語。官府公僕，切勿輕信此類無稽之談。」

「豈是無稽之談？小的聽聞，火盜改業已著手討伐祇右衛門哩。」

註21：非人有自我管理之義務，來自外地之野非人須依非人制道排除、逮補。遭捕者須被遣返原地，或受登記成抱非人，並加入當地非人組織接受管理。

註22：抱非人之法定居處。依法，抱非人須居於小屋，受非人小屋管理。

註23：逸為逃逸之意，無此階級，此處乃指出逃之非人。

「町奉行所亦有所行動。然而，並非對祇右衛門此一不知虛實之人物發令通緝，不過是對散播此無憑無據傳言之不法之徒加以取締而已。」

彈左衛門及車善七（註24），則已正式對稻荷坂祇右衛門提出訴狀。

取締野非人並將其登錄為抱非人之野非人制道，乃非人頭之責。就制度而言，非人頭為長吏頭彈左衛門所轄，彈左衛門役所則與奉行所維持密切關係。

在江戶，無宿人為數甚眾。

若不加以妥善管理，江戶之治安將無以維持。

若非以非人制道嚴加取締，將之登錄為非人，或歸為乞胸、願人（註25），就是依法逮捕無宿人，將之遣返回鄉或遣送寄場。無論手段為何，均需強行將之納入制度內，方可管束。

然而——

如今，逮捕已非易事。

無宿人的確與日俱增，但就捕者卻是有減無增。

相傳之所以如此，乃無宿人今有該冒名祇右衛門者統轄使然。此舉形同藐視王法，故宜加取締，以維法紀——此乃非人頭提訴之理由。

的確是藐視王法。

一如萬三所言，每一人均須被納入所屬身分，並依該身分之規矩行事。既屬某一身分，便有奉行其規之義務。然若不屬於任何身分，便不受此約束。話雖如此，缺乏身分其實甚難營生。但若有其他奧援，可能就另當別論了。

的確，或許真有意圖擺脫非人頭支配的不法之徒。如此一來，萬三所言及之逸非人便真有可能存在。此類傳言，有時恐有招徠惡事之虞。

不過……

那不過是無稽訛傳，志方說道：

「的確曾有個祇右衛門。但此人業已於五年前亡故。」

「業已亡故——大人此話當真？」

「不論世間如何訛傳，此人確已不在人世。萬三，此事萬萬不可張揚。稻荷坂祇右衛門，生前乃淺草新町公事宿世話役（註26），由於嚴重貪瀆為人揭露，遭彈左衛門通緝而遁逃。而後於柳橋某一料亭與捕快對峙，殺害其挾為人質之姑娘後——為町方所捕，依法裁定後遭官府斬首。」

「斬——斬首？」

聞言，萬三驚訝得兩眼圓睜。

「沒錯，遭斬首示眾。總而言之，祇右衛門確已亡故。雖未曾參與此案，但本官曾於北町輪值，曾見奉行所之調書清楚載有其姓名、身分、原籍。故可明言，祇右衛門業已不在人世。」

註24：見註16「車老大」。

註25：即願人坊主。江戶時代剃髮素服，挨戶行乞之偽僧。常徘徊市井，於自行許願、訴願後，開始向人乞討錢米。

註26：公事宿為江戶時期供訴訟者宿泊之處，並代為處理訴訟事宜，即今之代書，公事宿世話役為負責打理相關事務者。

「大人——此話當真？」
「當然當真。故此，時下若有任何人以祇右衛門自稱，且就連名號也相同，必是個假冒的騙徒。」
「不過是個騙徒？」
萬三一臉疑惑地說道：
「不過，事發至今也不過五年。當時小的已身為岡引了。」
「你任岡引至今已逾十載了吧。自本官仍為見習同心時，你便已值此勤務。」
「是的。不過——怎不記得曾有這麼回事兒？或許僅能怪小的孤陋寡聞——然而，若遭斬首至今不過五年，認識祇右衛門的應仍大有人在——況且這些傢伙應也知悉祇右衛門已遭斬首。哪可能輕易騙得了人？」
「處刑時，官府曾刻意隱瞞祇右衛門之姓名身分。」
沒錯，當時未有公表。高札（註27）、幡旗（註28）上頭，應是一個字兒也沒寫。
或許正因如此，志方說道。為何沒公表？萬三問道：
「何須刻意隱瞞？」
「乃因祇右衛門為彈左衛門之下屬——且乃遭通緝之罪人，恐有損彈左衛門與奉行兩方之顏面。故此，不得不謊稱遭梟首示眾者乃區區無名小卒。或許正因如此，方有祇右衛門尚在人世之說。本官推斷，如今正有人利用此一無稽之談為惡。」
真是這麼回事兒——？萬三雙手抱胸，喃喃自語道。

「不過，大人，即便真是冒名騙徒所為，如今真有傳言直指某人冒用祇右衛門之名，令無宿野非人四處肆虐為惡。不，依小的所見——這不僅是個傳言，雖未公表，實際上已造成極大禍害，百姓們可是個個嚇破了膽哩。不，不僅是百姓，就連非人、長吏，也全都給嚇得寢食難安。這可是不爭的事實。」

沒錯。

嚇得寢食難安——非人頭的訴狀上似乎就是這麼寫的。

雖然志方不解何須如此畏懼。

「禍害——指的是什麼樣的禍害？」

不勝枚舉，萬三說道：

「任何大人想像得到的都有。相傳——甚至挾人把柄要脅，迫人充當傀儡，代其為惡。」

「迫人充當傀儡？原來如此。」

藉恐嚇奴役他人。這豈不是比盜賊還卑劣？

至於今回這案子——萬三抬頭仰望望樓說道：

「小的認為，只不過是殺雞儆猴。」

「殺雞儆猴？」

註27：江戶時代高掛於行人往來的顯眼處，細數罪犯罪行等的布告。

註28：於軍陣、祭祀、儀式中豎立的日式旗幟。

「用意是昭告世人，惹著祇右衛門，便是如此下場。大人，於自身番之望樓垂掛死屍，確是藐視王法之舉——但僅身為武士的大人，才會如此認為。」

「難不成百姓見狀——」

會作不同感想？

「大人任職官府，須以執法為職志。而小的這等人，既是輔佐大人的下屬……」

亦是受王法保護的百姓。

「人須守法，法亦可護人。大人之職責，乃將盜賊或殺人兇徒悉數繩之以法，遇有窮人訴苦，亦須耐心傾聽。如此一來，百姓對大人便毫無抱怨，且滿懷敬愛之情。但這下子——」

萬三指向望樓說道：

「遭人如此侮辱——百姓見狀將作何感想？奉行所已不值得信賴，官府已無力護民。兇手如此鋪陳，用意似乎在此。」

想不到同一件事兒，看在武士及百姓眼裡竟是如此不同。

志方不覺陷入沉思。

「大人動怒是理所當然，畢竟此舉簡直是對官府的大膽挑釁。不過，就咱們看來，沒有任何事兒比這更駭人。對百姓而言，這根本形同脅迫。」

「如此說來——的確是殺雞儆猴。噢，且慢，但……」

又是針對誰殺雞儆猴？

「論其用意，或許僅為誇示一己實力？」

「不，小的並不如此認為。或許——該回頭想想日前發現的無宿人死骸。這些個遭人殺害的無宿人，或許正是祇右衛門的卒子。」

「什麼——？」

這點可是從沒想過。

「大人，小的想說的實為此事。或許——有誰向祇右衛門拔刀相向，決意不放任其為所欲為，便挺身而出，殺了他的卒子，惹得祇右衛門勃然大怒，因此——」

「且慢，萬三。如此說來，遭人掛在上頭的遇害者究竟是……」

志方望向番屋的木牆。遇害者——正躺在牆後。

小的也不知道，萬三說道：

「只不過，小的判斷並非挺身相向者。那鳶職先不用說，小的毫不認為損料屋小廝、當鋪女夥計、乃至阿睦能有這能耐。若祇右衛門真如傳言所述——或許習於拿對手的親人開刀。因此便遭人殺害對手之家人至親，以為報復——」

那麼，就真是殺雞儆猴了。

若是如此，死者之間毫無關聯，也是無可厚非。

不過，至今依然毫無確證，萬三低聲說道：

「誠如小的稍早所言，這僅為一己推論。只不過……」

「不，無須進一步詳述，本官也想通了。萬三，本官——多虧有你這麼個好下屬。即便這番推測有誤——你亦助本官發現武士之眼界何其狹隘，對本官而言已是獲益良多。不過，倘若你的推斷無誤，此事可就十分——」

可就十分棘手了。

「首先，證明的確有人冒用祇右衛門名號霸道橫行，亦證明有人不願姑息而挺身反擊。犯罪本就不可縱容，然被害人暗地報復亦須禁止。更何況對此反擊之報復——已淪為殘殺無辜，如此一來——茲事體大，豈不是猶如於官府無從察覺之處大開殺戒？」

依法依理，均不可縱放。

「是否——該儘速詳查眾無宿人屍首之身分？」

「當然。本官將儘速通報調查該案之同心。接下來——」

——或許得找出垂掛此處之死屍的家人至親。

「噢？」

萬三自志方身旁湊出了腦袋，朝木門那頭望去。

「大人，沒想到——」

閻魔屋的女掌櫃，這麼快就來收屍了，這岡引說道。

【肆】

一把將門推開，只見屋內一片狼藉。

此處是長耳仲藏位於淺草外圍的居處。土間內有雙嚴重磨耗卻大得嚇人的木屐，及一雙老舊的竹皮草履。木屐雖給踢翻了，竹皮草履倒是依然擺放整齊。

紙門已是滿目瘡痍。看來像是先給踢倒，又被踩破的。土間的水缸也破了，幸好水勺依然完好，又市掬起勺底餘水，啜飲一口。

又市鞋也沒脫，便踏入了屋內。

長耳居所其實是個工房，屋內雖寬敞，卻毫無隔間。

工具、繪筆、顏料散亂一地。看似材料的竹子與木材也撒了一地。灰燼自破裂的火缽傾瀉而出，在榻榻米上疊成了一座小山，火鉗更是倒刺在榻榻米上頭。屋內物品悉遭毀壞，無一完好。

感覺四下無人。

長耳他——

——難道也教人給殺了？

「人不在。」

噢，突然傳來這麼一聲將又市嚇個正著，不禁失聲高喊。

只見山崎寅之助跪坐緣側。

「大——大爺！你怎會在這兒？」

「在下一直在這兒，但仲藏可就不知去向了。從天花板上一路搜到茅廁，就連榻榻米都掀起來搜遍了，就是找不著那大塊頭的蹤跡。」

「榻榻米下當然找不著。他可不是跳蚤。」

「不不，那大塊頭哪可能躲進榻榻米中？只是心想榻榻米下頭或有地板夾層可藏身，孰料裡頭卻連隻老鼠也沒有。這教在下著實參不透。那禿驢原本分明還在屋內。」
「怎知——他還在屋內？」
「理應還在——至少遇襲前還在。」
「遇襲？」
「在下於一刻鐘前入內——當時已是這副景況。正欲離去，卻感覺似乎仍有人藏身屋內。原本懷疑是否仍有來襲盜匪潛藏其中，但四下搜尋，卻沒見著一個人影，連仲藏也沒找著。正好奇究竟出了何事——」
長耳也遇襲了？
——雖然也沒什麼好驚訝的。
一看便知，情況絕不尋常。
「尚不知如何是好，只能呆坐此處——你就現身了。」
幸好幸好，山崎說著，面露與此緊迫情勢十分不符的親切笑容。
——話雖如此。
我完全沒察覺大爺藏身此處，又市說道。因為在下屏住了氣息，山崎一派輕鬆地說道：
「在下多少還是起了點戒心。一看見開門的是阿又先生，才卸下了心防。」
「大爺果然了得。」
常人若準備狙擊外敵，總要冒出騰騰殺氣。
山崎則正好相反。一旦擺出架勢——反而不洩漏絲毫殺氣。

又市走向山崎身旁，撩起衣襬蹲下身子。

「倒是，大爺說那禿驢原本還在屋內——是怎麼一回事？」

「噢，其實，在下稍早——走在這條路前頭那道土堤旁的路上，突見十五六名看似乞丐的傢伙自在下身旁快步跑過，看似蹊蹺，便一路尾隨其至此。趕到時，彼等業已闖入屋內。在下原本打算衝入屋內制止，但卻錯失先機，只得躲在那叢灌木裡伺機行動。只見那群傢伙在屋內大肆破壞了好一陣，最後終於魚貫離開。待人一走，在下便火速衝進屋內，但這下看來——已太遲了。」

「哪兒遲了——？」

「該怎麼說呢。眼見灶煙裊裊升起，在下以為仲藏人在屋內，孰料入屋一瞧，卻不見人影——著實教人費解。」

山崎一臉納悶地繼續說道：

「看似惡鬥將起，在下原本打算助陣救人。孰料那群傢伙似乎是來搜屋的，一時也不知該如何因應。後來眼見來者個個滿臉狐疑地走了出來——這才發現那巧手的傢伙——似乎是巧妙脫身了。總而言之……」

真是汗顏之至，山崎低下頭說道。

「何須向我致歉？護己當然是第一要務。倒是——倘若那傢伙真脫了身……」

難道是赤足逃脫的？

又市朝門口的木屐瞟了一眼說道：

「仲藏那傢伙生得一雙大腳，根本買不著合腳的木屐。因此──唯一能穿腳上的就只有那雙老木屐。一旁的竹皮草履，想必是大爺的吧？」

沒錯，山崎說道：

「在下實在不習慣穿著鞋進人屋裡。」

「在此處就別計較了，脫了鞋只會髒了自己的襪子。更何況如今還是這副景況──」

那些傢伙搗毀得可真是徹底，山崎蹙起短眉說道。

「都是些什麼樣的人？」

「看來是無宿人，且並非吃這行飯的，其中顯然還摻雜了幾名非人。看似沒什麼組織，不過是群烏合之眾。正是因此──在下才沒立刻出手制止。」

「巳之八、辰五郎、阿縞……」

全都死了，又市說道。

在下也聽說了，山崎板著臉說道：

「此外──那與你熟識的姑娘也慘遭不測──是不是？」

──他指的是阿睦。

「那姑娘可是遭殃及的無辜？抑或……」

「都是林藏──不。」

的確是遭殃及的無辜，又市回答。

「是麼？」

真是遭殃及的無辜？山崎先是閉上了嘴，接著才又開口說道：
「這已非遺憾兩字能形容。死狀如此淒慘，著實教人不忍——」
「大爺看見了？昨日那——」
麴町望樓上那——
——僅是憶起，心頭便為之一痛。
「在下僅在遠處圍觀。景況甚是淒慘。」
山崎閉上雙眼，繼續說道：
「唉。其實，就連喜多、以及你大概沒見過的政吉、捨藏幾名閻魔屋的同夥——也遇害了。不過是沒教人給掛上去罷了。」
原來——喪命的不只四名。
「因此，在下才打算到此處瞧瞧。也納悶為何不見你、林藏與棠庵先生的蹤影。」
林藏回京都去了，又市說道：
「看看能否靠他同京都那隻老狐狸牽上線。不過，我是不抱多少期望。」
「原來如此。這下——只能期望他安然脫身。對手的耳目可比官府靈光得多，此時欲自江戶出逃，或許較通過關所（註29）還要困難。別說是山還是海，就連岔路也不安全。那麼，久瀨先生上哪去了？」

註29：設於重要場所，負責盤查路過者、檢驗其行李之崗哨。

「這我也不知。」

——不知那老頭子如何了？

唉，山崎雙手掩面說道：

「這回咱們賠得可大了，損失如此慘重，業已無從彌補。或許專責武行的在下不該這麼說，但這還真是教人難以承受。眼見同夥接連喪命，心頭豈不沉重？」

「說什麼？」

不是你常說的麼？話畢，山崎抬起頭來。

「我說了什麼？」

「你不是常說，不想見人喪命？丟了命、殺了人，都是有害無利，你一直是這麼說的。這的確是真理；丟了命所留下的窟窿，可是用什麼也無法填補。」

山崎有氣無力地站了起來，一腳將破了一半的遮雨板朝庭院裡一踢。

霎時，一陣風吹進了屋內。

「依你這說法——閻魔屋這回可是抽了支下下籤。敢於黑繪馬一案出手，這下看來也不過是不知天高地厚。唉，事到如今，說什麼都於事無補了。」

那不過是個開端，又市說道。

「難道教咱們惹禍上身的，還不只黑繪馬那樁？」

「咱們的確破了那場局，但對方這回的殺戮，絕非是為那樁案子報復。」

「何以見得？」

「當然不是。辰五郎、阿縞和喜多均未參與黑繪馬一案，長耳也同樣未插手。況且事發至今，都已過了這麼久。此外，那回死在咱們手上的僅有鬼蜘蛛那夥人，這鬼蜘蛛並非那傢伙的至親好友，不過是花錢雇來的刺客。要說是為那夥人報仇——我可不認為祇右衛門會有這麼講義氣。」

「那麼，又是為了何事？」

「應是繼該案之後，閻魔屋所承接的損料差事——全都和那傢伙對上了。」

「意即，那幾樁事兒的背後，均有祇右衛門插手其中？」

「似乎是如此。由於無從一窺其真面目，咱們總以為祇右衛門僅挑大有賺頭的差事，實則不然。以一個大魔頭而言，其行事算是罕見。此外……」

「還有什麼？」

——就是這點。

大爺可曾遭人襲擊？又市問道。

「在下也遇上了。同樣是非人——與其說是非人，看來更像是山民，噢，也可能是蓑作（註30）。」

「但大爺還好端端地活著。」

「沒錯。畢竟彼等非道上高手，不過是胡亂出手。」

註30：原文為「蓑作り」。在江戶時期為被賤視的職業。

大爺是否將他們給殺了？又市問道。
若是殺了又如何？山崎反問道。
「大爺是否殺了來襲的無宿人？回答我。」
山崎靜靜地轉頭面向又市。
「你認為如何？」
「若猜得著，哪還用問？」
人在下是沒殺，山崎說道。
「此話——當真？」
「絕對屬實。在下的武藝有如鏡子，遇強敵則強，遇弱者則弱。欲奪其兇器，對方卻是手無寸鐵，僅打算以肉身撞敵。遇上如此對手，在下反而無從招架，僅能在頻頻閃躲之餘，伺機回以兩三拳。」
「對手武藝甚弱？」
「對在下而言是如此。」
但阿又先生若是遇上，或許難有生機，山崎說道：
「對方殺氣騰騰，人數眾多，心生畏懼，必將為彼等所擒。即便謹慎以對，與下手不知輕重者認真對峙，或有可能致使對手喪命，然僅搏倒區區一兩人，最終仍將死於其他同黨手中。」
「原來如此——」
阿睦碰上了，當然毫無招架之力。

「其實，亦有無宿人相繼遇害。」

「無宿人——相繼遇害？」

「截至昨日為止，業已發現五具不具身分的野非人死屍，今日又發現了三具，悉數死於他殺。看來案情絕不單純。」

「這——」

聞言，山崎神色為之一沉。

「遇害者——似是祗右衛門的卒子。」

「意即，已有人挺身而出，抵抗祗右衛門？」

「這……雖不知是否真有窮鼠噬貓，但遇襲的貓倒是反咬了回去。看來，情況就成了這麼個你來我往。」

「且慢——咱們可沒出手哩。」

「所以，才詢問先生知不知道是怎麼回事。」

「噢。」

山崎手摀著嘴說道：

「難不成你懷疑——人是在卜殺的？」

「要說沒這麼懷疑是自欺欺人。總之，大爺為了損料差事所殺的敵手僅限於鬼蜘蛛，但對方是否如此認為，可就不得而知了，畢竟就連我也要懷疑。無論如何，咱們礙了對方的事兒，而且咱們的身分，也全教對方給掌握了。」

大夥兒——全都死了。除了原本正四處奔走的又市與林藏，悉數遇襲身亡。

「那麼，將死屍掛上望樓羞辱——就是對這反擊的報復？」

「這就不得而知了。不過，那應是針對咱們的恫嚇。另一方面，似乎有誰以強硬手段對抗祇右衛門。看來望樓一事——便是對此結果的殺雞儆猴之舉。」

「真是如此？」

咱們非加以制止不可，又市說道。

——遭噬便要反噬，只會淪為兩相殘殺。

棠庵所指，正是這種情況。

「閻魔屋——又如何了？」

「不知道。若沒什麼突發意外，這下應在舉行巳之八的葬儀才是。」

「葬儀——」

巳之八才剛滿十八。

又市望向庭院。

造訪此處已有數載，竟從未意識到有這麼座庭院。仲藏總是從早到晚關著遮雨板，足不出戶地埋首打造奇妙的行頭。

除了被山崎一腳踢來的遮雨板，庭院內空無一物，也沒種半朵花。只有圍在外頭的一道木牆，正中央還有一座寒酸的小祠。

——這傢伙根本不信神佛。

看不出這座祠祭祀的是什麼。又市自個兒也不祭鬼拜神。
只見掛在祠上襤褸的褪色布幕正隨風搖曳。
——噢？
除了在遮雨板被踢開時灌進屋內的一小陣風外，此時並沒刮什麼風。
屋外完全無風。不過……
不對。只見布幕又晃動了一陣。
這可奇了。首先，這座小祠的位置就有點兒古怪，怎麼看都像是搭錯了地方。依常理，應將祠設在庭院更深處才是，看來亦非出於方角的考量。況且，這座祠真有這麼陳舊？
——難道是刻意布置得如此陳舊？
這對長耳而言確非難事。搭造戲臺的人道具，正是仲藏這玩具販子最得意的把戲。如此想來，這座祠的確啟人疑竇。
「大爺曾言——緣廊下方也掀開來瞧過？」
「是瞧過——怎麼了？」
「也記得大爺說，連隻小鼠也沒瞧見。是不是？」
「沒錯。雖沒看得多仔細，但的確是什麼也沒有。」
「是麼？」
又市站起身子，環視起一片凌亂的屋內。
屋內隔牆皆已打通，除樑柱外，放眼望去毫無遮攔，看來活像座鋪滿榻榻米的道場。壁櫥的拉門也給卸下，好充當堆放材料的倉庫。又市走向床間，不，該說是曾為床間之處，發現就連此處也成了倉庫，早已分不出上座、下座。
原本堆積在內的東西全給推垮，該立起的東西盡數倒地。
又市以腳清開散亂雜物，在床間地板上踩了踩。
只聽到些微聲響。
再使勁踩了一腳。
「怎麼了？」
山崎低頭朝地板望去，問道：
「阿又先生，你這是在做什麼？」
又市泛起一絲微笑回道：
「大爺，小老鼠或許沒有，但——巨鼠似乎有一隻。」
又市舉起一隻腳，準備再朝地板踩個幾回，就在此時……
山崎機警地站了起來，安靜無聲地移動到又市身旁。
「怎麼了——？」
「別出聲。」
山崎以雙手護著又市說道：
「看來咱們被包圍了。」
「被包圍了——？」

「對不住，都怪在下一時大意。方才也說了，在下遇弱則弱。看來包圍咱們的，就是那夥無宿人。感覺得出彼等心浮氣躁，毫無紀律，散著的不是殺氣，而是恐懼。」

呵呵呵，山崎莫名其妙地笑了起來，繼續說道：

「阿又先生得有所覺悟。這回在下可幫不了什麼手。」

山崎悄悄滑步，側身朝前移動。

「在下取不了這群傢伙的命。噢，絕非因有先生同行而有所顧忌。想必先生亦知，在下從未攜帶武器，想必來者亦是手無寸鐵。在下的武器，就是自對手搶來的行頭。對方若無武器——在下亦與手無寸鐵無異。」

山崎緩緩轉了個身。

「同高人過招還輕鬆多了呢。來者渾身散發騰騰殺氣，可見彼等亟欲取下咱們倆的性命。」

山崎壓低了身子。

「因此，在下當然也不甘示弱。不過，門外漢心緒煩躁不定，滿心恐懼、嫌惡、傷悲、苦痛——遇上此等人，實不忍痛下毒手。」

先生瞧，危急之際，在下話匣一開，便要滔滔不絕，山崎邊朝外窺探邊說：

「在下的弱點——便是容易心神不寧，不耐沉默。心一靜，便憶及死於在下之手的亡者。彼等之死前神情、絕望哀號，總是教在下苦痛難當。在下所弒之人——第一個就是自個兒的親弟弟。」

「大、大爺——」

「呵呵呵。看來在下逗留屋內，實為下策。揚長而去卻又再度折返——想必彼等曾遣人留守，待察知吾等入屋後，便引同夥回返。既有留人窺探——可見長耳仍是安然無恙。」

來者——

正藏身木牆影下。

這下就連又市也察覺了。

「雖不知來者人數，但看來絕不只十幾二十名。阿又先生，待在下一喊，先生立刻跳出窗口，頭也不回地全力飛奔，在下將緊隨在後，至少能擊倒個兩三名對手。僅動這麼點兒粗，還請先生包涵。聽清楚了麼——？」

跑！山崎喊道。

幾乎眼也沒睜——

又市便依山崎吩咐，頭朝下地往前飛奔。

與此同時，木牆亦驟然倒塌，有幾人闖進了屋內。想當然耳，亦有模糊人影擋在又市眼前。又市撞開或踢開了這些人影，朝屋外一躍而出。

雖然躍出了屋外。

卻無法再往前行。此時屋外竟是人山人海，無數雙手將又市抓得離地騰空，已分不出哪邊是天，哪邊是地。由於兩腳難以著地，感覺活像渾身都浮了起來。

不過，也清楚感覺有人正抓著自己的身子。

兩眼一睜，只見無數手腳。

與無數雙眼、無數根指頭、無數張齜牙咧嘴的臉孔。

還來不及驚呼，又市便翻了個筋斗跌落地上。

只感覺肚子朝地上使勁一摔。阿又先生，快逃，也聽見山崎不知打哪兒傳來的呼喊。

這下哪逃得開？就連站也站不起身，喊也喊不出聲。

無數隻手、無數隻腳、無數個人。與其說是人牆，不如說是股人渦。

突然傳來一陣無以名狀的怒吼，視野霎時豁然開朗。

又市看見了山崎。

只見山崎正為許多扮相古怪的人所包圍。其中不乏披頭散髮者、頭結髮髻者，亦不乏看似座頭（**註31**）者，更有滿面鬍鬚者、蓬頭垢面者、頭戴頭巾者……不似武士或百姓的各色人等，正將山崎團團包圍，完全看不出人數究竟有多少。

山崎使勁掙脫。

但再怎麼甩開，新的胳膊還是不斷湊近。

髒汙的手、粗糙的手、胳膊、掌心、拳頭。

宛如群鼠匯聚。

看來猶如——成群飢不擇食的鼠輩，正在瘋狂啃噬山崎。

註31：指盲人，尤指盲眼按摩師。江戶時期盲人階級之，亦泛指盲人按摩師、針灸師、琵琶奏者等。「座」為幕府為保障殘障者的經濟自立而組織的排他性職業公會。

這下。

又市方才察覺自己也身處同樣的險境，頓時感覺到一股貫徹全身的痛楚與深不見底的恐懼。

雖欲呼救，喉嚨卻喊不出半點聲來。

氣管竟然給塞住了，也不知是頸子教人給勒著，還是喉嚨教人給壓著。不，或許是有誰正緊壓自己身上。全身被緊緊揪住，毫無辦法喘息。

心生畏懼，必將為彼等所擒——

教這些傢伙給架住，頸子再給這麼一勒，想必萬事休矣——

——原來是這麼回事。

這下又市已給嚇破了膽。

懼怕。

死亡。

絲毫喊不出聲，感覺益發恐懼。

愈是恐懼，便愈想呼喊。

——我命休矣。

突然感覺自己似乎觸到了哪個姑娘柔軟、沁涼的肌膚。

這……

這必是幻覺。

又市心頭頓時湧現一股溫馨，原本的恐懼莫名其妙地隨之煙消雲散。

——少囉唆。
——別碰我。
——給我滾一邊去。
——少給我拉拉扯扯的。
——阿睦。
對不住，阿睦。
山崎他——看來也撐不了多久。
什麼嘛，大爺，你一身武藝，又有何用？
意識愈發朦朧。
就在此時，一股異臭倏地掠過又市鼻尖。
只見幾道火光不住旋轉。
微微火光。
看來——猶如鼠花火（**註32**）。
這幻覺看著看著。
又市便暈死了過去。

註32：將噴火的煙火排列成圓形，施放時隨噴火方向而迴轉的煙火。放置地面施放時，圓形火焰迅速迴轉，看似老鼠奔馳，故得其名。

【伍】

只嗅到一股抹香的香氣。

微微睜眼，看見一道白煙裊裊升起。

射入視野的細細微光。光滑的白瓷香爐。霧金色的擺飾。

噢，是誰死了？瞧這死亡的氣味，死亡的光景。

那頭一片漆黑，但這頭僅是昏暗，點著一支蠟燭，看得還算清楚。

本以為地獄伸手不見五指，原來多少還有點兒光。這也是理所當然，像你這麼個窩囊廢來到這兒，若真是一片漆黑，只怕要將你給嚇得不知所措。喂，老爹，老爹是死了麼？像你這種臭老頭兒，死了當然無人憑弔。你一歸西，與那和你勾搭上的女人不就永別了？像你這種混帳東西——

死了最好。

「像你這種……」

「醒了麼？阿又先生。」

這傢伙不是老爹。此人是……

「山、山崎大爺——」

此處可是地獄？又市起身問道。和地獄差不了多少，山崎回答。

此處是個座敷。又市正睡在地鋪上。稍稍轉個頸子，竟疼得要人命。

但不轉也不成。只為了朝隔壁房窺探一番。

房內有倒立的屏風（註33）、純白被褥、短刀、以及臉上覆著白布的——

「是巳、巳之八？」

「沒錯。此處乃——閻魔屋。」

又市似乎是夢見自己遇上了生父。雖已無法憶起夢中看見了什麼樣的光景，但這股令人生厭的不快氣氛，與對生父的回憶完全相仿。

巳之——

「難道咱們獲——獲救了？」

「似乎是如此。」

此時紙門被拉了開來，只見阿甲現身門外。

「又市先生。」

「大總管——別來無恙？」

「又市先生得以安然脫身——實為不幸中之大幸。」

阿甲就地跪坐，朝又市低頭致意。抬起頭時，可見其面容甚是憔悴。

註33：日本傳統葬儀中有倒置一切物品的習俗，包括將死者棉被倒蓋、襪子左右倒穿，及將其床位前屏風倒立等。據信源自將死者與生者領域隔絕的信仰。

「眾人——都亡故了。」

「噢。」

又市將視線自巳之八的遺體別開。

「倒是——現在還留在店內，不會有麻煩？」

「嗯。店內已無他人。」

「都遣回去了？」

「我吩咐寄宿店內習藝之年少小廝暫時返鄉，他於昨日領了點兒盤纏便告離去。亦囑咐其他雇傭停工，眾番頭則委託他行接納，上其他店家幹活去了。大掌櫃當差至今早為止，如今——僅餘我與角助留守。」

「是麼？意即，店鋪行將歇業？」

阿甲垂下視線回答：

「也不得不歇業——若再次遇襲，已無從防身。此外，亦不忍再殃及無辜。」

阿睦小姐，就這麼教咱們給連累了，阿甲再次垂頭說道：

「想不到——結局竟是如此。」

「事後懊悔亦是於事無補。大總管就別再自責了。」

棠庵那老頭兒可來過？又市問道。阿甲搖頭回答：

「巳之八不見蹤影時——我甚是掛心，立刻差遣角助前去探視棠庵先生，當時便已遍尋不著。看來……」

大夥兒幾乎是同時遇襲，山崎把話接下去說道：

「得以脫身的除在下之外，僅此處三人以及仲藏、林藏兩人。當時阿又先生與林藏正四處奔走，使對手無從掌握行蹤。至於大總管及角助——想必是刻意留下的活口。」

可是為了使其受盡折磨？

仲藏先生又如何了？阿甲有氣無力地問道。

「不得而知。遇襲時，在下與阿又先生面對的徒眾少說五十名，眼見這下插翅也難逃，在下已做好還債的覺悟——」

孰料竟能幸運獲救，山崎苦笑道。

「咱們倆——是如何脫身的？」

又市問道，並撐起身子，盤腿而坐。

感覺渾身一陣酸痛，尤其是頸子，痛得活像睡時扭傷了似的。

不得而知，只能怪咱們運氣太好，山崎苦笑道。雖然房內昏暗瞧不清楚，但山崎似乎也是渾身瘀傷。這才發現其神情看來有如苦笑，原來是眼瞼嚴重腫脹使然。

「看來——曾有人以奇技助咱們脫身。」

「奇技？」

「用的是火。」

「火？」

什麼樣的火，又市說道。

「在下也不懂。只見到——在下腳邊突如火光炸裂，猶如……」
那氣味，那火光。
猶如鼠花火？又市問道。沒錯，山崎回答：
「確如鼠花火。至少於其乍現時。」
原來——
那並非夢。
「起初是微微的炸裂聲響，亦出現小火球於腳下不住旋轉。見狀，暴徒為之一驚，在下也給嚇得不知所措，畢竟事出突然。只見徒眾被火花炸得難以立足，緊抓在下的手當然也鬆了開來。在下乘亂解開束縛，自徒眾間穿梭而過，趕赴先生所在之處。此時，原本的小小火光……」
山崎一臉納悶地說道：
「竟如蛇般相連串起——宛如一道火繩。只見這道火繩宛如具生命般，於無宿人之間——」
「火繩——？」
「沒錯。此時徒眾已無暇顧及咱們倆。此景甚是不可思議，幾可以妖火形容。況且，這妖火還不只一道。徒眾中不乏果敢與妖火對峙者，然而即便火繩遭斬為寸斷亦不滅熄，而是一分為二、二分為四地迅速增多。」
這……豈可能屬實？
聽來是天狗御燈，阿甲說道。
「噢——世間真有此等妖物？」

「不——應是小右衛門火。總之，必是妖物所燃之怪火。」

「大、大總管，難不成是——」

阿甲朝又市一瞥，點了個頭。

——御燈小右衛門。

原來是他。

是他救了咱們？

「在下孤陋寡聞，不知真有這種妖火。但總不能因其罕見而看個出神。幸好這妖火並未燒向咱們倆，在下便——將先生一把抱起——」

「帶著我逃離該處？」

「頭也不回地逃離該處。雖聽見背後數度傳出轟然巨響，亦無暇回頭觀望。畢竟生死僅一線間，根本無暇顧及他人。故此，襲擊咱們倆的徒眾結局如何——在下也不得而知。」

「結局如何——的確無從得知。」

看來先生似乎知道些什麼？山崎問道。

「這——目前毫無確證，尚難判明我的揣測是否屬實。」

原來這隻噬貓的窮鼠。

——就是小右衛門。

此人被喻為暗界之首。既是個手藝了得的傀儡師，也是個能巧妙駕馭火藥的不法之徒。

是個遲早得解決掉的對手——

談及祇右衛門時，此人曾如此說過。
不過，如此一來……
「大爺，襲擊咱們倆的無宿人均為門外漢，是不是？」
不僅是門外漢，幾乎連個架也沒打過，山崎回答：
「因此才如此拼命。也不知該如何傷人、殺人，僅能胡亂出招。在下最駭怕的，便是此類對手。根本不知該從何打起。」
「意即，那夥人不過是受祇右衛門差遣？」
「想必——確是如此。」
「因此，理應無罪？」
「不，哪管是受託還是受迫，襲人、傷人本身便是罪。那夥人本身雖無意加害於人，但——也算不上無罪。」
但殺害這夥人，不也毫無意義？又市說道：
「即便有罪，也不過是受擺布的卒子。擒賊還得先擒王哪。」
「的確，斬草若不除根，的確是毫無意義。祇右衛門不除，便無從杜絕亂源。但手足若失——頭兒也將無以為繼。畢竟與咱們交手者乃其手足。遭利用者雖堪憐——但少了這夥人，祇右衛門也將無從舉事。就此而言，仍堪稱制敵之道。」
真是如此？
但鼠繁衍甚速，又市說道。

「繁衍甚速——所言何意？」

「祇右衛門坐擁手足無數，僅拔除五六支，根本無濟於事。不將其根絕，便無從期待任何改變。世間無宿人、野非人多如繁星，數量有增無減，除非將其殺至一個不留，否則這頭兒絕不愁找不到手足。」

的確有理，山崎喃喃說道。

「那麼……」

阿甲問道：

「又市先生可是認為——此人即意圖根絕祇右衛門之手足——？」

「雖不知此人用意為何，但所行之事純屬無謂殺生。不是麼？」

「或許是如此，不過……」

阿甲望向巳之八的遺體，繼續說道：

「祇右衛門之作為，亦是無謂殺生。姑且不論受雇於閻魔屋之人——就連阿睦小姐這局外人也沒放過。而山崎先生與又市先生亦險些喪命。又市先生，若見星星之火，當即滅之。」

「是，大總管。」

話是如此，不過……

「不過，大總管，欲殺蜥蜴，必斬其首，僅斷其足不足取其性命，斷其尾更是毫無意義，再怎麼斬，仍將重生。然只要斬其首——手足便將無可動彈，尾亦無可重生。」

又市端止坐姿，面向阿甲說道：

「大總管，小的深知自己這麼個小伙子，無權向大總管說教，但仍欲奉勸——復仇之念，應即斷之。」

阿甲將視線自巳之八的遺體移向又市。

「你來我往，絕無意義。咱們是損料屋，並非代人尋仇之刺客，絕不應有復仇之念。大爺亦有言——今回這人命之損失已無從填補。然雖無可彌補，或可封住缺口。僅須供人做個封住缺口的夢即可。這才是咱們這損料屋該幹的差事。」

阿甲默默頷首。

無論如何，又市繼續說道：

「殺害巳之八之兇手或為無宿人，然真正仇敵絕非下手真兇，而是祇右衛門。不論殺幾名無宿人、野非人，均不過是無謂殺生。然而，只消將大火撲滅，星星之火亦便將不復見。」

阿甲一臉傷悲地凝視著巳之八。

「這我不是不知。然此大火——根本無從撲滅。」

沒錯，山崎也開口說道：

「從前在下也曾在此提及，稻荷坂祇右衛門——早已不在人世。」

「此說——不過是個傳言不是？」

並非傳言，山崎說道：

「其實，在下寄宿之聚落，便有幾人曾與祇右衛門甚為熟稔。」

山崎棲身於本所外圍一處無名之地——一介貧民窟。

這怪人雖身為武士，卻自願過著最低層的生活。

「就在下所聽聞，這傢伙確已身故。也沒什麼好隱瞞的，這傢伙乃死於斬首之刑。」

「斬首之刑——？記得大爺也曾提及，此人生前於彈左衛門之下任公事宿世話役？」

「沒錯。亦曾聽聞其乃因誣陷而遭定罪。祇右衛門為人樂善好施、公正嚴謹，毫無犯罪之理。識得祇右衛門者，皆如此宣稱。」

是否因含冤而死，致其心生怨念？阿甲問道。

「似乎是如此。」

「那麼——難不成是個鬼？」

又市將雙手垂在胸前說道：

「滿懷怨恨不甘麼？因而才會本著對王法的滿腔憤怒，恣意危害人間？可真是名符其實、散布災厄的大魔頭哪。難不成把自己當將門（註34），還是菅公了？」

話及至此，又市再次跪正雙腿，繼續說道：

「不過，他可找錯嚇唬的對象了。祇右衛門可沒忤逆王法。官府對其視若無睹，苦的盡是下頭的百姓，底層的更是被逼得走投無路。有誰聽說過四處斂財的幽魂？難不成是為了把少了的兩條腿給買回來？」

註34：即平將門（西元九〇三～九四〇年），日本桓武天皇之五世孫。西元九三九年舉兵謀反，後兵敗戰死，死後又遭斬首。然有其死後陰魂不散，欲東山再起之說，長年為人所懼。

不不，並非如此，山崎回答道：

「離奇之處在於——有人認識祇右衛門，亦有人知道祇右衛門已死，即便如此，卻有人宣稱祇右衛門尚在人世，這豈不是相互矛盾？雖有矛盾，但離奇的是——竟無人視其為亡靈或幽魂。」

「那是什麼？」

「眾人似乎皆堅信其尚在人世。」

這就是麻煩之處，山崎說道：

「若是亡靈，只消行祭降魔除妖便可解決。但尚在人世，可就無法如此對付。」

這的確是個難題。一旦如此傳言流布開來，再怎麼費勁解釋此人已死，想必也無人相信。

無論如何，祇右衛門業已不在人世，山崎一臉不解地說道。

「志方大人也曾……」

也曾提及此事，阿甲說道。

——志方兵吾。

「那位大人——也曾提及祇右衛門？」

「是的，前去取回已之八遺體時，志方大人曾詢問，此人或店內眾夥計，是否曾有得罪祇右衛門之情事——」

「這……」

——難道他也知情？

志方，不，奉行所，大概知道多少？

當然，志方大人對吾等的差事應不知情，阿中回答道：

「此外，奉行所似乎也否定祇右衛門之存在。當然，乃因仍有行刑記錄可供查閱，不，畢竟是自個兒處的刑——但即便如此，此一傳言四處流傳既是事實，又有一連串案件與此有關，這下當然不可坐視不管。因此——奉行所應是判斷，似有某人假冒祇右衛門之名四處為惡。」

「噢，依理，當然是視為欺瞞較為合理。那麼，假設真是如此——」

若是如此，此人可殺得了？山崎問道。

「殺不了麼？」

「若真有人冒名為惡，這騙子便是頭兒。那麼只消將之正法，看似便可杜絕亂源。不過，即使將此冒名者捕而誅之，祇右衛門也依然不死。不論就擒或處死之人皆不過為祇右衛門之冒牌貨而已。真正之祇右衛門業已死去——意即已免於法網，亦不會死亡。即便收拾了冒名者，祇右衛門仍不會消失。」

「言下之意可是——這股騷動不會因此止息？」

或許真是如此。

「此外，頭兒或許不只一個，冒名者可能不只一人。若是多人依縝密計謀行事，非得將其全數收拾，方能根除禍端。有三個就殺三個，有十個就殺十個。況且，只要祇右衛門這名號不消失，任何人都可冒名頂替。這回的頭兒的確是個冒牌貨，而擒王亦為擒賊最善之策。不過，又市先生，僅除去現今的冒牌貨，後繼者仍將前仆後繼。」

敢問這禍根該如何根除？山崎問道：
「誅殺冒名者？見一個殺一個？」
這……
「這豈不是有違先生的規矩？」
「噢……」
先生平日常言——
凡事均可能不犧牲人命，便得收拾——
棠庵曾如此說過。
倘能揭露其真貌，便可以計制之——
只消循線查出鼠輩無從反噬之因——
鼠輩心生畏懼，乃因無從窺得貓王之真貌使然——
「只消循線查出鼠輩無從反噬之因——」
「先生在說些什麼？」
又市倏然起身。
上哪兒去？山崎問道。目前尚不宜輕舉妄動，阿甲也說道。
「對不住，大總管。我生性天真莽撞，靜不下也坐不住。況且，倘若對方膽敢於堂堂白晝來襲，大夥兒群聚此處，同樣將遭殲滅。大爺說是不是？」
「話是沒錯——」

「記得大爺也曾說過，兵法有言，三十六計，走為上策——」
嗯，山崎應道。
「避而非戰，實為良策，這可是大爺教我的道理。與其坐以待斃——或許不如找個退路較有勝算。總而言之，倘若此處毀於敵襲——」
就轉至長耳那毀了的家藏身，又市說道。
「然該處早為對方所察，這先生也清楚。」
「是沒錯，但那床間——尚未為對方所知。」
「床間？」
山崎皺眉反問道。大總管就拜託大爺關照了，話畢，又市轉身離去。
「又市先生。」
阿甲喚道：
「小心行事，務必保重——」
朝又市的背影如此說完，阿甲便不再作聲。又市頭也沒轉、話也沒回地拉開紙門，跨出房外，再靜靜地將門拉上。
見角助人在帳房，又市便朝他打了聲招呼。
阿又先生，這掌櫃的頭也沒回地應道：
「要走了？」
「沒錯，出門蹓躂蹓躂。」

「不會——再回來了？」

「再說吧。想回便會回來。」

「噢，想到就回來瞧瞧吧。」

否則誰也不會回來了，角助語帶落寞地說道。

少這麼無精打采的，又市朝角助背後一拍，以中氣十足的嗓音說道：

「往後也只能靠你了。」

「只能靠我？指的是什麼？」

「傻子。還不就大總管——不，老闆娘阿甲？」

「噢？這……」

「有什麼好支支吾吾的？姓角的，這店家關門大吉後，就僅剩你能照顧她了。你們倆也共事了這麼久，除了恩情義理什麼的，也有情份不是？」

噢，角助抬起青筋暴露的腦袋應了一聲。

「哼，瞧你這寒酸性子，別白白錯失一段良緣。聽好，給我好好活下去。我是一無所有，但你可不是。可別因為生得像條野狗，就死得像條野狗。」

話畢，又市再度拍拍角助的肩頭，接著便推開木門，步出店外。

夜風徐徐吹來。

又市使勁吸了口氣。

走上大街，再度回首。

根岸町，損料商閻魔屋。

向這面招牌投以今生的最後一瞥。

【陸】

又市來到了兩國。

有兩件事非處理不可。

首先，是找著那御行。其次，是造訪小右衛門。

關於那御行，完全不知該從何找起。雖未曾向本人探聽，但生駒屋那古怪的少東，到頭來似乎也沒找著這御行。打聽良久，依然掌握不到半點兒線索。

就這麼毫無頭緒地找下去，總不是個辦法。

即便真能找著，又市也不知對現今的事態能有什麼幫助。原本猜測此人可能是大坂那頭遣來和自己聯繫的，或許這猜測本身就是個誤會。

至於另一個目的——

關於小右衛門與此事的關聯，又市已確信不疑。又市判斷充當祇右衛門卒子的無宿人，便是死於小右衛門的強硬手段之下，也知道該上哪兒找他。

又市佇立小右衛門居處門前。

望著寫有傀儡師小右衛門的木牌。

默不作聲地踏入庭院內，穿越玄關口，一路走上走道。
走道盡頭有個板間。
前回造訪時，就是被引領至此處。
人若在，便在此處。人若不在，又市也打定主意在此等候。
推開木門時，又市不禁倒抽了一口氣。
房內有具傀儡。
跪坐於寬敞板間的正中央。
又市出神地望著這具傀儡。
板間四隅均立有燭台，每座均點有百目蠟燭（註35）。月光自天窗射下，照耀著這具傀儡。
這是一具小姑娘的傀儡。
看來約十一、二歲。又市看不出這小姑娘的年齡，但大抵是這個歲數。不——
——傀儡何來歲數？
只見其身穿繡有鮮豔牡丹花樣的振袖，向上盤起的黑髮上刺有一根替代髮簪的芒草。兩眼眨也不眨地凝視著又市。
——不，既是傀儡，當然不可能眨眼。
傀儡既無命，亦無心。這——
——難道就是所謂的逼真傀儡？
一張細長的瓜子臉上，似乎抹有胡粉精心妝點，細緻的肌膚甚是晶瑩雪白。

唯有細長眼角上，帶有一絲豔紅。看似是個小姑娘，或許是雙唇未上唇脂使然。

這具傀儡旁，另有一具個頭較小的傀儡，同樣是個小姑娘的模樣。這便是傀儡戲裡使用的淨瑠璃傀儡。

又市出神地觀賞這副景致好一陣子，接著才回過神來，環視四方。

插有許多傀儡頭的藁筒。

分解的手與腳。

正前方尚有四張榻榻米。其上置有道具箱、筆、水皿及坐墊。

房內更深處，則設有一不知祭祀何物的祭壇。

上回造訪時沒多留意，這下才發現各樑柱間串有注連繩，繩上等間隔地綴有紙御幣（註36）。雖因房內昏暗瞧不清楚，但御幣的形狀甚是怪異，教人看不出是依什麼形狀裁製成的。

定睛一瞧，一枚御幣微微晃動了起來。

「小右衛門並不在此。」

又市登時給嚇得朝後跳了一步。

回過神來。

竟看見淨瑠璃傀儡的嘴宛如梨子般裂了開來，眼球反轉，頭生雙角，並露出滿口獠牙。

註35：一種重達百錢的大蠟燭。

註36：神社中用來區劃出神聖場所的注連繩上，每隔三、五、七捻即會綴以方形紙張，此即紙御幣。

「小右衛門並不在此。沒聽見麼？」
所謂清脆如銀鈴，指的就是如此嗓音吧。
此時，大傀儡竟撐著小傀儡站了起來。
「來者何人？」
「妳——妳——」
竟是個活人？
「小女留守此處，不容汝擅闖空門。儘速報上名來。」
「我、我乃——」
只見這具傀儡將操弄手上的淨瑠璃傀儡朝前一湊，湊近了又市的臉頰。
「我——是個小股潛。」
「何謂小股潛？」
「就是個騙徒。」
話畢，又市逐步退向入口。
這具傀儡——不，這個貌似傀儡的小姑娘則朝前跨出一步。
「不過，這位小姑娘，我可不是個普通的騙徒。」
又市又朝後退了一步。
「而是擅長化實為虛，化虛為實的——」
又市已退至走道。

「小股潛，名曰又市。小右衛門，你可聽見了？」

又市轉過身來。

只見走道另一頭冒出一抹黑影。

「小伙子，怎麼又是你——？」

「我可不是什麼小伙子。」

小鬼頭，可別放肆，黑影語帶威嚇地說道：

「膽敢乘我外出時擅闖家門，你可真懂得規矩呀，又市。猶記我曾警告勿再來訪，無事登門，當心惹禍上身。」

「倘若無事，何須來訪？上這鬼地方哪有什麼樂子？倒是，小右衛門，瞧你現身的時機——該不會是自閻魔屋一路跟蹤我至此吧？」

「是又如何？不是又如何？」

小右衛門身旁燃起一盞烈焰，看來宛如鬼火。

「噢？這就是小右衛門火什麼的？喂，威脅我可不管用。」

「威脅——豈止威脅？」

「難不成打算殺了我？」

「這就看你的造化了。」

「哼，少給我逞威風。如何？小右衛門，難不成你怕了？把我給殺了呀？反正也不過是個沒沒無聞的無宿人。喂，小右衛門，你可說來聽聽，究竟殺了多少無宿人？今兒稍早那些傢伙，想必也死在你手上了。算算數目如此驚人，再添一個又何妨？放馬過來罷，快把我給殺了。」
殺了我，祇右衛門可就開心了——又市說道。
火焰倏然消失。
霎時四下一片黑暗。板間的蠟燭亦悉數滅熄。
「果然有點兒氣勢。不過，又市，可惜你收尾過於天真。倘若挾那小姑娘為人質——咱們可就勢均力敵了。你為何沒這麼做？」
「因為這有違我的原則。小右衛門，話說回來——」
又市望向板間，發現那小姑娘早已消失無蹤。
幽幽月光自天窗射入屋內，在地板上映照出一片方形的熠熠白光。
「——也不知那小姑娘是何方神聖，挾為人質，可不保證有效。」
「有道理。畢竟尚難辨明她究竟是不是我的親人。那麼——今兒個所為何來？聽你方才那語氣，似乎知道了不少事兒。難不成是眼見我為你的同黨報了一箭之仇，前來酬謝的？還是發現自個兒已無計可施——前來求我助你保住小命？」
「你這番話說得可真蠢。」
「蠢？哪兒蠢了？」
看不出小右衛門身在何方。
又市朝伸手不見五指、彷彿十八層地獄般的黑暗怒喊道：
「報一箭之仇？這玩笑話也說得過火了吧。小右衛門，你這哪叫報仇？不過是殺戮罷了，況

且，還是無謂的殺戮。」

「無謂的殺戮？」

「正是無謂的殺戮。死在你手上的，是既無權力，亦無家產，更無身分的無宿野非人，無一是遭擯出社稷、貧苦無依的弱者。小右衛門，殺害這等人，可值得高興？你習得那一身絕活兒，難道就是為了殺害弱者？」

又市的嗓音為黑暗所吞噬。

「沒錯。」

黑暗回答道：

「一切正如你所言。然而，這些弱者——又做了些什麼？這些傢伙所犯下的罪行，可是天理難容。雖說都得怪那魔頭的指使——但勿忘這些傢伙教多少人飽受磨難，又教多少人命喪黃泉。這些事兒，你應該比任何人都清楚。同夥就有數人遇害，也看見了遭垂掛示眾的屍首。難道即便如此——你還要我放這些傢伙一馬，只因他們是弱者？」

「我沒說過要放他們一馬。」

而是該教他們收手，又市說道。

「沒錯。所以，我不是教他們收手了？」

「但瞧瞧你用的是什麼法子？難道只要殺幾個人，就能教他們收手？」

又市怒喊道：

「他們不過是卒子，不過是祇右衛門的傀儡。除去一個卒子，立刻有其他卒子替補。你殺得愈多，只會讓更多傢伙受祇右衛門迫使。小右衛門，難不成你打算一路殺下去，將這些傢伙趕盡殺絕？正是為此，我才問你究竟打算殺多少人。」

「那麼，又市，我倒要問，這些傢伙為何甘願供那魔頭差遣？」

不正是受脅迫？黑暗說道：

「不聽從便要遭折磨，甚至遭殺害，是不是？我的盤算，可不是除掉那魔頭的卒子。正如你說的，這些傢伙愈是拔除，只會繁衍得愈多。但倘若讓他們知道聽那魔頭差遣、為那魔頭作惡也得喪命──結果又是如何？那些傢伙作惡可不是出於自願，想必也不甘冒生命危險接受那魔頭指使──」

「並非如此，小右衛門。」

又市跨開雙足，與黑暗對峙。

「你錯了。御燈──小右衛門。」

此時──一盞烈焰倏地燃起。

火光在黑暗中照耀出一張滿面鬍鬚、威嚴十足的臉孔。

「小右衛門，你這番話，乍聽之下似有道理，實則錯誤百出。那些傢伙之所以任祇右衛門指使，並非純然出於畏懼不從便將遭弒。聽命受死亦在所不辭──便是鐵證。若是貪生怕死而聽命行事的窩囊廢，豈可能甘願拱手讓出性命？這你難道不好奇？」

供祇右衛門差遣的弱者，似有某方面希冀祇右衛門的幫助──

沒錯。猶記棠庵曾如此說過。

黑暗中接連燃起幾盞烈焰，掛行燈（註37）也點上了火。

「彼等必有無法拒絕的理由。那麼，你自己又是如何？以這能將米倉炸得灰飛煙滅的絕技殺害這些傢伙，試圖以恐懼制止其犯行——你以為就能逼人屈從？」

「無法拒絕的理由——所指為何？」

「我不正在找這理由？」

掛行燈接連亮起，將走道照耀得益發明亮。

火光映照下，一個一身火事裝束的魁梧漢了霎時映入眼簾。

身旁還站著那彷彿逼真傀儡的小姑娘。

「又市，見你話說的頗有道理，就饒你一命。讓我好好見識見識——你這小股潛有多少能耐吧。」

「哼，若是要我謝你開恩，我可不從。順帶一提，人盡皆知你在暗處是個呼風喚雨的大人物，坐擁如此權力——此事竟然還得親自出馬，為何不差遣手下為之？」

「我並沒有手下。」

「噢？」

「凡助我者，盡是出於對我的恐懼。但——」

註37：行燈即燈籠，照明燈籠的一種。固定室內照明用者為「置行燈」，垂掛天花板者為「吊行燈」，懸掛柱上或充當招牌用者則為「掛行燈」。

畢竟無人膽敢觸怒那魔頭，小右衛門說道：
「於暗處生息者，對這等事兒避之唯恐不及。除了上回鬼蜘蛛那等兇徒，都應循守著視而不見的江湖規矩。近五年內，膽敢挑釁那魔頭的——」
僅有你們一夥兒，小右衛門說道。
「近五年內——？難道祇右衛門興風作浪，打五年前就開始了？」
那不就是遭梟首示眾後沒多久的事兒？
「那麼，小右衛門，你自己又是如何？咱們非道上高人，不諳什麼江湖規矩。至於你——不是該十分清楚才是？」
「我——同那魔頭結有樑子。」
「什麼樣的樑子？」
「那傢伙——殺害了這小姑娘的爹娘。」
小姑娘聞言，依然像個傀儡般動也沒動。
「這豈不是挾私怨報復？」
我又何嘗不天真？小右衛門回道。
「噢？」
小右衛門語帶笑意地說道：
「之所以扶養這小姑娘，並代其報殺親之仇——並非為了銀兩，亦非出於義憤，純然出於天真。這並非身在江湖者當為之事，因此無意求人相助，即便開口求助，想必也無人願意代勞。總之——你這番道理，我是懂了。」

「真懂了？」

「當然懂了。又市，既然讓你給說服了，就依你的法子行事。既然定了——咱們就單刀直入地說吧。那損料屋，如今還剩下多少人？」

「僅餘——三人。」

——這又怎了？

「你的推論不假，在淺草外圍之所以得以脫身，的確是我以火藥襲擊那夥徒眾，人命應是沒出，至多不過受了點傷。畢竟人數如此眾多，不如此無法收拾。幸好附近並無可能遭殃及的民家。接下來——我便一路尾隨你們倆。」

「尾隨我們倆？難不成你打算當個護弱的大善人？」

不都說我天真了？小右衛門說道：

「總之，既然那魔頭決意取你們的性命，只消尾隨你們，遲早能逮著他的尾巴——老實說，我原本是如此盤算。因此直到你步出店門為止，我都在店外守候。」

「那麼——可發現了什麼線索？」

「不同於稍早那棟破屋子，店家位於大街上。若有大批無宿野非人群聚而來，必將引起軒然大波。何況這下子町方戒備森嚴，火盜改亦不敢懈怠。」

「祇右衛門哪會在乎？根本不愁沒卒子可差遣，且用完即拋也不足為惜。」

「的確如此。然即便對犧牲不以為意，想必也不敢貿然壞事。倘若失敗一回，接下來可就愈發難辦。若要遣人襲擊，必得乘夜為之。想必你們那損料屋，已撐不了多久了。」
天明前必將遇襲，小右衛門說道：
「況且，人數將會相當可觀，應不少於晝間那回的兩倍。」
「噢——」
再度遇襲早可預測，但若人數加倍，山崎還護得了店家麼？
不，店家就甭守了，只須助阿甲與角助逃往長耳居處——
「阿銀，這兒交給妳看守。」
小右衛門向傀儡般的小姑娘說道，接著便轉頭望向又市。
「還在磨蹭個什麼勁兒？咱們上路。」
話畢，小右衛門轉身邁步。
這回下手會輕些，但免不了要死上幾人——只聽他邊走邊說道。

【柒】

睜開雙眼，一片稀疏的蘆葦簾子霎時映入眼簾。
簾子的縫隙間，可看見一個又圓又白的東西。
那究竟是什麼？高掛天際、熠熠生光，難道是太陽？
然四下卻是一片黑暗。看來此處似乎位於地底。

一坐起身，腦袋便碰上了簾子。抬起頭來，看見一輪潔白的明月。

此處是何處？這可是個家哩，只聽見山崎的嗓音回答道。

「大爺——」

只見山崎正躺臥一旁的草蓆上。

「此處是在下的居處。雖然稱不上是個像樣的住所，下無榻榻米，上無天花板，就連一道牆也沒有——」

甚至連草蓆都是一片破爛，山崎苦笑道：

「阿又先生——看來咱們是活了下來。」

「活了下來——？」

只記得一片火海。

又市與小右衛門趕赴時，閻魔屋已為紅蓮般的烈焰所包覆，行將於猛烈火勢中傾塌。

兩人離開小右衛門居處時，已聽見半鐘（註38）的鐘響。

「想不到對方竟然用上縱火這招。況且，還不是在閻魔屋縱的，而是考慮風向，自隔鄰第三棟及後頭放的。似乎是想將咱們給薰出屋外。」

山崎費力地坐起身子說道：

「看來是打算乘咱們逃出時下手。不出多久，町火消便趕赴現場，旁邊還擠滿了圍觀百姓，

註38：懸於望樓，用於火災、洪災時敲鐘報信，警告百姓並召集消防團體的吊鐘。

咱們雖得以乘隙逃出屋外——」
沒錯，盜賊改與町方都來了。
又市和小右衛門因此無計可施。
總不能教小右衛門將圍觀百姓與官差炸得死傷慘重。
「百姓的兩人之中，便有一人是潛藏的敵手。若沒你們倆趕來援助，咱們根本無從對付。不過，對手竟出此奇策，完全出乎咱們意料。」
在官差面前下手。
即便躲得開，也無法攻擊。根本無從全力還擊。
對手完全不怕遭官府逮捕，顯然早已將小右衛門先發制人的習性納入考量。
「唉，空有一身武藝，此時卻連自己也護不成，同阿甲夫人與角助也給沖散，活像要溺死於人群之中。總之，雖不知是怎麼辦到的，若沒那奇技相救，想必在下……」
早已魂歸西天了。話畢，山崎一臉納悶地起了身。
當時——
小右衛門以矯健身手爬上大街對面商號的屋頂，將業已燒毀一半、眾人正忙於滅火的鄰家給炸毀了。
用的似乎是與從前炸毀立木藩米倉時同樣的小型兵器。隨著一聲爆裂聲響，鄰家頃刻碎裂坍塌，圍觀百姓與官差見狀——紛紛倉皇避逃。想必沒人料想得到，此乃兵器神威所為。
八成以為是火災所致。

也有幾名町火消遭炸落。

雖然看似僅是一棟宅邸毀於祝融——但犀子一塌，根岸町一隅頓時化為人間煉獄。又市穿梭其間，四處尋找阿甲與角助的身影。

「當時，我沒料到圍觀百姓中竟混有敵手，雖然根本不難猜想。多虧大爺救了我一命。」

挨了許多打，也挨了許多踢。

直到山崎趕來相助，又市方能自人群中狼狽脫逃。

倒是——

「角助死了。」

是麼？山崎短促地回答道。

「他為了保護阿甲夫人，死於包圍他的五名敵手刀下——就這麼轟轟烈烈地走完了這輩子。」

臨別時角助那神情，又市將永生難忘。角助承認了又市的臆測，面露微微一笑。

「我曾告訴他——唯有他能保護阿甲夫人。」

他是個了不起的掌櫃，山崎說道：

「想必是喜歡上阿甲夫人了。」

若是如此，他豈不是更想活下去？

「那麼，阿甲夫人如何了？」

阿甲她……

似乎是——教小右衛門給救走了。

殺害角助的一行人，似乎是小右衛門驅離的。阿甲當時正在一旁，試圖營救——為保護自己而犧牲性命的角助。

「我自己教人又踢又打的，倒地後連站也站不起身。幸好當時火盜改的援兵趕到，連馬都來了——」

我才得以勉強脫困。

想來還真是難為情，話畢，又市又躺了回去。

此處甚是狹窄。

「雖不知是何方神聖，那隨你來的漢子的確有兩下子。總之，阿甲夫人似乎真是教他給救走了，想必是安然無恙——好了，多歇點兒。」

硬撐下去，當心小命不保，山崎說道：

「此處——還算安全。在下窩身此處，至今已有四年。此處乃一走投無路者聚集之地，住民來自諸國，有至伊勢參宮（註39）後無法返鄉者、拋棄農地出逃的佃農、下山謀生的山民、身敗名裂的百姓、脫藩的浪士、亦不乏遭官府通緝的兇徒。既無武士，亦無百姓，讓在下得以安然度日。」

「大爺——情況不大對勁哩。」

噢？山崎如此回應的同時，入口垂掛的簾子被撥了開來。

一個年紀未滿十歲，生得一臉稚氣的女童將腦袋探進房內。噢，這不是美鈴麼？山崎坐起身

子問道：

「怎麼了？時候都這麼晚了。噢不——難道已是黎明時分？」

女童默默不語地遞出一只碗。又市瞧見了她小小的指頭。

「噢？三佐大人為咱們倆煮了雜炊（註40）？」

女童頷首回應。

「這真是教人不勝感激。說老實話，在下已有好一陣子沒吃頓像樣的飯。那麼，就不客氣了——」

女童轉頭望向又市。噢，這位是在下的友人，山崎說道。

女童轉身放下簾子，接著又再度探進頭來，又遞出了一只碗。

碗上冒著騰騰熱氣。

「噢？連在下友人的份兒也準備了？真是感激不盡。」

山崎接下碗，誠摯地向女童低頭致謝。女童再度轉身，接下來又以握有筷子的小手撥開簾子，向又市遞上筷子。

「噢——」

又市短促地回應一聲，收下了筷子，女童便放下簾子，轉身離去。

註39：指前往伊勢神宮參拜的集體朝聖。往昔曾被日本人視為一生一度必行之事。

註40：將米飯佐以蔬菜、魚貝，以醬油或味噌調味的餐點。

「這小姑娘不懂得什麼禮節，是不是？在下就欣賞這點，孩童本就該誠實。過於諂媚教人困擾，寡言木訥反而教人憐愛。這小姑娘，乃此處一名曰三佐的耆老之孫，爺孫倆對我這懶骨頭甚是關照。」

原本因疼痛與疲累而無法專注，這才發現此處冷颼颼的，絲毫不像屋內該有的溫度。熱騰騰的雜炊滲入胃腑，味雖清淡，感覺卻甚是美味。一如山崎所言，兩人已有四五日沒吃過一頓像樣的飯了。

終於有了活過來的感覺，山崎說道：

「打吾妻亡故後……」

在下就沒幹過什麼像樣的活兒——山崎轉頭朝簾子縫隙間凝望，繼續說道：

「在下幾可說是自甘墮落。唉，雖說是亡故，其實是死於在下之手。」

「死於大爺之手？大爺殺了自己的妻子？」

沒錯，山崎說道：

「鳥見役並不是什麼好差事。名目雖為尋鳥，暗地裡其實和庭番（註41）差不了多少。得巡行江戶周遭觀察地勢、繪圖註記，因此常得出外遠行。此外，還得不分晝夜監視大名屋敷等等，幹的活兒與密探沒多大分別。」

又市漫不精心地聆聽著。長耳曾說過，這是份尋找鷹、雀和蛙的差事。

「然卻收入甚豐。不僅高達八十俵五人扶持，就連車馬費也沒少。此外，通常還能收受點賄賂。鷹場中上至鷹頭，下至撒餌者，僅需略施恐嚇，便可強行索賄。」

「原來是這等差事？」
「沒錯，正是這等差事。只消四處遊蕩繪些地圖，嗅到銀兩的氣味便搜刮些許。鳥見役共有二十二名，盡為世襲。至於在下，則是個贅夫。」
「贅夫——卻將妻子給……？」
卻將妻子給殺了？不不，在下所殺的第一人，乃在下之弟——難道不曾向先生提及麼？山崎回答道：
「在下原為職等不高的一小普請組之次男，上有一兄，下有一弟。家弟甚不成材，四處為惡。在下除劍術外別無所長，加上生性木訥不擅融通，故與為人正直之兄長較為友好，同家弟則頗為不和。一日——某任鳥見役之山崎家遣使前來招贅，告知其女對在下一見鍾情云云。唉，如今憶及，不過是個陰錯陽差的笑話，但條件如此誘人，事情當然也順利談成，在下就這麼成了山崎家之贅夫。不過，之所以說是個陰錯陽差的笑話——乃因這山崎家招錯了人。」
「招錯了人——？」
「山崎家原本要招的，乃是家弟。然家弟因放蕩不羈，與家中已少有往來，更無人料到竟有人欲向家弟提親事兒。故吾家——便逕自判斷山崎家欲招者，應是在下。」
「意即，其女鍾情者，乃是令弟？」
「談不上鍾情。實乃家弟玷污了人家。」

註41：江戶第八代將軍德川吉宗所創的官職。職責為直接奉將軍命令，暗地裡執行諜報任務。

「玷污？大爺，這……」

山崎仰面躺下，有氣無力地笑道：

「不過是個無賴玷污了武家女子。總之，吾妻重體面，想必不願承認遭淫而失完璧之身。不過，也欲迫使這無賴負責，方謊稱對家弟一見鍾情，以為掩飾。適逢其父解職退隱，正欲為女招個贅夫，以承其職。總而言之，兩家均嚴重誤判。在下的親事，就這麼在謊言與誤判中談成了。」

可笑不？山崎問道。

「哪兒可笑了，大爺？這種事兒可是前所未聞的荒唐。難道直到入門前，大爺都沒見過妻子？只要見個一面，便能察覺誤會才是。」

「見是見過。然當時沒察覺。」

「為何沒察覺？」

「因為兩人甚為神似。」

在下與家弟，活像同個模子翻出來的，山崎說道。

「這難道不可笑？」

「更不知有哪兒可笑了。」

又市也沒起身，僅抬起頭來望向山崎。

「總之，阿又先生，武家的相親總是相隔老遠、低頭望下的。手也不握，話也不說。一切都由親屬打點，可謂乏味至極。吾妻於宴席間一度神色有異，然而在下當時也沒多質疑。知道實情之後——」

「可是大為光火？」

「不不，在下僅一笑置之。反正這等事兒毫不打緊。夫婦一旦習慣彼此，從前的事兒就沒什麼好追究的。只要願意相互扶持，使能將日子好好過下去。然吾妻……該怎麼說呢，對此事總難以釋懷，看在下亦是百般不順眼。」

「大爺與令弟不是甚為神似？」

「相像之處僅止於面容。在下——並不適合鳥見一職。既無意索賄，亦無膽潛入大名屋敷窺探，更不願脅迫百姓農戶。與先任的吾妻之父相較——收入竟然半減，日子也得過得樸實些，總之是揮霍不得，導致吾妻認定在下無能。況且，當年在下極不擅言辭，平素沉默寡言，絲毫不解風情。」

難以置信，是不是？山崎依舊躺著身子笑道：

「總之，當年的在下無話時默默不語，有話時也盡可能長話短說。與妻獨處時——阿又先生，根本是尷尬至極，教人難耐。」

「因此招妻嫌惡？」

「沒錯。唉，雖不時盡力找些話說——但反而是弄巧反拙，狗嘴裡也吐不出什麼象牙來。強逼自己做不擅長的事兒，形同自掘墳墓，到頭來反教吾妻益發疏遠。唉，原本就毫無情份，這也是理所當然。但即便如此，夫妻倆卻不得離異。」

畢竟是武家之身，山崎說道：

「若是尋常嫁娶，尚可遣妻返鄉，但在下身為贅夫，必得顧及體面，何況在下已承接鳥見之職。且完婚翌年，其父又告辭世。此時若欲離異，各方均不合宜。」

規矩可真囉唆，又市說道。

「可不是？不過，在下還是捱了下來。方才也曾提及，鳥見這差事常須遠行，一年內有半年出門在外。故此，在下是得以忍受，然吾妻可就捱不得了。竟開始乘在下出外時——」

與家弟頻頻往來，山崎說道。

「這——不就形同私通？」

「確是私通。也不知是家弟主動前來，還是吾妻引其入室。堂堂人婦，竟願與玷污一己之惡徒姦通，實令在下始料未及，察覺時當然甚是驚訝。」

「因此殺了這對姦夫淫婦？」

不不，山崎再度笑道：

「在下的確大為光火，然思及吾妻屬意者本為家弟，亦深知夫妻不睦之主因，乃緣於在下不解風情。故即便無意放任不理，亦不敢過度指責。或許在下如此態度，給了吾妻可乘之機——竟開始圖謀不軌。」

「圖謀不軌？」

「簡單說來——便是意圖謀害在下，由家弟取而代之。」

「謀害，可是指謀殺？」

沒錯，正是謀殺，山崎翻了個身，背對又市笑道：

「隨謊言與誤解入贅成婚，認真當差卻遭斥無能，夫妻因此貌合神離，而妻子不僅不安於室，到頭來更意圖辣手殺夫。你瞧，這豈不是個大笑話？」

「哪是笑話？」

不當笑話哪熬得下去？山崎語帶自嘲地繼續說道：

「一日，在下自岩槻視察歸來。入浴更衣欲就寢時——竟見家弟持刀立於臥榻之前。在下也非傻子，驚覺情況不妙，欲拔刀應戰，伸手卻摸了個空。原來吾妻為杜絕在下活路，乘在下入浴時將刀藏起。看來雖屢斥在下無能——吾妻至少認為在下武藝確有過人之處。不過，在下雖手無寸鐵……」

仍順利搏倒家弟，山崎說道。

「是如何搏倒的——？」

「噢，在下奪過家弟所持兇刀，揮刀斬之。吾妻原本藏身鄰室窺探，此時竟一臉狐疑地拉開紙門。任誰也猜不到，一個手無寸鐵者竟能搏倒持刀刺客。況且——勝敗兩造生得如此神似，令吾妻一時難辨孰勝孰敗，交互看了咱們兄弟好幾回。當時，在下尚未發現這可能是吾妻使的奸計——直到看見在下的刀竟被抱在吾妻懷中，方才意會過來。在下便……」

將刀自吾妻手中一把奪下，揮而斬之——

「原來——是這麼回事。」

「就是這麼回事。事發後，在下萬念俱灰，只覺萬事休矣。僅隨口編造說辭，謊稱家弟怒失理智，斬殺吾妻，遂遭在下誅殺正法。作勢配合官府盤查後，連法事也沒辦好，便棄家離去。」

不，因不願再佩掛殺妻兇刀，就連武士的身分也拋下了。日後聽聞，鳥見役一職已由山崎家之遠親繼承，但在下已與此職毫無關係。」

管它是討伐仇敵還是承繼家業，武家之行事已令在下厭倦至極，山崎說道。

「總之，絕不樂見再有人死於在下之手。老實說，當時若能死於家弟刀下，反而是皆大歡喜。既能供家弟任鳥見一職，吾妻也能換得如意郎君。誠如先生所言，人死盡是有失無得——殺生俱是有害無益。」

壓根兒沒半點好處，山崎總結道。

「噢，不知不覺竟然發了這麼多牢騷。事發至今，在下從未向他人提及過往——勸先生多歇點兒，卻一股腦兒地說了這麼多話，想必教先生想歇息也難。」

「夫妻若是貌合神離，可就難以維繫？」

「沒錯，註定彼此疏遠。」

山崎語帶落寞地笑道。

光線自簾子縫隙滲了進來。

看來已是黎明時分。或許因曾暈死過去，如今已無半點睡意。又市坐起身來，環視空無一物的小屋。之所以空無一物，乃因山崎什麼也不需要。

「大爺——掙得的銀兩上哪去了？」

「銀兩？在下僅需填飽肚子便心滿意足，剩餘的銀兩全分給了此處居民。噢，這絕非施捨，而是感恩眾人對在下的照料，可謂共存共榮。方才那碗雜炊，便算是在下的招待吧。」

「原來如此。」
看來人人對酬勞均作不同盤算。
悉數存起的，大概僅又市一個。
「此處住起來可舒服了。」
山崎以雙手枕住頭，仰望又市說道：
「既無須顧及門面，亦無須顧及體面。」
「果真如此——？」
山崎是如此認為，然而……
看在本就如此度日的又市眼中，可就不是這麼回事兒。對此處而言，山崎仍是個來自外界的外人，原本的出身，不會輕易改變。
此時，強光自簾子縫隙滲入，在室內映照出一道道橫光。
接下來——
該如何是好？
又市正欲開口時，入口的簾子又被掀了開來。
只見稍早送上雜炊的小姑娘——美鈴探進頭來。噢，是美鈴呀，山崎起身說道：
「可是來取回這兩只碗的？你們也該吃早飯了。尚未清洗——真是對不住。我這就奉還。」
山崎拾起又市的碗，疊在自己的碗上遞向美鈴。
但美鈴並未收下。怎了？山崎探出身子問道。

霎時。

美鈴將一把利刃朝山崎頸上使勁一插。

「喂！」

又市撐起單膝，渾身卻無法動彈。

——這光景……

教又市嚇破了膽。

山崎兩眼圓睜，直視小姑娘稚氣未脫的臉龐。

既未出聲，亦未抵抗。

利刃——一把看似山刀的兇器——緩緩刺入山崎頸內，直到僅剩刀柄方才停下。

美鈴一放開手，山崎立刻朝前一仆。

「大、大爺。」

山崎大爺——又市這才喊出聲來，迅速挪向山崎身旁，將之抱起，一把握住其頸上的山刀。

別拔，山崎以嘶啞的嗓音說道。

「大、大爺。」

「拔了——鮮血將傾瀉而出。留著——在下還能多說幾句。」

「大、大爺別說傻話。」

「對不住——無法再伴先生捱下去。記得不？——在下遇強則強，遇弱則弱。算算今生也殺了不少人。又市，接下來的就——」

接下來，呼的一聲吐了口氣。
山崎寅之助就此絕命。
「豈——豈……」
豈有此理，又市高聲吶喊，讓山崎的遺體躺平後，又市將簾子一把扯下。
入口外。
已是人山人海。
「你——你們是……」
盡是無宿野非人。其中有山民、河民、亦有不屬於任何身分者。
美鈴快步跑向人群正中央一位老人。
此人雖結有髮髻，但打扮既不似城內百姓，亦不似莊稼漢。
「真是悲哀。然而——這也是迫不得已。」
老人說道。
「哪、哪是迫不得已？」
又市自小屋飛奔而出，在門外跨足而立。
「竟、竟然教這麼小的娃兒幹這種事兒。你們難道瘋了？」
「當然沒瘋。」
「哪兒沒瘋？這位大爺難道不是你們的鄉里？不都同你們共處四年了？」
「沒錯。寅之助大爺與其他武士截然不同，是個人盡皆知的大善人，對吾等總是多所關照。

落得如此下場，吾等甚是遺憾。」

「落得如此下場？人可是你們唆使這娃兒殺的。」

「沒錯。寅之助大爺身手不凡，吾等難以下手。但思及其為人和善，必不忍對年幼孩童出手，吾等方出此策。」

「你──你們瘋了。」

你們全都瘋了，又市放聲怒喊道：

「這是為何？為何非得殺了他不可？難不成是奉祇右衛門的命令？」

「並非命令。」

蓬髮的老人說道。一旁的座頭把話接下說道：

「吾等所為，不過是如祇右衛門大爺所望。」

「祇右衛門大爺若命咱們赴死，咱們亦在所不辭。不過……」

「不過，寅之助大爺不願聽命受死，咱們只得殺了他。」

「這是為何？」

又市問道。

「為何祇右衛門對你們如此重要？可是為了活命？為活命而殺害他人，本就沒道理，為活命而甘願受死，豈不是更無稽？」

「並非為了活命。」

頭結髮髻的老人──三佐說道：

「而是為了保有自身尊嚴。」
「此言何意？」
「任公事宿時的祇右衛門大爺，乃一為人寬厚、待人和善的大善人。此處住民，泰半曾受過大爺之恩。若非大爺相助，吾等本應為官府所捕，或押赴寄場——甚至遭梟首處死。」
「但官府放了你們？」
「承蒙大爺相助。」
「幸有大爺關照。」
「一派胡言。」
又市朝地上憤憤一蹬。
「拿這當報恩？別裝傻了。祇右衛門不是早就死了？」
「大爺沒死。那本是不白之冤，大爺絕無違法之實。」
「恣意縱放、助你們這些罪人脫罪，就官府看來，豈不就是如假包換的違法？雖不知其生前都幫了你們哪些忙，但祇右衛門不就是為此，才遭梟首示眾的？」
「不。」
祇右衛門大爺尚在人世，眾人異口同聲說道。
「分明已經死了。不是已遭斬首，並於小塚原（註42）示眾？」

註42：存在於江戶至明治初期的刑場，位於今東京都荒川區南千住，與大和田刑場、鈴森刑場並稱三大刑場。

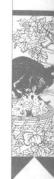

「不。」

「何須如此頑固？你們難道還看不出，那不過是個冒牌貨？不過是某個冒用善人祇右衛門名號的惡棍，藉哄騙使你們供其當卒子差遣。」

並非如此，三佐說道。

「為何還不承認？」

「祇右衛門大爺至今仍頻頻暗助吾等。官府欲搜捕非人、無宿人時，總不忘於事前將日期與捕快人數告知吾等。若有人遭捕，大爺亦可將其釋放。」

——原來如此。

這——就是棠庵所說的甜頭？

「如此鞠躬盡瘁助吾等度日者，除大爺外別無一人。」

「沒錯，若是冒牌貨，絕無可能對咱們關照得如此無微不至。這位叫又市還是什麼的先生不妨想想，冒險刺探奉行所及彈左衛門役所之內情，並逐一向咱們通風報信，對祇右衛門大爺可有任何好處？」

好處——

當然有好處。

「為了知道這些，難道就值得你們捨命拋家、助紂為虐、奪人性命？值得你們教娃兒如此心狠手辣地——？」

難道這比性命還重要？

「當然重要。」

三佐說道：

「一眼便可看出——吾等並非尋常百姓，非農戶、工匠，更非商人。什麼也沒造，什麼也沒賣。身處江戶無從漁獵，亦非獵師或漁民，當然更非武士。吾等毫無身分。想必——汝亦如是。」

三佐指向又市說道：

「一如吾等，汝亦無身分——既非非人，亦非無宿人。」

眾人此起彼落地說道：

「若為非人頭所捕，即成非人。」

「若於搜捕無宿人時為官府所擒，即成無宿人。」

「咱們既非寄場人伕，亦非罪人。」

「一旦成抱非人，必得束髮結髻。」

「遭流放遣送至佐渡，則得遭紋身註記，為官府掘金。」

「並非不願幹活，而是不願受迫。」

「不願受身分所限。」

咱們什麼也不是，好幾名徒眾說道：

「咱們的命運該由自己決定。若須聽命於他人……」

咱們毋寧死。

「非人頭車大人，自稱乃曾於常陸大名旗下任職家老的武士之後。」

「關八州之長吏彈左衛門大人，自稱擁有源賴朝公之由緒書（註43）。」

豈不是一派胡言？有人喊道：

「為何非得如此揑造一己出身？為何視武士後裔為尊貴，視武家為顯赫？難道武家說對便對，說錯便錯？何以須受謊稱一己出身、虛張聲勢者指為非人，供其差遣？」

吾等不甘被劃為此等人之下屬，三佐說道：

「吾等乃自由之身。既然什麼也不是，便無須受任何人差遣。若無法如此度日，吾等毋寧求死。為此，吾等任何事都願幹。」

「咱們絕不遜於常人，無須受人藐視。雖貧困弱小，卻也不亢不卑。此乃大爺教咱們的道理。神佛未曾救濟吾等，惟大爺這番話可為救贖。」

「沒錯。正是大爺教了咱們，即便無身分，亦可好好將日子過下去。」

「直到如今，也僅有大爺願幫助咱們。因此……」

「對咱們而言，祇右衛門大爺甚是重要。」

——原來如此。

生前，祇右衛門或許真如眾人所言，是個聖人般的大善人。

甘冒觸法之險救助弱者，或許是出於濃厚的正義感驅使。然而——

似乎是出了什麼事兒，使祇右衛門含冤而死。抑或是遭人謀害。

歿後，祇右衛門的教誨——便被奉為信仰。

此與信奉神佛幾無差異。因此——信眾甘願為其送死、害命。

而今，此信仰為惡人所用，信眾卻絲毫不察。

不察也是理所當然。因幕後黑手，已巧妙化身為信眾帶來實質利益的救星。

藉冒用祇右衛門之名，此惡人使信眾堅信祇右衛門尚在人世。遭極刑卻依然不死——這既是矛盾，亦是奇蹟。

既非未遭刑處。

亦非歿後成鬼。

這騙局的巧妙之處，便是使信眾相信祇右衛門雖遭刑處、卻依然健在此一矛盾。如此一來，恩義為信仰所替代，親切善人則被供奉為膜拜對象。

信眾未受任何脅迫，而是出於盲從的自願自發。不將為祇右衛門而死不視為無謂犧牲，而是殉教之舉。

如此一來，不信者便被貶為異端。

凡半信半疑者、違背教義者，均遭信眾攻擊、排擠，一旦遭攆出聚落便無從營生。強制者並非本尊，亦非神體，而是信眾自身。而盤據此迷信之中心者，即為熟識生前的祇右衛門者——

——換言之。

即是這聚落內的住民。祇右衛門生前所言，透過彼等之口傳述，成了如孔子或佛祖般的金科

註43：指載有自古至今之來歷的文件，此處所指或類似家譜或血緣證明書。

玉律，廣為流傳。若能善加利用此迷信——

——便可為所欲為。

無須威脅利誘，只消謊稱此乃神諭，信眾便會心甘情願鋌而走險。

殊不知冒名祇右衛門之幕後黑手——

極可能便是陷害祇右衛門之真兇。

一股莫名怒火在又市心底湧現，但旋告沉澱。

這些傢伙是善是惡？該饒不該饒？

受害者。喪命者。

以及——葬身此地的山崎。

究竟該如何是好？

「意下如何？又市。」

三佐開口說道：

「汝與吾等俱為毫無身分之徒。寅之助大爺則是個武士，即使為人和善，可惜依然是武家之身。若求其奉祇右衛門大爺之託送上性命，必將不從，吾等只能殺之。汝又是如何？就乖乖受祇右衛門保護吧。」

「遺憾的是，我可沒如此順從。若要我死，可不會乖乖送上性命。」

「的確遺憾。」

眾人朝前聚攏。

「若願加入吾等，便可免於一死——但若寧為城內百姓之卒，同祇右衛門大爺作對，便只能乖乖受死。」

殺——眾人齊聲叫喊。

看來大概不下兩百人。換作其他地方，或許難以想像，然此處可不同。既無地名、亦無人管轄，此處乃無身分者群集之地。

——說來可真諷刺，鳥見大爺。

大爺以為此處最為安全，實則最是兇險。

人群一步步朝又市聚攏。看來——這回必是難逃一死。

「喂。」

又市開口說道。這下他也和山崎一樣，難再默不吭聲了。

「殺不殺我哪由得著你們決定？就算祇右衛門真如你們所言，是個值得犧牲一己性命的活菩薩。但決定生死的可不是你們，而是祇右衛門這傢伙罷？」

眾人默不作答。

「哼，瞧你們，這下無話可說了是不是？方才我默不吭聲地聆聽你們一番長篇大論，話說得可好聽。然正如你們毫無身分，哪管是武士、農戶、百姓、長吏、還是非人，不也是同樣道理？大家不過是守個行規。在各自的行規下，任誰也不自由，且不分人等高低，賤者貧苦，貴者辛勞，處境同樣堪憐。因此，少在行規外看人熱鬧說人風涼話，受苦的可不是只有你們。你們那套道理，和武士看低農戶的心態有什麼不同？」

眾人並未作答，然腳步卻已停了下來。

「山崎寅之助喜與你們共處，就連銀兩也分贈給你們。而你們對大爺他百般照料，雙方可謂共存共榮。然你們只因祇右衛門一句話，只因他是個武士之身，便將他給殺了。人本不該有強弱尊卑之分，身分、立場、血緣什麼的，全是胡說八道。憑什麼自認什麼人也不是？開什麼玩笑，你們根本是殺人兇手。殺了人卻沒半點愧疚，你們的確不是人。」

三佐背過身去。

「哼，要殺儘管殺吧。我雖是個無處容身的無宿野非人，但可不似你們裝模作樣地自稱毫無身分。我可是……」

我可是小股潛又市哩。

話畢，又市盤起雙腿，席地而坐。

「又市。」

三佐低頭俯視又市說道：

「方才所言——的確有理。然而，吾等已別無選擇。若為祇右衛門大爺所棄，即形同頓失標的，信仰畢竟難以拋棄。因此，還是得殺了你才成。納命來吧——」

霎時，無數雙手朝又市伸去。

又市閉上雙眼。

「住手。」

此時突然有人喊道。每雙手都停了下來。又市睜開雙眼，只見人牆中出現了一道縫。

一名身穿白衣的男子站立其中。

此人身披白單衣，頭覆白木棉行者頭巾，腰纏多圈繩，頸掛黑偈箱，手持五鈷鈴。

——此人。

不正是又市尋覓多時的御行？

「此人不可殺。不，凡殺生均不可為。竊盜、勒索，均不可再為之。」

御行以洪亮低沉的嗓音說道。

「來、來者何人？」

「這張臉——汝等難道不復記憶？」

話畢，御行解下行者頭巾，又迅速解開纏腰繩。

「仔細瞧吧。」

御行說道。

【捌】

麴町一案事發四日後，志方兵吾收到一份投書。

投書內容甚是驚人。

其文教志方驚訝不已，久久不知該如何對處。得趕緊呈報與力。不，或許該呈報奉行，抑或應先同筆頭同心商議——

到頭來，志方還是決定上麴町找愛宕萬三商量。

聞言，萬三驚慌不已，認為或應儘速央請奉行所定奪。畢竟茲事體大，絕非一介同心與岡引可解決。

投書以怪異的醜陋字跡寫道：

吾人頻頻遣人為惡，紛擾社稷數載。

今欲投案自首，以正王法。

將於根津六道稻荷堂靜候大駕。

稻荷坂祇右衛門留——

當務之急——乃確認此投書是真是假。若是無視，既不會造成任何困擾，亦無須受上級斥責。不，該思索的並非前去與否，而是呈報與否。若向上呈報，不就表示自己將此事當真？

志方立刻造訪筆頭同心笹野九郎兵衛，向其出示投書。

然笹野反應也和志方相同，不知是否該上呈與力。

結果，笹野下了如下命令。

儘速前往根津六道稻荷堂，判明真偽——

看來是打算遣志方先行確認，並於期間事先疏通。依志方回報，再行決定派遣捕快、小廝、還是同心。總之，總得有人前去瞧瞧。

志方遂率萬三、龜吉兩人前往根津。

若投書內容屬實，如此人數必是無法因應。畢竟對手是個視恐嚇、殺人、放火為家常便飯的

大魔頭。

二日前損料屋遇襲一案，災情甚是慘重。計有八屋全毀，五人死於烈焰焚身，町火消亦有兩名身亡。此外，尚有傷者三十餘名、行蹤不明者三名。當然，毫無確證證明此案與祇右衛門有所關聯，但該損料屋之小廝曾於二日前遭曝屍望樓。要說兩案無關，著實教人難以置信。

行蹤不明者之一，乃日前曾前往望樓收屍的閻魔屋女店東。

當然，祇右衛門是否涉及望樓一案，同樣是無從確認。

若無憑據佐證，祇右衛門與此兩案便絲毫沾不上邊。

不過，坊間盛傳此兩案——不，甚至其他大小事件——均為魔頭祇右衛門所為。近年發生於朱引內的罪案，大多被指為祇右衛門所犯。

真相無人知曉。何況祇右衛門確已不在人世，即便與其真有關聯，亦是不軌之徒冒名為惡。

但身分之真偽已不重要，若真有人在背後指使一切——

則此人必是個心狠手辣的大魔頭。

如今與這魔頭對峙的，僅有區區三人。

志方、萬三、乃至龜吉，士氣甚是低落。

當此低落情緒隨緊張迅速高漲，最終轉為恐懼時——

三人已抵達根津的六道稻荷堂。

只見稻荷堂周遭一片靜寂。

志方不由得鬆了一口氣。看來這投書，不過是有心人的惡作劇，壓根兒不足採信——志方如此心想。

不過，開門一瞧——

祇右衛門果真靜坐祠堂之中。

只見一年約四十五六、體態中等、雙眉濃密、眼神銳利的男子，正跪坐於祠堂中央。

其後，則有一衣著襤褸、年近七十的乞兒——志方判斷應是如此身分——誠惶誠恐地正身跪坐。見狀，志方驚訝得啞口無言。

二人一見志方，便劃一地曲身叩首。

接著，跪坐正中央的男子開口說道：

——勞駕大人親身前來。

——敝人確為稻荷坂祇右衛門。

——跪坐身後之無宿人，乃敝人之左右手，名曰三佐。

——為禍市井數年，敝人滿心悔恨卻無從償罪，故今在此投案伏法。

——藉此，欲逐一將敝人所策之大小諸案據實招出。

——供出罪狀後，亦願受當受之刑，以正王法。

話畢，二人低身垂頭，朝志方伸出雙手。

這下，不逮捕也不成。

雖然縛之以繩，但總不能將人留在根津的自身番屋內，志方一行人只得將這兩名自稱罪人者一路押解至南町奉行所。沿途兩人默默無語，毫無反抗，這怪異的行列就這麼靜靜地在大街小巷中行進。

抵達奉行所時，所內起了一陣混亂。

一行人只是奉派前去瞧瞧，卻帶了人回來，眾人當然要大吃一驚。但更教人吃驚的，是祇右衛門這號人物竟然真有其人。原本大家或多或少都還認為，此人應是個虛構角色。

此自稱祇右衛門者，態度甚是毅然，絲毫不似個惡貫滿盈的大魔頭。

接受盤問時，亦沒有分毫不從。

但在供出罪狀時，這自稱祇右衛門者開了一個條件。

此條件即——不得將實際下毒手的無宿人治罪。

亦聲稱只要官府遵守條件，便願據實供出一切。

雖所有惡行均源自一己罪業，然部分無宿野非人對其多所膜拜，即便未具體下令，仍導致徒眾為其觸犯王法——意即該等無宿野非人，不過是承繼了此自稱祇右衛門者所造的業。

並表示今之所以願主動投案，乃因無法坐視此類慘禍繼續發生。

此外，尚聲稱自己已有認罪受刑的覺悟，然不應逮捕並追究實際下毒手的無宿人之罪責。畢竟一切都源自其自身罪業，只要伏法受刑，無宿野非人之惡行必將隨之止息——

吟味方與力對此猶豫難決，只得委請奉行代為定奪。

奉行亦不知該如何是好。如此形同縱放罪嫌，絕非官府所當為。

不過——事到如今，欲一一追究每一罪嫌之罪責，已是難過登天。

不僅詳情難以查證，想必就連犯案者人數，也是無從統計。
欲實際查出每一案件之罪嫌並依法裁決，也是毫無可能。如此看來，要查辦這些案件，不過是白費力氣。
到頭來，官府只得開出條件以為回應——除業已伏法者、遭通緝者、以及未遭通緝但罪證確鑿者，對其他罪嫌均既往不咎。
此自稱祇右衛門者果然坦承一切犯行。雖有些許細節已不復記憶，但其自供中之勒索、竊盜、兇殺諸案的確真有其事，對除非是罪嫌本人，否則應無從知曉的細節亦是知之甚詳。一同伏法的三佐——則負責聯繫祇右衛門與無宿人，乃實際下令唆使之連絡人。此人亦宣稱之所以主動投案，同樣是難耐良心苛責使然。
但最教人納悶的，還在後頭。
即是——此人似乎真是祇右衛門。
此人供述之生地、生年、與經歷——與北町奉行所所藏之祇右衛門相關記錄完全吻合。
不僅如此，似乎就連長相也是同一模樣。
祇右衛門伏法受刑，至今不過五年，與其相識者多仍健在。官府特邀祇右衛門曾任職之公事宿同儕、與當年負責裁判論刑之彈左衛門指認，眾人均稱此人確是祇右衛門本人。而逮捕者、裁決者、甚至斬首行刑者，眾人依相貌、嗓音、體格比對後，亦表示其確為本人。凡曾與祇右衛門有所往來者，均證實此人確為祇右衛門無誤。
況且——即便是無法去除之身體特徵，亦與本人完全吻合。若僅就長相而論，或許不難找到神似者頂替，但連此類特徵也全然吻合，可就無從否定了。

如此一來……

不禁教人納悶五年前遭梟首者究竟是何許人。不，就連曾目睹示眾首級者，均稱此人長相與該首級毫無分別。這下——究竟該作何解釋？

所內由上至下均是不知所措。此人既遭斬首示眾，已不可能再次處以同樣刑罰。與其說不可能，毋寧說不合理更為貼切。諸法中，亦無可對應此不合理情勢之刑罰。

此祇右衛門，真是彼祇右衛門？

除了其中必有一人是冒牌貨，別無解釋。

若此人真是祇右衛門本人，北町當年之判決行刑，即為誤判，形同處死某無辜頂替者。事隔數年，此案再度喧騰，必將遭上級究責。若當年的祇右衛門即是本人，此祇右衛門所供述便成嚴重偽證。若姓名、生年、籍貫以及經歷均為偽證——其他自白亦不足採信。此人雖有一死之覺悟，總不能因此便將之處斬，只為使此案草草落幕。

即便態度再大義凜然，供述偽證依然形同犯上。哪管意圖僅止於包庇他人，偽證仍是重罪。

大義凜然背後，亦似別有企圖。

不出多久，所內喧騰便告止息，然眾人心內仍是滿腹疑問。

「總之——本官如此告訴眾人……」

志方將一口蕎麥麵吸入口中後說道。

此處是麵館的二樓。

「無須困惑——此人乃祇右衛門是也。」

大人何來如此自信？萬三問道：

「敢問大人——是否有任何根據？」

「本官並無根據。連奉行大人也難斷之事，本官豈能明斷？」

「那麼——大人這番話，可是虛張聲勢？」

「絕非如此。總之，此人乃由本官所捕，眾人或可能為此徵詢本官——然本官當然難斷真相。不，官府愈是困惑，則世間愈是混亂，百姓愈是不安。根岸町之慘禍發生後，坊間益發人心惶惶。是不是？」

「是的。雖已增派夜回，但百姓見夜回頻頻巡邏，反而更為驚恐。」

「沒錯。眼見情勢如此，藐視官府圖謀不軌者及冒名為惡者亦紛紛出籠。一旦官府威信掃地，世間註定陷入混亂。長此以往，民反不過是早晚問題。有鑑於此，已不得再有煽惑民心之舉——記得你如此說過。」

「小的曾如此說過？」

「你曾有言，自己亦是受王法保護的百姓。」

噢？這是說過，萬三害臊地搔搔腦袋說道：

「對不住呀大人，這番話，小的放肆了。」

「無須致歉。這番話聽得本官茅塞頓開。總之既為町方，就得保護町內百姓。若當官的都迷糊了，百姓將何去何從？」

「話雖如此——不過……」

萬三微微拉開拉門，透過細縫俯覗大街問道：

「那曾教人拖著遊街的傢伙——果真就是祇右衛門——？」

當然，志方答道。此時可萬萬迷糊不得。

「的確是祇右衛門。原淺草新町公事宿小普請組祇右衛門，通稱稻荷坂——捨札（註44）、幡旗不都寫得清清楚楚？既然如此寫著，此人便是祇右衛門。祇右衛門曾於仕置場遭斬首身亡，此事確為不爭事實。」

確是事實，萬三雙眼遠眺，以吟詩般的口吻說道：

「那傢伙遊街示眾時可熱鬧了，瓦版也印了不少。湧向仕置場看熱鬧的人潮，還真能把人活活給嚇死。昨日、前日已有不少人爭睹其示眾首級。今兒個就是最後一日，小塚原更是人潮洶湧，彷彿枯山亦成美景。唉，一睹示眾首級，並非什麼風流雅事，但誠如大人所言，這多少能教人安心。」

看了屍首，反而能教人安心哩，萬三說道：

「這全是大人的功勞，城內百姓對志方大人可感激了。就連我家那婆子，都嚷嚷著這下終於能高枕無憂，一個勁兒地朝八丁堀這頭膜拜哩。」

還說什麼高枕無憂，根本是高興得睡不著覺，萬三說道。

註44：江戶時代公開行刑時，豎立街頭細數犯人罪狀的告示牌。通常從行刑日起會展示三十日。

「無須挖苦本官。這絕非本官的功勞，不過是事發偶然。若該投書投向其他同心屋敷，當然便得由派駐該屋敷者經辦。況且，若這真是椿功勞，隨本官辦案的你，不也該獎勵？」

小的已經同親戚們炫耀過了，萬三笑道：

「然而，小的可不認為事發偶然。打春日那椿黑繪馬奇案起，大人不就是赫赫有名了？想必投書前，祇右衛門也曾逐戶檢視門札，非大名鼎鼎的志方大人不投——」

「不可胡言。」

不過。

志方也認為萬三這番推測，或許不無可能。

黑繪馬一案，亦是祇右衛門指使的惡事。其人曾聽過志方之名，也是理所當然。

志方以筷子夾起最後一口蕎麥麵，吞入口中。

「你也清楚，那不過是場平淡無奇的逮捕之行。未起任何打鬧廝殺，不過是靜靜押著罪嫌走。」

「小的可是敘述得天花亂墜，教我家那婆子直以為小的將大惡棍又打又拋、又殺又剮的，讓小的乘機多討了點兒銀兩花花。」

受官府委任者，不可虛報其事。志方苦笑道。

「不過，大人。」

萬三突然一臉嚴肅了起來，朝前探出身子說道：

「小的倒是認為，那投書若沒投到志方大人手上，本案絕不會辦得如此順利。這絕非奉承大人的場面話，少了大人一番進言，這回可就難以結案了。畢竟曾有五年前北町的斬首示眾，依理——一句此人乃祇右衛門是也，可是說服不了人的。」

大人究竟是如何說服眾人的？萬三問道。

「本官並未說服任何人。罪嫌業已招認，證人亦紛紛指證，何況所述罪狀又全數吻合，本已無餘地有任何質疑。本官不過是建議，既然罪嫌承認自己確為祇右衛門，唯有上官依法裁罰，社稷百姓方能重獲安寧。」

「噢？」

大人可真是厲害，萬三說道：

「此話一說，哪管是奉行大人還是與力大人，當然都要相信。不過，北町的大人們又作何感想？倘若今日於小塚原示眾的是本人的首級，那麼五年前的首級不就是……」

亦是本人，志方說道。

「噢？小的不解。」

「有何不解？無須執著於真真假假，只要南北各負其責，兩者俱可視為本尊。」

志方於調書上如此記載。

此人自稱原彈左衛門門下之稻荷坂祇右衛門，為惡多年，經查雖罪證確鑿，然依官府所載，此人已於五年前於北町斷罪論處。

若如是，兩名祇右衛門應非同一人——

「兩名祇右衛門應非同一人——？」

「沒錯，應非同一人。意即，實有兩名經歷、籍貫、姓名皆雷同者。」

有理。若不作如是想，的確難以解釋。

大人果然高明，萬三開懷笑道：

「僅知您為人公正不阿，卻不知大人亦是辯才無礙。此話或有失禮，然大人還真教小的吃了一驚，驚覺自己竟無視人之明。有幸跟隨大人，這下益發教小的與有榮焉哪——」

萬三語帶阿諛地奉承道。

透過萬三拉開的拉門縫隙。

志方望見屋外一片蒼天。

這不過是詭辯。雖是詭辯，卻能收效。

文書、手續，不過是這麼回事。而事實，亦是這麼回事。

不過，這詭辯並非志方所創。賦予志方度過此一難關之機智者——

實為雙六販子又市。

奉行所仍為如何處置自稱祇右衛門之罪嫌議論不休的某夜——

又市突然造訪志方住處。

只見此人於庭院一隅單膝而跪，狀甚恭謹。

——小民有事欲向大人稟報。

又市開口說道。

志方立刻憶起，曾於頭腦唇一案時在番屋內見過此人。實為有事相求，又市率先承認道。可知未經許可夜闖同心組官舍，遭斬殺亦無權過問？志方問道。小民已置死生於度外，又市回答。

此人不似惡徒——

志方如此判斷，遂答應聽取又市陳情。

不分百姓、農戶、非人、商人，對其皆是畏懼莫名。

與其拘泥程序，不妨先明白宣告——

兇賊稻荷坂祇右衛門業已伏法。

不。

昭告天下，就擒者毫無疑問確為祇右衛門。

這較任何事都來得重要，又市說道。

——長此以往，則天地必亂，災厄必至。

沒錯。

的確有理，志方心想。

昭告後，宜央請上官發落，明確記卜姓名罪狀，將之斬處。

並宣告法理對不法絕不寬貸。世人大可安心度日。

——一味拘泥於辨明真假，實無助益。

的確如此。

雖然體面上、文書上或許較不合宜，但執著於合議表決，本就毫無意義。即便眾人意見一致，仍可能是天大誤判。總之，真相本不該裁而決之，而是選而擇之。擇一最善說法，將之昭告天下，較什麼都來得有效。

——坊間本如夢幻，謊言本無虛實。

——兩名祇右衛門俱為本人，即便兩名祇右衛門應非同一人——

大人不妨如此撰載，又市進言道。

又市，本官業已如此撰載，志方在心中喃喃自語道。

【玖】

又市站在一個立有兩面牌位的首級前。

首級置於竹矢的另一頭。這遭殘酷斬殺的屍首一部分，就這麼被當成了殺雞儆猴的道具。

此處為小塚原刑場。場內有僅以垂掛草蓆的木樁搭成的簡陋小屋，並立有非人番及長吏番（註45）。

突棒、刺股、以及福島鬭所槍（註46）。僅以釘有木板的長樁造成的捨札、及許多長逾八尺的和紙造成的幡旗，上頭均以潦草的字跡，寫滿了「祇右衛門」。

祇右衛門——

眼前的，便是稻荷坂祇右衛門的首級。

——總之。

稻荷坂祇右衛門在遊街示眾後，終於死於梟首示眾之刑。

祇右衛門旗下的無宿人三佐，則遭處磔刑（註47）。

世間就此恢復平靜。

——還是輸了。

到頭來。

——又丟了兩條人命。

原本已死了不少人。為了讓此事落幕，又多賠上了兩條人命。到頭來究竟死了多少人？山崎寅之助、角助、巳之八、阿睦，大夥兒全都死了。久瀨棠庵依然行蹤不明，不知他究竟是生是死？抑或兩者皆非？

總之，這輩子與棠庵是無緣再見了，又市心中有如此預感。混在人群中望著示眾首級，又憶起棠庵的一番話。

先生平日常言——

註45：非人番為江戶職稱，負責維持農村治安、取締盜賊及野非人，以收受米或麥為俸祿。長吏番則查無此職，應指受彈左衛門等長吏頭管轄，負責取締、管理非人之長吏。江戶時代常命非人負責刑場雜務，於行刑時立於先頭，以加深百姓對其之歧視，確保階級秩序得以維持。

註46：江戶時代的兩種緝捕道具，突棒之前端為鐵製，呈T字形，上有成排鐵釘，前端下頭為十二至十三公尺的木柄。刺股又名指叉，鐵製前端呈U字形，下有二至三公尺之長柄，用來將對方咽喉、胳臂等強加固定於牆面或地面。福島關所槍為刑場內兩支飾槍之俗稱，被視為不祥標記。

註47：將犯人肢體分裂肢解的酷刑。

凡事均可能不犧牲人命，便得收拾——

然而，這回卻沒能如此成事。又市終究違背了棠庵的期待。

——不過。

至少得以一窺祇右衛門的樣貌。

這首級，便是祇右衛門。

原本無從窺見的真面目，如今正赤裸裸地曝曬於大眾眼前。此人便是祇右衛門，瞧他這滿臉橫肉的長相再心狠手辣到頭來也是這結局這個混帳東西早該死了這一臉兇相的傢伙究竟禍殃了多少人這下真是大快人心哪——大夥兒終於能安心度日了。

看熱鬧的人群七嘴八舌地說道。這就是江戶坊間的心聲，形同毫不負責的隨口謾罵。不過，這樣也好。

——老頭子，你說得沒錯。

坊間言傳——皆是謊言。

沒錯，皆是天大的謊言。

直到淪為示眾首級為止，此人並不是祇右衛門。

又市再度望向首級，端詳起這生有一雙濃眉、堅毅嘴角的臉龐。

此人並非祇右衛門，而是又市尋覓多日的御行。

——好不容易教我找著。

「你竟然就這麼死了。」

又市低聲說完後，便轉身離開了刑場。

山崎遇害當日——

於本所的貧民窟內遭到大群無宿野非人包圍的又市，因著這御行突然到訪，九死一生地逃過一劫。

一見這御行的長相，以三佐為首的數名無宿人——應是這夥人的頭兒——驚訝得渾身僵直。待御行解開纏腰粗繩，又有更多人為之動搖——

祇右衛門大爺，三佐如此高喊一聲，眾人也紛紛隨之呼喊——到頭來，所有無宿野非人均虔敬地伏地叩首。

原來此人便是祇右衛門。

不，其實不過是貌似祇右衛門。

御行踏著穩健步伐，自跪地的眾人間走向又市面前，默默不語地鞠了個躬。接下來，又端詳起小屋內山崎的遺體，一臉悲愴神情。

汝等以為，敝人喜好殘虐殺生——？

御行問道。

但，祇右衛門大爺——三佐抬起頭來，語無倫次地回答道：

吾等確有收到久無音訊之大爺書信，命吾等殺害此人——

那書信，必是他人偽造，御行語帶怒意地說道。三佐嚇得渾身僵直。

然該書信印有祇右衛門大爺之印記——

可是這個？御行指著自己的肚子說道。只見其腹上有個怪異紋身。

三佐再度伏地叩首。

御行又開口說道：

此等文書，仿之甚易。然吾人身有此一稻荷坂印記，又是如何——？

這難道可輕易仿造？抑或汝等視投書者為真，吾為假——？

難道忘了吾之相貌、嗓音——？

小的不敢，祇右衛門大爺，三佐額頭緊貼地面回答道。

似有人圖謀不軌，假冒吾名行騙——

看來吾潛身多年，實對諸位造成困擾——

接著便面向眾人宣布：

吾乃稻荷坂祇右衛門本人是也——

眾人一陣歡呼，十指交握於胸前，向御行膜拜祈禱。

御行以洪亮嗓音繼續說道：

今後嚴禁一切殺生——

亦嚴戒為害、盜竊、詐欺——

或無須嚴守王法，然切勿悖違天理人倫——

勿忘汝等雖無身分，但仍不失為人，御行高聲說道：

凡為人者，均須順應人倫——

不論身分，不論階層，有違人倫即為罪業——

吾將為諸位洗刷前罪——

聞言，眾人一片譁然。

萬萬不可，祇右衛門大爺，三佐與身旁數人抬頭說道：

吾等為惡徒所惑，助紂為虐，豈可由祇右衛門大爺代吾等背負罪業——？

自身罪業，應由自己來償——

沒錯，沒錯，眾人異口同聲說道。

緊接著，眾人紛紛懺悔自己殺了什麼人，偷了什麼東西。是自己下的毒手，是自己犯的罪業，該由自己償還——

絕無此事，御行說道：

汝等不過是承繼了吾所背負之罪業。

難不成，汝等認為這稚氣未脫的小姑娘也得償罪？御行指向跪坐三佐身旁的美鈴問道。三佐聞言，霎時臉色一片蒼白。

她不過是聽從小民指使，罪在小民，三佐說道。

不，歸根究柢，眾人為惡之因實為吾，故此乃吾之罪——

吾這就前去贖罪——

大人請留步，祇右衛門大人請留步，眾人紛紛阻止道。

諸位無須留人。吾早為——

早為遭斬首示眾之身。

接下來，御行步入小屋，靜靜將山刀自山崎頸子拔出，舉起五鈷鈴說了一句：

御行奉為——

語畢，又搖了一記鈴。

接著又喚來三佐說道，諸位務必厚葬此人。三佐回了一句小民遵命後，便望著山崎的遺體，直喊對不住地哭了起來，並向御行乞求道：

請大爺允許小民同行——

說服眾人相信投書者，乃是小民——

教唆孫女殺害寅之助大爺者，亦是小民——

罪業如此深重，小民已無顏苟活，三佐說道。

御行深思了好一陣，接著又望向又市。又市腦海裡一片混亂，此人的確該為自己所為悔恨不已，竟唆使年幼娃兒充當道具，在又市眼前殺害了山崎。原本還又說又笑的山崎，如今已成一具死屍。

然而。

又市對其竟湧不起一絲恨意。

起身罷，眼見三佐不住叩首好一陣，御行這才一臉悲愴地吩咐道：

後日早朝卯刻（註48）前，一人至根津六道稻荷堂來——

多謝大爺，多謝大爺，三佐額頭緊貼地上，不住致謝。

此情此景，著實悲戚。

御行一步出小屋，便向本在祈禱的眾人宣告，今後，諸位儘管安心營生，接著又轉向又市說道：走罷——

又市便在御行引領下，穿過不住祈禱的大群無宿野非人。

雖不知將被領往何處，但不知怎的，又市心中卻沒有絲毫不安，有的只是無從消解的傷悲。

沿途，御行解釋了一切。

御行名曰宗右衛門。

乃一文字屋仁藏為壓制祇右衛門而祭出的致勝絕招。

宗右衛門乃公事宿世話役祇右衛門之孿生哥哥。

孿生子被視為不祥的畜生腹（註49），常交不同人分別撫育。故此，祇右衛門長於江戶，宗右衛門則於他國成長。一文字屋雖棲身京都，卻獲知此一不為人知的過往，為此耗費半年覓得宗右衛門。眼見這驚人魄力，教人益發對其心生畏懼。

仁藏思得一策，以宗右衛門抑制暴徒，封住魔頭詭計。

註48：相當於今早上六點。

註49：原指犬貓等動物一胎生兩隻以上的習性，亦泛指孿生子。古時因一胎多生與獸類相似而被視為不祥，尤其男女孿生者，常被視為前世殉情而死之男女轉世。

註50：古國名，位於今愛知縣西半部，亦稱尾州。

註51：於寺廟內負責雜務之男僕。

宗右衛門幼年被送至尾張（註50）某一寺廟，並被育為寺男（註51）。住持辭世後，他便離開寺廟，以御行之身營生。雖未出家，仍是個深諳佛學的佛教徒。

仁藏邀宗右衛門前往大坂解釋全事緣由，並求其協助。

宗右衛門亦是個同貧下人等共同生活的無宿人。獲悉江戶之慘況，宗右衛門甚是痛心。

從不知吾竟有兄弟，今日聽聞此事，甚是驚訝，宗右衛門表示。

仁藏所生之計，大致如下。

祇右衛門已死。業已不在人世。

對此事實視而不見，稱其尚在人間，便得以操弄無宿野非人。

亦即，冒名者本無形無體，絕不可能以自身面貌示人。

若是如此，將活生生的祇右衛門推上舞台，勸說眾人勿再為惡，或有可為。

眼見血肉之軀現身，必能吸引徒眾心之所向。如此一來，無形無體之冒名者，便形同遭剝除手足一般。

如此一來，無須斬其手足，只需斷其頭便可。

宗右衛門爽快應允。

對宗右衛門而言，假冒祇右衛門之名行騙者，形同其弟之仇敵。

況且，宗右衛門篤信佛教，對此種大逆不道之犯行自是深惡痛絕。

其弟祇右衛門亦是善人。看來兄弟倆不僅是樣貌，連性子也頗為相似。

此外，尚有一事相告，宗右衛門說道：

緻人實已來日無多——

宗右衛門患有不治之症，深知餘生之口已是屈指可數。

區區一介乞食御行，兩袖清風、無親無故苟活至今，死前至少該為社稷謀福——宗右衛門如此說道。

獲得允可後，仁藏便於宗右衛門腹上紋身。

紋的圖案，乃是隻頭上戴著骷髏的狐狸——

此圖即為稻荷坂之印記。至於祇右衛門為何紋上此一古怪圖案，且非紋於背上，而是腹上，如今已無從知曉。然不難想像，對認識祇右衛門者而言，此無法抹除的狐狸紋身應是個深植記憶的特徵。

命無宿人行惡的書信上，似乎也印有此一圖案。三佐等曾與祇右衛門熟識者之所以堅信投書確為其指示——想必也是信上印有此一圖案使然。

想必仁藏是自由冒名祇右衛門者魔掌下逃至大坂的鑄掛屋（註52）——即該為仁藏所救者那頭聽來的。

欲扮祇右衛門，便須有此紋身。換言之，由於有此紋身，長相本就神似之宗右衛門，必能順利化身祇右衛門本尊。

宗右衛門就這麼成了祇右衛門。

註52：亦作「鑄鐵屋」，為負責修補鍋子的工匠。

仁藏之計，終於得以付諸實行。

然而，終究太遲了。

畢竟耗費了半年光陰。不，查出宗右衛門行蹤，覓得其人，又精心策劃此一妙計，半年並不算長。然而畢竟是太遲了。

該魔頭——即冒名之祇右衛門，察覺了仁藏的存在。據說，奉仁藏之命暗地潛入江戶者，悉數慘遭殺害，使仁藏難以再遣人赴江戶。當然，也不能同又市一夥人聯繫。若為敵所察，閻魔屋必將難逃其魔掌。對仁藏而言，不與暗處往來之閻魔屋已然是最後一片城池。

然而，總不能繼續坐視觀望。

只得由宗右衛門隻身赴江戶。

汝之大名，敝人早有耳聞——宗右衛門說道。

仁藏告知宗右衛門，遇事可向閻魔屋求助。但亦告知，事成之前不宜有所接觸。仁藏果然審慎機警，這指示甚是正確。

敵方若察覺宗右衛門與仁藏有所關聯，必將對閻魔屋心生疑慮。而閻魔屋若已為敵方所襲，則宗右衛門亦可能遭池魚之殃。不論是孰者，計策均將失敗。

閻魔屋早已遇襲。不，在宗右衛門抵達江戶時，閻魔屋業已遭到這魔頭的攻擊。

又市與棠庵目擊宗右衛門時——

阿睦已慘遭毒手。

巳之八也已遇害。倘若宗右衛門直接造訪閻魔屋，必將遭敵方殺害。

先在江戶城內走一遭，撒撒紙札，仁藏曾如此囑咐宗右衛門。

事前下此指示，仁藏行事果然謹慎。

一如仁藏預想，又市也察覺了紙札的意圖。

然而，又市卻遲遲未能與宗右衛門有所接觸。之所以遍找不著，乃因除了又市，尚有一人讀出了紙札的暗號。

此人便是長耳仲藏。

仲藏乃一玩具販子，平日以雕造孩童玩具為業，偶爾亦印製妖怪紙札。此外，與戲班子也甚是熟絡。故此，有人四處拋撒珍稀妖怪紙札的消息，很快便傳入仲藏耳裡。

除此之外，仲藏又熟知又市及林藏的經歷。雖與仁藏毫無淵源，但透過兩人，對一文字狸也是知之甚詳。

因此，仲藏讀出了訊息，並立刻採取行動。

仲藏亦察覺閻魔屋周遭將起異變，心想倘若仁藏在策劃些什麼，自己也該有所行動。

因此，便與宗右衛門取得接觸，詢問詳情——

接著，就躲了起來。

除了潛身，別無他法。敵方亦已由靜轉攻，欲執行仁藏之計策，亦不知如何行動最能收效。總不能招徠全江戶的無宿人，宣告此人乃祇右衛門之本尊。若在此之前就遭殺身之禍，豈不萬事休矣？

御行亦潛身長耳家中。

當山崎與又市來訪時——久尋未果的御行，其實就藏身又市腳下。

沒錯。

仲藏甚至連又市也瞞著，在自宅地下挖了座地窖——並以此密室藏身。

山崎曾言屋內無人，卻有人氣，實為如此。當時，地下果真藏有巨鼠。當然，山崎連緣下也找過，卻未在緣下發現任何蛛絲馬跡。就連眼力絕佳的山崎都沒察覺，來襲的無宿人當然更不可能發現。

入口處似乎也施以工夫掩蔽。論及雕造大小機關道具的功力，無人能出長耳之右。對其而言，這些不過是雕蟲小技。

又市之所以發現這座密室，乃因瞥見庭院內那座老朽祠堂的布幕竟無故飄搖。該祠堂——即為地下密室之通風口。因此即使無風，也可能搖曳飄動。座落位置之所以古怪，也是因為如此。陳舊的外觀，應是出於長耳的巧手布置。

只不過，長耳生得一副龐然巨軀，欲藏身於緣下至為困難。既無法於地板下匍匐施工，若不能迅速至屋內移動至此，密室也將失去意義。

看來地板下必有個出入口，又市心想。

極可能在床間。

那床間是可開啟的。

床間的物品之所以悉數崩倒，乃因此處曾開啟過。無宿人雖曾湧入屋內大肆破壞，四處搜尋長耳的蹤影，但絕不可能想到該從此處找起。長耳仲藏並非小鼠，而是個彪形大漢。仲藏家中的牆早已悉數拆除，可能的藏身之處也僅限於壁櫥、棚架、廁所以及庭院。棚架上的物品遭人推倒、壁櫥內的物品遭人拋出、遮雨板遭人破壞——代表來者確曾仔細翻找。然而除非是怒失理智，應不至於連床間上的小東西都給扯下才是。

山崎說過，曾見灶煙裊裊升起。由此看來，長耳當時的確置身於屋內，一察覺有人來襲，便開啟床間，自地板下的入口逃入地下。

木屐尚在屋內，可為明證。

又市仔細觀察床間，確定其下必有密室。

因此，才建議阿甲若有萬一，可逃往長耳住處藏身。

欲供阿甲藏身，惟那密室可用。只是做夢也沒想到，自己遍尋不著的御行——即宗右衛門，亦藏身此處。

宗右衛門表示，該地底密室以石造成，室內牢固寬敞，既有水井，亦備有食物，藏身十至二十日，絕不成問題。雖不知是於何時、因何故而建，但這回的確是派上了用場。

宗右衛門潛身地下後，情勢便開始急速發展。

屋外可能尚有監視——欲外出，也是難為。

接下來，閻魔屋亦遭逢敵襲。

角助遇害後，小右衛門及時現身，為阿甲解了危。獲救的阿甲採信又市的建言，與小右衛門一同前往長耳住處。小右衛門一眼便發現密室所在，四人會合後，仲藏與宗右衛門聽說了閻魔屋的慘況，小右衛門與阿甲也聽說了仁藏的計策。

知道一切後，小右衛門頃刻動身。

確認又市與山崎無恙後，便迅速折返——

引領宗右衛門前往該貧民窟。

雖沒能救山崎一命。

但仁藏的計策終究收效。死而復生的祇右衛門現身眾人眼前，演了一場精彩好戲。

小右衛門曾建議，當宗右衛門進入貧民窟時，自己亦就近潛身，若見到情勢生變，便可及時搭救。

好意敝人心領，然並無此必要，宗右衛門回道：

因不願再見任何殺生之舉——

敝人決心代祇右衛門，受梟首示眾之刑——

又市直懷疑自己是否聽錯了。

萬萬想不到，為無宿人洗刷罪業，用的竟是這種手段。

何須如此？又市問道。只消宗右衛門化身祇右衛門，昭告認其為本尊之無宿野非人停止行惡——仁藏的計策便已大功告成。何況，在場目睹者必將儘速向全江戶之無宿野非人傳達此事。如此一來——

這還不夠，宗右衛門說道。

得向全江戶百姓昭告——

眾人往後得以高枕無憂。

若不如此。

不出多久，有心人必將再興禍端。御行繼續說道：

人人心懷恐懼，幕後黑手正潛身此恐懼之中。即便眾無宿人真心悔改，自此不再為惡，百姓對此依然一無所悉。恐懼一日不除，大眾仍將飽受魔頭祇右衛門要脅。只要仍有人不知情——

祇右衛門形同不死，宗右衛門說道。

故此，敝人必得化身祇右衛門，以祇右衛門之身死於大眾眼前。如此一來——

方能化除此魔頭之奸計，宗右衛門說道。

豈能……

豈能如此？又市質問道：如此一來，你不就得犧牲性命？難道這也在仁藏的計畫之中？人命關天——豈能如此布局？

仁藏大爺並無此計畫，宗右衛門答道：

反而規勸吾人切勿送命——

不過，敝人本就來日無多——

死有輕如鴻毛，亦有重如泰山——

如此死法，豈不較病死荒郊更有意義？宗右衛門笑道：

想必汝並不樂見，然該人也將隨敝人赴死。

所指似是三佐。

該人眼神——實教敝人不忍拒絕，宗右衛門語帶落寞地說道：

除吾等兩人之外，將不至再有人犧牲性命。先生就放心讓吾等赴義吧。

話雖如此……

——人死了終究沒戲唱呀。

又市在心中自語道。

不過，御行去意已堅，看來，已無半點供這小股潛說服的空間。

返回長耳住處後，宗右衛門便開始為赴死做起準備。自小右衛門與阿甲打聽了祇右衛門所起的大小事件後，宗右衛門換上與祇右衛門生前同樣的衣裝。素未謀面的弟弟衣裝，竟成了宗右衛門赴義的壽服。

據信——根津的六道稻荷堂，便是宗右衛門與祇右衛門兄弟遭棄的場所。

兩人乃為爹娘所棄。

宗右衛門曾自有養育之恩的僧侶口中，打聽出自己遭棄的場所。雖無任何記憶，名稱至少是記住了。宗右衛門表示——當年僧侶乃是於言談中，不覺脫口說出此名。或許，祇右衛門的名號稻荷坂，即是由此而來。

後來。

宗右衛門被當作祇右衛門，於城內公開遊街，又於眾人面前遭斬首示眾——

就這麼死去。

這下終於見著他了。

離開刑場後，又市刻意繞了遠路，行至淺草外圍。

來到了長耳住處。

一拉開門，便看見小右衛門、與那逼真傀儡——名曰阿銀——俱在屋內。阿銀這回作一身百姓姑娘打扮，但一張臉依然神似人偶。

小右衛門瞥向又市問道：

「事成了麼？」

「噢，事是成了。我——又眼睜睜看著兩人賠上性命。」

「唉。」

去瞧麼？短促地應了又市一聲後，小右衛門轉向阿銀問道。不去，阿銀面無表情地回答。不瞧也罷，小右衛門回道。

「去瞧什麼？」

又市問道。去瞧那首級，小右衛門回答。

「本就不是婦孺該瞧的東西。更不該公然示眾。」

「話是沒錯。不過，這宗右衛門——可是這小姑娘的伯父。」

「噢？」

如此說來，阿銀竟是——

「也罷，都自個兒說不去瞧了。反正人都死了，瞧了也沒用。」

小右衛門如此說道，但阿銀只是默默不語。

又市端詳著兩人好一陣，最後終於受不了這沉默，高聲喊道：

「倒是，你這禿驢在做什麼？難不成還躲在地洞裡？膽子再小也該有個限度吧。」

又市氣沖沖地站起身來，快步走向床間。

原本穿在宗右衛門身上的衣裝、偈箱、白木棉頭巾，折疊得工工整整地擺在床間一旁。

又市正欲朝地板一踢，床間突然升起，直朝又市倒去。

「這是在做什麼？難不成想夾死我？」

「吵個什麼勁兒呀，又市。還罵我膽子小？我這鼠膽，這回不是立了大功？」

地板下先是冒出一頂禿頭，接著一張生有一對長耳的古怪臉孔隨即現身。

「你當自己是個妖怪傀儡？難道不知如此現身只會更嚇人？這下還是大白天的，你這妖怪還不給我滾回箱根那頭去？」

你這小伙子還真是沒口德呀，仲藏整副身軀不耐煩地爬了出來，一走到座敷，便將胳臂伸進了地洞裡。舉起壯碩的胳臂時，拉起的是業已換上一身旅裝的阿甲。

「瞧我為防萬一，先將大總管給藏了起來。畢竟幕後黑手還沒解決，誰能放得下心？」

沒錯。

冒名的祇右衛門——即害死了祇右衛門，策劃一切惡行的諸惡亂源，依然是毫髮無傷。

阿甲在凌亂依舊的座敷跪坐下來，面朝又市磕頭一拜。

「又市先生這回辛苦了。」

「大總管切勿多禮——噢，似乎不該再以大總管稱呼了。阿甲夫人，向我磕頭絕無好處。倒是，請先收下這個。」

又市向阿甲遞上以白布包裹的兩塊牌位。
「是角助和巳之八。」
多謝先生，阿甲虔敬地接下牌位，懇切地致謝道。
「為他們倆起戒名（註53）的是個窩囊的臭和尚，也不知兩人是否能成佛，但角助和巳之八的遺骨，都已葬在谷中的寺廟內了。雖不知其他人怎麼了，但應已接受超渡。山崎大爺已由貧民窟的居民所厚葬，而棠庵那老頭子——」
則是不知上哪兒去了，又市說道。
「那麼，阿甲夫人，接下來有何打算？」
「我打算——將兩人送返故鄉。」
記得兩人都是飛驒出身來著？又市這麼一問，阿甲便默默點了個頭。
「兩人自告別親人後來到江戶，至今均未曾返鄉。」
「有我護送，無須掛心。」
仲藏露齒笑道。
「怎不擔心？有你這麼個引人注目、又笨手笨腳的傢伙作伴，豈不是更危險？」
「甭擔心。別忘了我有副鼠膽。」
話畢，長耳再度笑了起來。

註53：即法號。日人有為死者取日本佛教式法號的習俗。

阿甲凝視著仲藏半晌，接著才轉向小右衛門，低頭致謝道：

「承蒙大爺照顧了。」

無須多禮，我不過是受這小伙子牽累罷了，小右衛門轉頭望向阿甲回道。

「倒是，老闆娘。到了飛驒後——可有什麼打算？」

「打算？所指為何？」

「可打算返回此地？」

我無此打算，阿甲說道：

「雖尚不知是否將於飛驒落戶棲身，但我已不打算返回江戶。」

「如此較為穩當。」

我亦是個無宿人，阿甲面帶微笑地說道：

「即便如此，江戶仍是危機四伏。離鄉背井，總好過喪命。」

沒錯，有什麼比喪命更不值？

「喂，小右衛門，我打算護送完阿甲夫人便回來。可有危險？」

當然危險，又市說道：

「方才你自個兒都說了，幕後黑手至今毫髮未傷，何況，尚不知他究竟是何方神聖。唆使無宿人充當卒子的亂局是止住了，這陣子城內應能恢復平靜，但咱們可沒這福氣。小右衛門或許還安全，但你、我、和阿甲夫人都教敵方給看透了，還不知將遭到什麼樣的報復哩——」

沒錯。

這回的局，終究以失敗告終，又市就這麼敗給了此案的幕後黑手。雖然托宗右衛門之福，亂象終得以止息，然又市除了倉皇失措、東跑西竄，到頭來什麼忙也沒能幫上。不過是四處勸人勿殺生、勿送死，但結局依然是屍橫遍野。為使此事落幕，竟又賠上了兩條性命。

可說是敗得體無完膚。

別再回來了，又市說道。確如又市先生所言，阿甲也說道：

「仲藏先生，依我之見——此一結局，或可視為正中該幕後黑手之下懷。宗右衛門先生的犧牲，雖使惡事嘎然止息，然而此事或可視為——宗右衛門先生，不過是淪為該幕後黑手的代罪羔羊。」

的確有理。

這幕後黑手依然逍遙法外。有了宗右衛門頂下一切罪狀，這傢伙更是不痛不癢。雖然損失眾多卒子，但頭目依然是元氣未傷。

形同——未曾遭蒙任何損失。

「雖不知這幕後黑手是何方神聖，但為惡至此，必是個如假包換的妖魔，想必不會善罷甘休。風頭過後捲土重來，亦是不無可能。不，必將如此。屆時能出手阻撓的——唯有吾等。」

「沒錯。」

仲藏不捨地環視家中說道：

「況且此處——已教敵方給發現了。」

「只有那地洞沒被發現。憑你那鼠膽，竟不知滯留在此也有危險？」

少嚇唬我，教又市如此揶揄，仲藏不耐煩地回道：

「不過，阿甲夫人，難道——就這麼任這幕後黑手逍遙法外？雖不知敵為何人，欲攻之也是無從，想必我即便留下，也幫不上什麼忙。」

江戶該如何是好？仲藏說道。

有我在，小右衛門回道：

「絕不容其恣意妄為。只不過——我無法照料各位。」

這我當然知道，仲藏朝小右衛門瞄了一眼，低聲說道。

仲藏先生，阿甲說道：

「既然你我將同行一陣子——是否該盤算應作何打扮？」

若連先生都賠上性命，我將無意苟活。

「喂夫人，這種話還是別說的好。這禿驢一輩子沒教姑娘示好過，難保不會想歪。若在旅途中動了情，可就難收拾了。」

「這是真心話。也請又市先生多多保重。」

阿甲望向又市問道：

「先生自己——又有何打算？」

「我？」

又市狠狠瞪向小右衛門答道：

「我——打算留下。」

「打算留下？喂，阿又，虧你還要我別再回來，自己卻打算留在江戶？你留下又能如何？不比這位御燈大爺，你既無奇技，又無氣力。一個一無所長、只會耍嘴皮子的小股潛，哪成得了什麼事兒？」

「是成不了什麼事兒。」

不過。

我還是打算留下，又市再次說道。

「仲藏，有種名叫舊鼠的妖鼠，力大無窮，足可噬人。然分明是隻鼠，卻曾哺育仔貓。哺育仇敵之後，你說這妖怪慈悲不慈悲？」

話畢，又市再次望向小右衛門。

「你這是在說些什麼？阿又——難不成你瘋了？」

又市毫不理睬驚訝不已的仲藏，走到小右衛門面前說道：

「看不出你這傢伙真的如此天真。如何？」

考不考慮同我聯手——又市問道。

小右衛門一臉嚴肅地回望又市，最後，滿面鬍鬚的臉孔上終於泛起一絲微笑。

「同我聯手——可是形同自斷重返社稷之路。」

「我當然知道。阿甲夫人曾勸阻我勿同你這暗處頭目聯繫——如今，閻魔屋沒了，我亦無處可回。對我而言，明處暗處早無分別。」

小右衛門朝阿銀瞄了一眼，阿銀兩眼正望向又市。

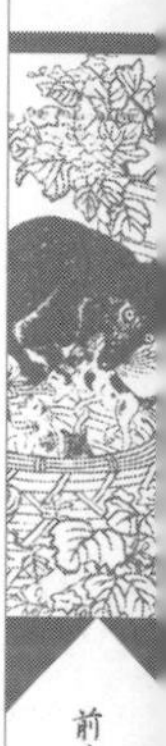

又市先生，阿甲喚道。仲藏緩緩起身說道：

「阿又，看來你心意已決，我就不再勸了。」

「哼，仲藏，給我好好保護阿甲夫人——」

話畢，又市自散亂在地板上的道具箱中取出一把剪子，一刀剪斷了髮髻。

頭髮霎時垂到了肩上。

接下來，又市褪去穿慣了的唯一一件衣衫，一把披上放置於床間一旁的御行單衣，將偈箱朝頸上一掛，再將白木棉朝腦門上一捲，紮成了一頭緊緊的行者頭巾。

又握起五鈷鈴。

「又市先生——」

「阿甲夫人，咱們的緣分就至此為止。我已不再是損料屋的手下，亦不再是雙六販子。今日起——」

不過是一介御行乞丐，又市將偈箱中殘存的紙札朝空中一撒。

「御行奉為——」

對不住，實在是力有未逮——

叮鈴——為悼忌死去的同儕，又市搖響了一聲鈴。

兩位保重，拋下這麼一句，又市步出了這棟位於朱引外圍的棄屋——

消失於江戶的巷弄之間。

前巷說百物語　完

【主要参考文献】

絵本百物語　桃山人　金花堂／一八四一年
旅と伝説　岩崎美術社／一九七六～一九七八年
日本庶民生活史料集成　三一書房／一九六八～一九八四年
叢書江戸文庫　高田衛・原道生責任編輯　国書刊行会／一九八七～一九九二年
燕石十種　岩本活東子編　森銑三・野間光辰・朝倉治彦監修　中央公論社／一九八〇～一九八二年
未刊随筆百種　三田村鳶魚編　中央公論社／一九七六～一九七八年
日本随筆大成　日本随筆大成編輯部編　吉川弘文館／一九七五～一九七九年
耳嚢　根岸鎮衛著・長谷川強校注　岩波文庫／一九九一年
国史大辭典　国史大辞典編集委員会編　吉川弘文館／一九七九～二〇〇二年
新日本古典文學大系　岩波書店／一九八九～二〇〇三年
新潮日本古典集成　新潮社／一九七六～一九八八年
竹原春泉　絵本百物語　多田克己編　国書刊行会／一九九七年

KADOKAWA 文學放映所028

巷説百物語

發售中　**定價：360元**

京極夏彦◎著
蕭志強◎譯

喜愛搜集怪談的百介邂逅了幾位神祕人物：浪跡天涯的修行者、美麗聰黠的山貓迴、來歷不明的中年商人。大家聊起江戶坊間的鬼怪傳説，洗豆妖、舞首、柳女……這些形姿怪異的妖怪，是源自人間的善惡因果，抑或是對世人的詛咒？

KADOKAWA 文學放映所044

續巷說百物語〈上〉

定價：280元　**發售中**

京極夏彥◎著
劉名揚◎譯

嗜奇聞怪談如命的山岡百介，聽聞一罪大惡極之兇犯屢於用刑後屢屢死而復生，這回已是第三度遭獄門之刑。出於好奇，前去參觀此人首級的百介於刑場巧遇山貓廻阿銀。卻見阿銀朝首級喃喃問道：「還要再活過來一次麼」……!?

KADOKAWA 文學放映所 061

後巷説百物語〈上〉

發售中 **定價：360元**

京極夏彦◎著
劉名揚◎譯

明治十年，一等巡查矢作劍之進，就某座島嶼的怪異傳説之真偽與友人起了爭議。由於爭議難平息，一行人決意前往城郊外，向一位名曰一白翁、曾廣蒐各地奇聞怪談之老隱士尋求解答。老翁靜靜地、緩緩地述説起古老奇案……

國家圖書館出版品預行編目資料

前巷說百物語／京極夏彥作；劉名揚譯. --
初版. --臺北市：臺灣國際角川，2012.10
冊；　公分. --（文學放映所；63-64）
譯自：前巷說百物語
ISBN 978-986-287-904-7（上冊：平裝）. --
ISBN 978-986-287-905-4（下冊：平裝）

861.57　　　　101015481

文學放映所064

前巷說百物語〈下〉

原書名＊前巷說百物語

作　者＊京極夏彥
譯　者＊劉名揚

2012年10月25日　初版第1刷發行

發 行 人＊塚本進
總　監＊施性吉
總 編 輯＊呂慧君
主　編＊李維莉
美術副總編＊黃珮君
美術主編＊許景舜
印　務＊李明修（主任）、張加恩、黎宇凡、張則蝶

發 行 所＊台灣國際角川書店股份有限公司
地　址＊105 台北市光復北路11巷44號5樓
電　話＊(02)2747-2433
傳　真＊(02)2747-2558
網　址＊http://www.kadokawa.com.tw
劃撥帳戶＊台灣國際角川書店股份有限公司
劃撥帳號＊19487412
製　版＊尚騰製版印刷有限公司
I S B N ＊978-986-287-905-4

香港總代理
角川洲立出版（亞洲）有限公司
地　址＊香港新界葵涌大連排道200號偉倫中心第二期20樓前座
電　話＊(852)3653-2804

法律顧問＊寰瀛法律事務所